Sulfureux arrangement

Une nuit de mensonges

JOANNE ROCK

Sulfureux arrangement

Traduction française de
PEGGY SASTRE

PASSIONS

HARLEQUIN

Collection : PASSIONS

Ce roman a déjà été publié en 2020

Titre original :
THE RANCHER'S BARGAIN

HARPERCOLLINS FRANCE
83-85, boulevard Vincent-Auriol, 75646 PARIS CEDEX 13
Service Clients — https://www.harlequin.fr/contenu/contactez-nous
ISBN 978-2-2805-2031-7 — ISSN 1950-2761

Édité par HarperCollins France.
Composition et mise en pages Nord Compo.
Imprimé en juin 2025 par CPI Black Print (Barcelone)
en utilisant 100% d'électricité renouvelable.
Dépôt légal : juillet 2025.

FSC MIXTE Papier FSC® C159065

Pour limiter l'empreinte environnementale de ses livres, HarperCollins France s'engage à n'utiliser que du papier fabriqué à partir de bois provenant de forêts gérées durablement et de manière responsable.

1

Il faut parfois savoir refuser des folies inutiles.

Lydia Walker se répétait la phrase comme un mantra en lisant le *Royal Texas* et les nouvelles qu'elle avait manquées plus tôt dans la semaine lorsqu'elle n'était pas en ville.

> *Une femme de la région fait exploser les enchères des célibataires avec une offre de 100 000 $!*

Assise à sa petite table de cuisine avec une tasse de café froid posée près d'elle, Lydia passa son doigt sur le bouton de défilement de son téléphone portable. Elle aurait voulu pouvoir lire le reste de l'article sans crainte que « la femme de la région » citée soit Gail – sa sœur irresponsable et impulsive qui n'avait *pas du tout* cent mille dollars à sa disposition. À quoi Gail avait-elle bien pu penser ?

Malgré elle, Lydia reprit sa lecture.

> *Gail Walker, femme d'entreprise, a surpris tout le monde en faisant une offre incroyable pour Lloyd Richardson, éleveur. Partie pour l'escapade romantique avec son célibataire, Mme Walker n'a pas pu être contactée, mais le maître de cérémonie de la soirée de charité, James Harris, s'est dit reconnaissant du généreux don. L'argent sera reversé à la Fondation pour la recherche sur le cancer du pancréas. « C'est tout ce qui importe », a-t-il commenté.*

Fermant les yeux, Lydia retourna le téléphone sur la table pour s'empêcher de relire l'article une troisième fois.

Une folie absolument inutile.

Lydia venait de rentrer à Royal après une visite à sa mère, dans l'Arkansas pour Thanksgiving, un voyage qu'elle avait entrepris par pure culpabilité car elle n'était pas revenue chez elle depuis près de deux ans. Fiona en avait d'ailleurs profité pour lui reprocher de ne pas venir à son prochain et quatrième mariage, ce qui avait transformé la journée en désastre total. Lydia avait d'ailleurs proposé à sa sœur de l'accompagner, mais Gail lui avait répondu qu'elle allait devoir rester à Royal pour s'occuper de son service de livraison de courses, une entreprise qu'elle venait tout juste de créer. Une excuse que Lydia avait acceptée, fière de voir Gail commencer enfin à se comporter en adulte financièrement responsable.

Mais tout cela était visiblement du chiqué... Gail voulait en réalité rester en ville pour s'offrir un célibataire sexy lors du gala du Club des éleveurs du Texas. Est-ce que les gens savaient que Gail n'avait même pas le début du commencement de cette somme ?

Lydia parcourut le *Royal Texas* pour en savoir plus, mais ne trouva que des articles sur *la* célibataire de la soirée, Tessa Noble, et son escapade avec un éleveur local. Il n'y avait aucune précision supplémentaire sur celle de Gail ni sur son don stupéfiant.

Pour le moment...

L'estomac de Lydia se noua. Comment diable Gail avait-elle pu faire ce genre de coup à un organisme de charité ? Sans compter qu'elles partageaient le même nom de famille. Quelle réputation cette folie allait-elle faire aux Walker ? Qu'elles étaient toutes les deux des créatrices d'entreprise incapables de payer leurs dettes ?

La colère lui enflamma les joues et l'esprit. Elle se saisit de nouveau de son téléphone. Sur l'écran, elle pianota le numéro de sa sœur.

En tant qu'aînée de huit frères et sœurs, Lydia était habituée aux drames familiaux. Tout venait de leur mère. L'auteur principal de son crime avait été sa mère, une femme qui avait mis son expérience parentale au profit d'un blog à succès, *House Rules*. Les fans de Fiona Walker adoraient son ton désinvolte et son approche fantaisiste de l'éducation des enfants. Du point de vue de Lydia, la chanson était tout autre.

Elle avait tant espéré que l'éloignement et l'installation à Royal signent un nouveau départ pour elle et Gail, sa sœur. Il ne restait plus que le benjamin de leurs frères à vivre encore avec leur mère.

Sauf qu'avec son enchère lors de la soirée de gala, Lydia devait se rendre à l'évidence : sa sœur n'était pas tombée loin de l'arbre maternel.

— Lydia !

Sa sœur hurla son nom lorsqu'elle décrocha le téléphone.

— Tu ne devineras jamais où je suis !

Elle bouillonnait intérieurement...

— J'espère que tu es à la Fondation pour la recherche sur le cancer du pancréas et que tu vas leur expliquer comment tu vas faire pour trouver les cent mille dollars que tu n'as pas, tança-t-elle.

Elle se mit à marcher dans la cuisine pour passer ses nerfs. La pièce n'était qu'à moitié achevée dans la maison qu'elle venait d'acheter et où elle espérait bientôt lancer son entreprise de garde d'enfants à domicile. La tête ailleurs, elle faillit trébucher sur les échantillons de revêtement de sol qu'elle avait soigneusement disposés devant la porte coulissante en verre menant à la cour.

Le bout de sa pantoufle envoya valser des morceaux de cèdre espagnol et d'acajou, qui glissèrent sur les échantillons de frêne et d'arbousier.

— Non, je passe des vacances romantiques avec l'homme de mes rêves, répliqua sa sœur. C'est trop te demander d'être heureuse pour moi ? Pour une fois ?

Lydia se couvrit les yeux avec une main, se rappelant que

sa mère lui avait dit cette même phrase – presque mot pour mot – à peine une semaine auparavant, lorsque Lydia lui avait dit qu'elle ne viendrait pas à son mariage.

Sous l'effet de la nervosité, sa tête commençait à lui faire mal alors que le soleil du matin pénétrait par la porte arrière de la véranda.

— Je suis très heureuse que tu passes un bon moment. Mais je suis aussi très inquiète car je ne sais pas comment tu vas réussir à honorer ton enchère. Tu as contacté la fondation contre le cancer ?

— Oh ! ça doit être pour ça que ma carte de crédit n'a pas fonctionné hier au spa, commenta Gail d'un air songeur.

En arrière-plan, la musique qui se faisait entendre semblait provenir d'un groupe de *mariachis* et devenait de plus en plus forte.

— J'ai oublié le versement de la vente aux enchères de célibataires.

Lydia se raidit.

— Quel versement ?

Elle retourna dans la cuisine pour nettoyer son assiette et sa tasse.

— Arrête, Gail, tu n'as pas l'argent que tu as promis !

Elle porta le téléphone sur son épaule et le coinça contre sa joue pendant qu'elle plaçait la vaisselle dans l'évier.

— Je m'en occuperai après mes vacances, d'accord Madame Sang d'Encre ?

Sa sœur éleva la voix pour se faire entendre malgré la musique.

— Oh ! et juste pour information, j'ignore les appels de gens que je ne connais pas cette semaine.

— Qui t'a appelée ?

Lydia allait mourir de stress si cet appel continuait plus longtemps.

— Les gens de la Fondation ?

— Non, le gars qui était responsable cette nuit-là. John ?

James ? Gail soupira. Oublie ça, d'accord ? Pour le moment, je dois retourner à ma margarita avant que les glaçons ne fondent !

— Gail, attends...

Mais son écran lui indiqua que sa sœur avait mis fin à l'appel. Elle connaissait sa sœur par cœur. Cela ne servait à rien qu'elle essaye de la rappeler. Il n'y avait aucune chance que Gail réponde.

Il faut savoir refuser les folies inutiles.

Ces mots avaient aidé Lydia à survivre à son adolescence. Mais aujourd'hui, le mantra semblait râper son esprit. Elle pensait à tous ces gens qui avaient travaillé si dur pour préparer la soirée de gala. Tous ces gens qui avaient été floués...

L'événement avait été organisé par le Club des éleveurs du Texas, dont les membres comptaient parmi les hommes et les femmes les plus influents de la ville. Lydia voulait tellement s'installer à Royal. S'enraciner... Elle avait déjà acheté une propriété en ruines pour lancer son entreprise de services de garde. La dernière chose dont elle avait besoin était une marque au fer rouge sur son nom de famille à cause de l'impulsivité de Gail.

Peut-être pouvait-elle au moins expliquer la situation à quelqu'un avant que la nouvelle sur l'insolvabilité de Gail fasse le tour de la région ?

Revenant au journal, elle trouva le nom qu'elle cherchait. James Harris. L'organisateur du gala de charité et sans doute celui qui avait essayé de contacter Gail. Elle n'avait pas remarqué sa photo lors de sa première lecture, trop consternée qu'elle était par le comportement de sa sœur. Mais maintenant, les yeux de Lydia s'attardaient sur l'image de l'homme qui était également l'actuel président du Club des éleveurs du Texas.

La beauté n'était pas un bon mot pour le décrire. Il était tellement plus... La photo le montrait devant le pavillon historique de l'organisation, un Stetson de couleur fauve protégeant son visage du soleil du Texas. Grand et bien bâti, il portait une veste grise ajustée qui semblait mouler une impressionnante musculature. L'homme semblait être la masculinité incarnée.

Ses hanches étaient étroites et sa mâchoire angulaire s'étirait dans un large sourire. Elle ne pouvait pas voir ses yeux clairement car ils étaient dans l'ombre du bord de son chapeau, mais sa peau était d'un brun aussi torride que…

Elle cligna rapidement des yeux pour expulser l'image qui était en train de se former dans son cerveau. Elle ne pouvait pas se permettre d'être décontenancée par le puissant sex-appeal de l'homme.

Lydia n'était pas disposée à vivre une histoire. La vie amoureuse intense et dramatique de sa mère avait donné à Lydia une place au premier rang pour savoir comment la romance changeait les gens. Fiona s'était métamorphosée en une nouvelle personne pour chaque homme qui avait partagé sa vie, sans se soucier de la façon dont ses caprices pouvaient affecter sa famille.

Lydia ne recherchait même pas un flirt, surtout pas avec quelqu'un que sa sœur avait privé d'une petite fortune.

Elle savait qu'il valait mieux ne pas essayer de régler des problèmes dont elle n'était pas responsable, mais elle pouvait au moins expliquer à M. Harris dans quelle situation absurde s'était mise Gail. Et, peut-être, trouver un moyen raisonnable de régler la note faramineuse que sa sœur avait laissée en plan… Si elle y parvenait, ce serait, en soi, un petit miracle.

À midi, Lydia avait rendez-vous avec l'artisan qui devait s'occuper de sa cuisine. Mais juste après, elle ferait un saut au Club des éleveurs du Texas.

En espérant de tout cœur que James Harris soit un homme compréhensif.

« Lydia Walker voudrait vous voir. »

La voix de sa secrétaire désincarnée par l'Interphone fit sursauter James Harris.

Il pouvait dire adieu à la concentration nécessaire à la pratique de son swing. Bien qu'il n'ait jamais été un grand golfeur, il avait inscrit un tournoi sur son calendrier. Se focaliser sur un sport pendant sa pause déjeuner l'aidait à oublier le nœud de stress qui l'enserrait à la base de sa colonne vertébrale. Il n'aurait jamais deviné la charge de travail que demandait son nouveau poste au sein du CET, des tâches qui l'occupaient déjà à plein temps dans son propre ranch.

Et pour compliquer encore les choses, il avait maintenant un tout petit neveu à élever…

Lorsque son frère Parker et sa femme étaient morts dans un accident de voiture trois mois plus tôt, James avait été dévasté. Mais en plus du chagrin d'avoir perdu des êtres chers qu'il avait profondément respectés, il avait dû accepter la volonté de Parker de confier à James la garde de son fils, Teddy.

Le poids de cette responsabilité menaçait de l'écraser s'il y pensait trop longtemps…

— Walker ? répéta James. Le nœud de stress dans son dos se resserra davantage à la mention du nom de la femme qui lui rendait visite.

Mettant de côté le putter, il s'approcha de l'Interphone et demanda à son assistante :

— Le même nom que la femme qui s'est enfuie la semaine dernière sans honorer son offre faite à la soirée de gala ?

Qui était-elle pour avoir promis une somme qu'elle n'avait pas ? Devant tout le monde ?

James serra les poings. Ne voulant pas risquer de mauvaise publicité pour un événement qu'il avait supervisé, il avait fini par décider de couvrir la dette lui-même. Mieux valait laisser le club en dehors de l'attention des journalistes…

Ce qui ne voulait pas dire que le problème était réglé.

— Non, c'était Gail Walker, corrigea son assistante. Peut-être que Lydia est une parente.

Il appuya de nouveau sur le bouton de l'appareil.

— Bon, très bien, faites-la entrer.

D'un coup de pied, il fit glisser la balle de golf sous le canapé près de la fenêtre. Dernièrement, cela ne le dérangeait pas de rester plus longtemps au bureau. Le CET avait une garderie dans le bâtiment et il semblait que c'était bien là le seul endroit où son neveu était heureux. À la maison, Teddy n'était qu'une boule de nerfs. Ce qu'il ne pouvait que comprendre.

James se dirigea vers la porte de son bureau pour accueillir son invitée. Tout ce qu'il pouvait espérer, c'était qu'elle soit venue avec un gros chèque dans son sac à main. Parce que, bien que James n'ait pas eu honte de puiser sur ses fonds personnels pour une bonne cause, il ne pouvait s'empêcher de ressentir une vive aigreur face à quelqu'un qui ne s'était pas senti obligé de respecter un engagement.

En ouvrant la porte du bureau, il vit qu'il venait lui aussi de faire sursauter la femme qui se trouvait de l'autre côté.

Grande et mince, elle avait les cheveux brun clair et une peau couleur miel qui faisait ressortir ses grands yeux noisette. Elle était vêtue d'un pantalon de toile et d'un chemisier blanc soigné avec un long pull rose ceinturé à la taille.

Son regard se dirigea anxieusement vers le sien.

Une attirance totalement inattendue l'aveugla.

Il la fixa pendant bien trop longtemps.

— Lydia Walker ?

Il lui offrit tardivement sa main, irrité contre lui-même pour ses pensées importunes.

— Je suis James Harris.

— Ravi de vous rencontrer.

Sa poignée de main était fraîche et ferme. Professionnelle.

— Merci de me recevoir, monsieur Harris.

— S'il vous plaît, appelez-moi James.

Il lui fit signe d'entrer dans le bureau, laissant la porte ouverte. Il jeta un coup d'œil vers le couloir menant à la garderie, s'attendant à moitié à voir Teddy ramper au sol. Ou une assistante maternelle lui courir après. Mais tout était calme et silencieux. À la bonne heure. Retournant son attention sur son invitée, il dit :

— Je vous en prie, asseyez-vous.

James désigna l'un des fauteuils en cuir près des fenêtres

donnant sur le jardin et la piscine. Le bureau du président du Club des éleveurs du Texas venait d'être réaménagé avec le reste du bâtiment historique. Les grandes fenêtres et les plafonds plus hauts laissaient maintenant entrer davantage de lumière et le décor présentait des couleurs plus vives. Mais les planchers de bois sombre et les meubles en cuir surdimensionnés conservaient l'ambiance d'un club hors d'âge. Sur les murs et les consoles, des photographies et des objets historiques rappelaient le passé quand ces lieux étaient réservés aux hommes.

C'est ici que, chaque semaine et pendant quelques heures, il pouvait prétendre que sa vie était redevenue normale. Qu'il n'était pas un père de substitution ayant énormément de mal à offrir un foyer à un petit garçon de dix-huit mois qui ressentait sûrement cruellement l'absence de ses parents tout en étant beaucoup trop jeune pour l'exprimer.

Ramenant ses pensées chaotiques sur la femme séduisante qui lui faisait face dans son bureau, James se concentra sur le présent.

— Puis-je vous offrir quelque chose à boire, madame Walker ? Café ou thé ? De l'eau ?

— Non, merci. Et appelez-moi s'il vous plaît Lydia. Elle posa son sac à main sur le sol à ses pieds pendant qu'il prenait place dans le fauteuil à côté du sien.

— Je ne vais pas vous prendre beaucoup de temps. Je viens discuter de ce que je pourrais faire en ce qui concerne la dette de ma sœur. J'avais quitté la ville et je viens juste d'apprendre la nouvelle ce matin.

— Ah.

Il acquiesça, admirant sa franchise.

— J'apprécie cela, Lydia, mais je ne sais pas ce que je suis en droit de vous dire au sujet des finances de votre sœur.

Il n'était pas un expert en droit, mais il était persuadé que si Gail Walker n'avait pas spécifiquement demandé à sa sœur d'intervenir en son nom, il ne devait pas discuter de la dette de cette femme avec quiconque, qu'il s'agisse ou non d'un membre de sa famille.

— Je ne vous demande rien de cet ordre.

Lydia s'enfonça dans son fauteuil, la mine grave.

— Je sais déjà que Gail ne pourra probablement pas payer ce qu'elle avait promis à l'organisme de bienfaisance le soir de la vente aux enchères. Je suis sûre qu'elle vous contactera à son retour. Mais jusque-là, je m'interrogeais sur une manière d'arranger les choses.

James avait la réponse à sa question : Lydia Walker n'était pas venue avec un chèque.

— Arranger les choses ?

L'impatience lui serrait les tempes.

— Ce n'est pas un prêt à la consommation que vous pouvez rembourser avec votre banque en étalant vos mensualités, vous savez.

Les lèvres comprimées, elle se redressa sur son siège.

— Oui, je suis au courant. Mais elle ne peut pas inventer un argent qu'elle n'a pas. J'avais donc espéré trouver des idées que Gail pourrait mettre en pratique à la place. Peut-être donner de son temps en bénévolat pour l'association, par exemple ?

Ses yeux noisette devenaient de plus en plus verts à mesure qu'elle s'agitait. La couleur l'intrigua, alors même qu'il savait qu'il ne devait prendre aucun plaisir de la voir ainsi. Elle avait les meilleures intentions du monde.

— Je vois.

Il hocha la tête tout en réfléchissant à son offre. Elle ne savait pas que la dette avait déjà été payée, mais il n'était pas sûr de vouloir la mettre au courant de sa propre contribution. Au lieu de cela, il lui demanda :

— Puis-je savoir pourquoi vous voulez vous en mêler ? Quel est votre intérêt ? Pourquoi ne pas laisser votre sœur nous contacter à son retour ?

Elle arqua un sourcil.

— Avez-vous des frères et sœurs, James ?

La question le traversa comme une flèche et tapa dans le mille de son chagrin.

— Non, plus depuis trois mois.

Une concision à l'exact opposé de la douleur qu'il ressentait. Lydia pâlit et porta une main à sa bouche.

— Je suis vraiment désolée. Je n'en avais aucune idée...

— C'est normal, coupa-t-il. Comment pouviez-vous le savoir ?

James se leva, pressé par une soudaine envie de bouger. Il se dirigea vers le mini-réfrigérateur et récupéra deux petites bouteilles d'eau, davantage pour se donner une contenance qu'autre chose. Il en tendit une à Lydia puis ouvrit la sienne.

— Mon frère et sa femme sont morts dans un accident de voiture cet automne. Parker vivait de l'autre côté de l'État, mais nous étions toujours proches.

Toute sa famille avait disparu à l'exception de son neveu. Sa propre mère était morte d'un cancer du sein quand il était très jeune et son père était décédé après une crise cardiaque deux ans plus tôt. La grande faucheuse lui avait donné un coup de pied dans les dents ces derniers temps, lui volant tous ceux qu'il aimait.

À l'exception de Teddy. Et James remuerait ciel et terre pour garder ce petit diable heureux et en sécurité. Même si cela impliquait d'abandonner le garçon à ses grands-parents maternels – une option sur laquelle il était en train de réfléchir car son emploi du temps ne lui permettait pas de s'occuper du petit comme il en avait besoin.

— Je ne peux pas imaginer à quel point cela a été difficile.

Dans sa voix, l'inquiétude et l'empathie étaient indéniables.

— La plupart de mes frères et sœurs sont toujours dans l'Arkansas, mais je leur rends souvent visite. Gail est venue ici avec moi pour repartir de zéro, alors je ne peux pas m'empêcher de me sentir quelque peu responsable d'elle.

Il se demandait pourquoi. Attiré par la curiosité que lui suscitait cette belle femme, il reprit place à côté d'elle pour poursuivre leur conversation. Mais un bruit à l'extérieur du bureau – des voix nerveuses parlant à voix basse – détourna son attention. Il jeta un coup d'œil vers la porte qui donnait sur le club-house et vit sa secrétaire s'entretenir avec l'une des femmes qui travaillaient dans la garderie.

Un sentiment d'appréhension grandit en lui. Il savait que cela ne pouvait pas être l'allergie aux noix du petit, sinon ils l'auraient déjà prévenu. Qu'allait-il se passer si Teddy avait passé trop de temps dans la garderie du CET ? Depuis l'accident, James n'avait pas été en mesure de garder une nourrice plus de deux semaines. Au début, son neveu avait été taciturne et renfermé sur lui-même, avant de se transformer en tornade multipliant les colères incontrôlables. James n'avait pas de plan B si jamais la garderie du CET ne pouvait plus s'occuper du bambin, du moins une partie de la journée. Les seuls grands-parents du garçon vivaient à cinq heures de route, bien trop loin pour leur demander de faire du baby-sitting.

— Lydia, vous n'avez pas à vous inquiéter, dit-elle à son invitée alors que le stress à la base de sa colonne vertébrale remontait de plus en plus haut dans son dos. Aussi séduisante qu'il ait trouvé cette femme, il devait mettre fin à leur entretien pour voir ce qui se passait avec le garçon.

— Je me suis déjà occupé du problème auprès de l'association caritative et j'en parlerai à votre sœur à son retour à Royal.

Il resta debout, espérant que sa réponse satisferait Lydia et l'inciterait à partir.

— Occupé ?

Lydia avait l'air méfiante.

— Qu'est-ce que cela veut dire ?

La tension palpitait sur son front. Jamais il n'aurait deviné que les préoccupations concernant un petit enfant pouvaient consommer une personne jour et nuit. Mais c'était exactement l'état dans lequel il se trouvait en ce moment : inquiet jour et nuit de voir son manque de fibre paternelle bousiller l'enfant dont Parker était si fier.

— J'ai payé moi-même l'enchère, précisa James alors qu'il

regardait l'assistante maternelle contourner sa secrétaire et venir s'agiter devant la porte de son bureau.

— Non, vous ne pouvez pas entrer, s'époumona la secrétaire.

Il entendit alors Lydia Walker murmurer :

— Cent mille dollars ?

Il pivota rapidement vers Lydia et regretta sa confession.

— Cette information est confidentielle et reste entre nous deux. Je vous ai dit cela uniquement pour que vous cessiez de vous inquiéter pour la dette de votre sœur.

Debout, Lydia resta bouche bée. Elle secoua la tête, et la lumière du soleil fit ressortir les mèches les plus chaudes de ses cheveux.

— Euh, non, je vais m'inquiéter deux fois plus maintenant. Comment espérer un jour vous rembourser ?

Il n'eut pas le temps de répondre que les cris d'un enfant emplirent la pièce. Et qui, sans aucun doute, résonnèrent dans tout Royal.

Jamais de sa vie James ne s'était senti aussi impuissant. Se baissant, il prit son neveu dans ses bras pour lui offrir tout le confort possible, sachant que cela ne suffirait pas. Le bambin se débattit et agita ses petits pieds nus de plus belle.

C'est alors que, miraculeusement, l'enfant se calma alors qu'il fixait quelque chose par-dessus l'épaule de James. D'un coup, toute sa colère sembla s'évaporer.

Pendant une fraction de seconde, il se demanda ce qui pouvait avoir ainsi capté l'attention du bébé. Puis il se souvint de la femme séduisante qui était dans la même pièce qu'eux.

Il se tourna vers elle et la vit se mettre la main sur les yeux, avant de la retirer en disant :

— Coucou, qui c'est ?

James n'avait jamais entendu une voix aussi sucrée. Elle était comme un baume pour ses oreilles.

Le petit Teddy éclata de rire.

C'était sans aucun doute le meilleur tour de magie auquel James n'avait jamais assisté. Immédiatement, il sut comment Lydia Walker allait pouvoir le rembourser.

2

Une fois l'enfant calmé dans les bras de James, le beau président du Club des éleveurs du Texas le remit au sol et alla parler à voix basse aux deux femmes qui stationnaient près de l'entrée de son bureau.

Lydia fit de son mieux pour ne pas être indiscrète, même si elle était extrêmement curieuse de l'identité du tout-petit. La brève biographie qu'elle avait lue de James sur Internet ne mentionnait pas d'épouse ni de famille et il ne portait pas d'alliance. Mais en quoi était-ce ces affaires ?

Reste que, visiblement, l'enfant était le sien à en juger par la manière dont il s'était précipité sur lui et avait accroché ses bras potelés à sa jambe, comme s'il arrivait en terrain conquis.

Ils avaient d'ailleurs en commun les mêmes yeux bruns tachetés d'or.

Un léger tiraillement sur la manche de son chemisier fit comprendre à Lydia qu'elle était attendue pour un autre round de « Coucou, qui c'est ? »

Elle jeta un coup d'œil au petit garçon qui se tenait près elle, sa main humide serrant le bord de son pull pour l'aider à garder l'équilibre. Il avait l'air fatigué et bouleversé, et ses jambes étaient plus qu'instables, mais le jeu semblait toujours le distraire. Alors elle s'exécuta et couvrit de nouveau son visage en se rappelant combien son plus jeune frère avait lui aussi adoré jouer à ce jeu.

— Merci, dit James à la femme qui se tenait près du bureau de sa secrétaire, je vais m'en occuper.

Puis il se retourna et revint vers Lydia.

Elle le regarda à travers ses doigts alors qu'elle dissimulait son visage à Teddy. Grand et mince, James Harris se mouvait avec la grâce d'un athlète, même en jean et en santiags. Sa chemise avait l'air d'être faite sur mesure, le seul indice de sa position dans le club. Sans le Stetson qu'il portait sur la photo qu'elle avait vue dans le journal, elle pouvait maintenant apprécier le mordoré de ses yeux. Ses cheveux noirs étaient coupés court, le genre de coupe qui impliquait des visites régulières chez le coiffeur. Tout chez lui était soigné. Et l'ensemble était incroyablement séduisant.

Sa vue suffisait à lui assécher la gorge et affoler ses sens féminins. Elle aurait peut-être tout oublié du jeu du coucou si Teddy n'avait pas tapoté son genou. Aussitôt, elle écarta les mains de son visage et surprit à nouveau le bambin.

Le garçon éclata de rire brièvement avant de poser sa tête sur ses genoux, comme s'il était trop fatigué pour se tenir debout plus longtemps. Pauvre petit gars. Elle lui frotta le dos tendrement pendant que le bébé tripotait ses pieds.

— Je pense qu'il dormira dans moins d'une minute, dit-elle doucement à James. C'est un enfant adorable.

— Normalement, c'est une terreur, admit James en prenant place en face d'elle. Vous savez y faire avec les enfants.

Son charmant sourire lui fit perdre le souffle. La photo de James Harris sur Internet ne l'avait pas totalement préparée à la démesure de son pouvoir de séduction, une attraction qu'elle n'était pas en droit de ressentir pour un père de famille. L'homme qui avait sauvé sa sœur d'un désastre financier qui aurait très bien pu nuire à leurs deux carrières. Comment Lydia allait-elle pouvoir le remercier ?

— En tant qu'aînée de huit enfants, j'ai eu beaucoup d'expérience personnelle, avoua-t-elle.

Elle était habituée à dissimuler les aspects les plus blessants de cette réalité, à savoir qu'elle s'était plus souvent sentie comme la domestique de sa mère et pas comme sa fille.

— Je travaille depuis comme nounou et j'espère ouvrir ma propre entreprise de garde d'enfants à domicile cette année.

Autant en profiter pour qu'il passe le mot aux membres de la communauté ayant des enfants en bas âge.

— Avez-vous d'autres enfants ?

La question était totalement anodine. Pas moyen qu'il devine qu'elle était partie à la pêche aux informations pour savoir si, en plus de ce bébé, il y avait une femme qui l'attendait à la maison.

— Non.

Une ombre passa sur son visage à cette réponse laconique.

— Teddy est le fils de mon frère. Et jusqu'à la mort de ses parents, il y a trois mois, j'étais célibataire et je passais chaque heure de la journée à diriger un ranch ou à exercer mes fonctions ici. Ma vie a été bouleversée.

Elle ne pouvait nier que ces précisions l'avaient quelque peu soulagée. Mais, sans plus attendre, elle songea à la tristesse et à la lassitude qu'elle avait entendues dans sa voix. Tout ce que cela signifiait pour Teddy. Mesurer ce que le petit garçon avait perdu lui faisait mal au cœur.

Elle fixa l'enfant, sa douce joue reposant toujours sur son genou.

— Je suis vraiment désolée. Elle glissa une paume sur le T-shirt affublé d'un dinosaure gris du garçon. Pour vous deux. Je ne peux pas imaginer à quel point cette transition doit être difficile à gérer, d'autant plus que vous avez aussi à vivre un deuil tragique.

Elle jeta un coup d'œil à James et le trouva en train de l'étudier.

Son attention soutenue l'ébranla. Il venait d'admettre qu'il était célibataire… La chaleur lui monta aux joues et elle détourna le regard, essayant de se souvenir du fil de la conversation.

— Vous pourriez énormément nous aider.

La voix de James était basse et grave. Il chuchotait presque par respect pour le sommeil du bébé. Un ton qui lui fit penser à une confidence sur l'oreiller. À une conversation intime entre deux amants qui se connaissent extrêmement bien.

Elle tressaillit. Qui aurait cru qu'un simple murmure pouvait être si séduisant ?

— Je ne comprends pas, bredouilla-t-elle.

Elle essaya de reprendre ses esprits, mais son cerveau était vide. Enfin, plus précisément, rempli d'images de draps froissés et de corps nus enlacés. Le sien et celui de James. Comment en était-elle arrivée là ?

James ajouta :

— Vous êtes venue me voir pour savoir ce que vous pourriez faire pour résoudre le problème financier avec votre sœur et je crois que nous venons de trouver la solution idéale.

Il désigna Teddy, désormais profondément endormi. Sa respiration était calme et régulière.

— Si vous devenez la nourrice de Teddy, vous pourrez considérer la dette de Gail comme intégralement payée.

Sa suggestion la déconcerta. Et dissipa sur-le-champ ses rêveries sensuelles.

— Elle a promis *cent mille dollars*, lui rappela Lydia alors qu'elle se demandait où elle allait pouvoir installer Teddy pour sa sieste. Je crois que vous ne connaissez pas le prix d'une nourrice, c'est beaucoup trop généreux de votre part !

Il secoua la tête et sa mâchoire se crispa.

— Je m'en fiche, j'ai besoin d'une nounou. Aucune n'a duré plus de deux semaines, je suis à court d'options. Si cela vous rassure, nous pouvons commencer par une période d'essai pour voir comment cela fonctionne.

Il sembla réfléchir rapidement et exposa le reste de ses conditions.

— Si cela marche pour la période d'essai de deux mois,

j'annule la moitié de la dette. Si vous restez un an, je l'annule complètement.

— Vous n'êtes pas sérieux.

Elle venait de perdre la tête à ses côtés alors qu'elle ne le connaissait que depuis une dizaine de minutes. Comment allait-elle pouvoir rester à travailler chez lui pendant un an ?

— Je suis à court d'options, répéta-t-il, et je ne peux pas me permettre de perdre davantage de temps avec mon exploitation. Vous n'avez aucune idée de ce que cela vaudrait pour moi de savoir que le fils de mon frère est entre de bonnes mains.

Elle ne put ignorer le désespoir dans ses yeux. Dans sa voix. Mais même si elle voulait aider sa sœur, ce n'était pas sa dette qu'elle devait payer. Gail était celle qui allait devoir fournir des services de nounou gratuits, pas elle.

Une autre pensée s'immisça alors dans son esprit. Les choses n'étaient pas aussi simples. Même si elle était persuadée que Gail devait réparer ses propres dégâts, Lydia savait aussi que, sans l'intervention de James auprès de l'association de bienfaisance, le nom de Walker aurait pu être souillé à tout jamais dans une communauté aussi soudée que Royal. Alors qu'elle cherchait la meilleure chose à faire, elle tourna son attention vers le bébé endormi sur ses genoux.

— Tout d'abord, nous devrions trouver un endroit plus confortable pour Teddy.

Elle glissa les bras sous son petit corps pour le soulever, mais James s'interposa.

— Je m'en occupe.

Il passa ses mains autour de la taille du garçon pour le saisir et sa main effleura brièvement la cuisse de Lydia. Elle crut défaillir sous l'effet du feu d'artifice d'émotions qui l'assaillit.

— Et vous n'avez pas besoin de prendre une décision tout de suite, poursuivit-il. Si vous voulez, on reprendra cette discussion une autre fois. De toute façon, il est vraiment l'heure que je rentre. Je pense qu'il ne va pas se réveiller si je le mets dans son siège auto.

Lydia essaya d'ignorer les picotements résiduels sur sa peau. Heureusement qu'il lui donnait du temps pour réfléchir à sa proposition. Mettre de la distance avec ses beaux yeux allait lui permettre de le faire à tête reposée.

— Vous avez quelqu'un pour s'occuper de lui aujourd'hui ?

Lydia ne voulait pas avoir l'air de douter de ses compétences parentales. Elle essayait juste de rester concentrée sur Teddy et non sur la tornade d'émotions dans laquelle elle était tombée.

Elle se leva pour suivre James vers la porte.

— Oui, la fille de mon contremaître est rentrée de la fac pour les vacances et elle a accepté de m'aider avec le petit deux jours par semaine pendant tout le mois.

James prit le sac à couches en cuir que l'assistante maternelle de la garderie avait déposé près de la porte de son bureau puis saisit son Stetson du portemanteau. Quand elle sortit de la pièce, il verrouilla la porte derrière eux.

Elle était subjuguée par ses grandes mains qui serraient doucement l'enfant endormi contre sa large poitrine. Un geste qui lui rappela les rêves qu'elle faisait concernant ses propres enfants.

Alors qu'ils quittaient le club-house et plongeaient dans la lumière de décembre, James tira une couverture de la poche extérieure du sac à langer et la posa sur le garçon endormi. La journée avait été clémente, mais à l'approche de Noël, les températures avaient tendance à rapidement chuter.

Lydia laissa un temps son visage être balayé par la légère brise. L'air frais était une bénédiction sur sa peau trop chaude.

— J'ai fait des recherches sur les services de garde d'enfants en ville lorsque j'ai eu l'idée d'ouvrir mon entreprise et je sais que le besoin est évident, commenta-t-elle.

Royal était en plein essor et la démographie des jeunes familles était particulièrement florissante.

— J'ai même entendu dire qu'il y avait des listes d'attente aux endroits les plus convoités.

James acquiesça.

— C'est tout à fait juste. Lorsque j'ai appelé une garderie, ils m'ont dit que les familles réservaient dès l'annonce de la grossesse, même s'ils n'étaient pas sûrs de laisser le bébé à l'année.

Il soupira.

— Il faut dire que j'ai appris énormément de choses ces derniers mois. Comme changer une couche ou éviter les noix à cause de son allergie.

— Teddy est allergique ?

Lydia était habituée aux consignes alimentaires pour les enfants souffrant des allergies les plus courantes. Son frère n'était d'ailleurs pas loin d'exploser si jamais il se trouvait dans la même pièce qu'une cacahuète.

— Aux noix, oui. Je vis dans l'angoisse de quitter la maison sans son EpiPen.

Il soupira de plus belle. À l'évidence, il ressentait le même stress que beaucoup de jeunes parents.

— J'espère vraiment que vous allez réfléchir à mon offre, Lydia. Peut-être que vous pouvez travailler pour moi et demander à votre sœur de vous rembourser par d'autres moyens ?

— Sauf qu'il va bien falloir que je paye mes factures entre-temps.

Certes, elle ne travaillait pas à l'heure actuelle, mais elle espérait en profiter pour s'occuper de la rénovation de la maison. De tous les travaux simples qui ne nécessitaient pas forcément d'en passer par un professionnel.

James enroula la couverture autour des pieds du bébé, un geste qui la touchait d'autant plus qu'elle savait qu'il n'était pas son père. C'était simplement un homme qui essayait de faire de son mieux pour s'occuper d'un enfant pour lequel il n'était pas prêt.

— Et moi je ne peux pas mettre un prix sur ce que cela signifierait pour moi d'avoir une personne qualifiée auprès de Teddy.

Il hocha la tête au passage d'un cow-boy aux cheveux gris qui entrait dans le club puis il se tourna de nouveau vers Lydia.

— Oubliez Gail et l'argent pour l'association. L'Univers me fait un signe en faisant venir une nounou dans mon bureau au moment même où j'en ai désespérément besoin. Considérez mon offre comme couvrant tous vos frais usuels. Je vous aurais cherchée avant si je savais que vous existiez.

— Je ne pourrais peut-être...

— Je vous en prie, coupa-t-il. J'ai besoin de vous. Réfléchissez. Commencez par la période d'essai et signez pour deux mois. Voyez comment cela se passe. Si cela ne vous convient pas à ce moment-là, alors on arrêtera et je comprendrai.

Ravalant ses protestations, elle hocha la tête.

— C'est une offre très généreuse et je vais y réfléchir.

Il sembla se détendre.

— Je vous remercie. Demain je serai au bâtiment principal du Double H. Si vous souhaitez passer, je peux vous faire visiter. Vous pourrez voir en quoi consiste le travail et jeter un œil sur les appartements de la nourrice avant de vous décider.

— Le Double H est votre ranch ?

Elle connaissait la propriété. C'était proche du ranch de la famille Clayton, le Silver C. Les parties du Double H qu'elle pouvait voir depuis la route principale étaient superbement entretenues. Les écuries et le bâtiment d'habitation étaient peints d'un blanc éclatant avec des ornements gris foncé. Les jardinières débordaient toute l'année de fleurs de saison.

— Oui, dit-il en lui souriant. Depuis que je me suis essayé à la garde d'enfants, je peux dire que le travail que nécessite un ranch est facile. Je suis tout à fait disposé à retourner à mon bétail à plein temps.

L'idée la troubla, étant donné que sa responsabilité envers son neveu n'allait pas se terminer si et quand elle s'occuperait du poste de nourrice. Mais elle ne pouvait pas y penser trop longtemps. Elle avait devant elle des décisions difficiles à prendre.

— Très bien, je passerai demain. Après le déjeuner, cela vous irait ?

— C'est parfait.

Il posa une main protectrice sur le dos de Teddy.

— Vous pourrez refaire votre tour de magie pour qu'il fasse sa sieste !

Ce n'était pas la première fois qu'on comparait son travail auprès des enfants à de la magie. Elle avait déjà reçu beaucoup de nombreux compliments similaires de la part de clients satisfaits. Elle aimait les enfants. Il n'y avait rien de magique là-dedans. Reste que l'idée de coucher l'enfant sous le regard de James Harris la remplissait de sensations pour le moins étranges.

— Alors à demain.

Hochant la tête, elle recula rapidement. Il fallait qu'elle se protège de son désir et du magnétisme que l'homme dégageait. Se retirant dans sa voiture, elle s'obligea à quitter James du regard et ferma la portière derrière elle.

Après avoir tourné la clé dans le contact, elle sortit rapidement du parking et pesta intérieurement. Il n'y aurait pas eu le sex-appeal de James, elle aurait probablement déjà accepté le travail qu'il lui avait proposé.

Son refus n'était pas juste pour lui. Et encore moins pour le petit garçon innocent qui venait de perdre ses deux parents.

Ce qu'il lui restait désormais à trouver, c'était un moyen de faire ce travail en évitant le plus possible de fréquenter l'éleveur.

Après avoir reposé le taille-haie qu'il utilisait pour couper un jeune pommier, James plissa les yeux pour regarder sa montre.

Compte tenu du nombre de fois où il avait jeté un coup d'œil sur l'Omega Seamaster vintage qu'il tenait de son grand-père, James ne pouvait nier qu'il attendait avec impatience la visite de Lydia Walker. Et bien qu'il ait été heureux d'avoir enfin trouvé une solution à son problème de nourrice, il savait que cela ne représentait qu'une partie de la vérité.

L'autre, c'est qu'il avait envie de la revoir. Terriblement.

Tout en prenant son temps pour essuyer la lame du sécateur – une étape importante pour prévenir toute propagation de maladie – James se dit qu'il devait s'assurer que Lydia acceptât son marché. Un besoin qui était en contradiction totale avec la férocité du désir qu'il ressentait pour elle. Depuis leur rencontre, elle n'avait pas quitté ses pensées. Pendant la journée, il arrivait à occulter les visions aussi vite que possible. Mais pendant la nuit... Ses rêves avaient été aussi sauvages qu'inappropriés.

Il fallait qu'il se ressaisisse. Trouver une nounou était son objectif numéro un pour l'instant, et ce depuis trois mois. Il ne pouvait pas se permettre de laisser un appétit sensuel indéniable brouiller une question qui devrait être un simple arrangement commercial. Qu'importe l'enchère de sa sœur, James avait besoin de Lydia.

La veille, il avait passé du temps à vérifier ses références et avait été tout bonnement impressionné. Non seulement elle avait servi de nourrice à deux membres du CET qui l'avaient félicitée – il les avait appelés le matin même et ils ne tarissaient pas d'éloges à son égard, mais aussi Lydia avait aussi un lien avec le célèbre blog *House Rules*.

Le blog était tenu par sa mère, Fiona, mais Lydia y tenait un rôle de premier plan et ce depuis son adolescence. Il y avait toute une vidéothèque où l'on voyait Lydia montrer aux internautes bien des trucs et astuces, que ce soit pour confectionner des plats bio pour bébés, rafraîchir un mobilier vintage ou respecter le calendrier de vaccination et autres obligations hygiéniques et sanitaires. Pour le dire en deux mots, elle était exceptionnellement qualifiée.

Mais, pour lui, le plus impressionnant demeurait comme

elle avait réussi à transformer une colère homérique de Teddy en sourire puis en sieste à poings fermés.

Ce qui était suffisant pour rendre ses services indispensables. Alors il n'allait pas laisser son désir se mettre en travers de la route.

En outre, si son divorce lui avait appris quoi que ce soit, c'était bien que la chimie entre deux êtres peut s'évanouir aussi rapidement qu'elle est arrivée, ce qui rendait le terrain glissant pour n'importe quel type de relation intime.

Alors qu'il se dirigeait vers le hangar pour ranger les outils de jardinage, James entendit le craquement des pneus d'une voiture sur le gravier. En se retournant, il reconnut le véhicule de Lydia dans lequel il l'avait vue déguerpir la veille. Il s'empressa de ranger les outils et se lava les mains au lavabo de l'atelier avant de sortir à nouveau.

Il avait presque atteint sa voiture quand elle en sortit. Ses longues jambes étaient parées de hautes bottes et de jambières foncées. Une robe pull grise et un long manteau à chevrons étaient des pièces aussi simples qu'efficaces. Sans être ouvertement sexy. Et pourtant, il ne put s'empêcher de faire courir ses yeux sur sa robe pull qui épousait ses formes à merveille. Mais c'était son sourire qui l'attirait plus que tout. De ses cheveux châtain clair rayés de mèches miel à sa peau comme réchauffée par le soleil, elle semblait briller de l'intérieur. Aujourd'hui, comme hier, elle était discrètement maquillée. Un long collier en or parfaisait l'ensemble.

— Bienvenue au Double H, la salua-t-il, les bras écartés. Maison de la famille Harris depuis 1953 !

Son frère et lui étaient nés ici et il était extrêmement fier de l'endroit, tout comme son père avant sa mort. Son frère avait prévu de retourner à Royal un jour et de l'aider à développer les activités d'élevage en ranch. Un plan qu'il ne mettrait donc jamais à exécution… Étrange comment le chagrin semblait prendre un malin plaisir à le torturer au moment où il s'y attendait le moins.

Mais James allait le poursuivre pour lui, afin d'offrir à Teddy l'avenir que son père avait rêvé.

— Je vous remercie, dit-elle en le laissant fermer la portière derrière elle pendant qu'elle tournait lentement sur elle-même pour observer les bâtiments les plus proches. J'ai toujours pensé que c'était une jolie propriété à chaque fois que je suis passée devant.

Il lui sourit.

— Je pense que mon grand-père serait ravi d'apprendre que cet endroit est devenu *joli*. Mais j'ai toujours eu l'idée d'élargir le secteur de la vente de chevaux après avoir connu un certain succès avec les yearlings. Et, traditionnellement, il est vrai que les fermes d'élevage de chevaux sont plus attrayantes, car les clients potentiels passent souvent par les granges.

— Vous avez fait un excellent travail.

Lydia se dirigea vers le petit bosquet où il était en train de travailler.

— Ce sont des arbres fruitiers ?

Il acquiesça, heureux qu'elle l'ait remarqué.

— Oui, j'ai une douzaine de pommiers, quelques pêchers et poiriers. Juste assez pour que les employés du ranch râlent à propos du travail supplémentaire au moment des récoltes. Bien que personne ne se soit encore plaint d'avoir à la maison des fruits frais à la fin de la journée. J'étais en train de les tailler avant votre arrivée.

— J'espère que je ne vous ai pas dérangé au milieu de votre travail.

Elle s'arrêta et le regarda.

— Je sais que je suis un peu en avance, mais je ne savais pas combien de temps durerait le trajet.

— Aucun problème, je venais de tout terminer lorsque vous êtes arrivée. Votre timing est parfait.

Il lui fit signe de se diriger vers une entrée latérale de la maison principale.

— Entrez. Puis-je vous apporter quelque chose à boire ?

— Non, merci.

Elle attendit qu'il ouvre la porte, puis entra dans le vestibule.

— Où est Teddy ? Je lui ai apporté un cadeau.

Elle tira la manche de son manteau et il passa derrière elle pour l'aider.

Ses cheveux effleurèrent le dos de ses mains, la doublure en soie de son manteau lui fit comme une décharge électrique. Il essaya de s'éloigner rapidement – pour ne pas risquer de s'attarder trop longtemps dans ces sensations – mais il ne fut pas assez rapide pour éviter l'effluve de son parfum. Quelque chose de vanillé avec un soupçon de fleur.

Redoublant d'efforts, il se détourna d'elle pour accrocher le manteau à l'un des crochets métalliques.

— C'est très gentil de votre part. Ma gouvernante a pris Teddy pendant quelques heures pendant sa sieste pour que je puisse arroser et élaguer les arbres. Je suis en retard sur à peu près tout dans la propriété.

Il la conduisit plus en avant dans la maison et s'arrêta devant la cuisine.

— En outre, je voulais vous faire mon argumentaire de vente pour le poste de nourrice sans aucune distraction.

Secouant la tête, elle lui sourit légèrement.

— Mais c'est le bébé, James, votre meilleur argument de vente.

Sceptique, il avait pensé pouvoir surtout la convaincre en lui montrant d'abord la maison.

— Les trois femmes qui vous ont précédée ne semblaient pas aussi ravies que vous de l'enfant dont elles avaient à s'occuper.

Lydia croisa les bras et l'étudia.

— Alors c'est qu'elles n'étaient pas faites pour ce métier.

Un simple commentaire qui acheva de le convaincre : il avait décidément trouvé la perle rare. À lui, maintenant, de la convaincre d'accepter de travailler pour lui.

— Ce qui me donne d'autant plus envie de vous engager, lui dit-il honnêtement.

Après lui avoir fait faire le tour de la cuisine et de la grande salle à manger, il monta l'escalier principal qui menait à la nurserie. C'est alors que sa gouvernante, Mme Davis, sortit de la pièce. Son salut fut des plus secs.

— Merci, Mme Davis, nous allons vous libérer.

James savait que la femme n'était pas heureuse d'avoir de nouvelles responsabilités auprès du bébé, mais James avait su montrer sa gratitude en augmentant sa paie depuis deux semaines.

— Voici Lydia Walker. Elle est ici pour peut-être devenir nounou à temps plein.

— Dans ce cas, j'ai à faire ailleurs.

À ces mots, elle hocha brusquement la tête et descendit l'escalier, ses tennis blanches couinant sur le bois du parquet alors qu'elle s'éloignait.

— Le personnel de la maison est surchargé, expliqua-t-il en espérant que Lydia ne soit pas rebutée par la froideur de la gouvernante. Mme Davis m'a aidé plus d'une fois et j'ai également l'aide temporaire de la fille de mon contremaître. Mais le travail supplémentaire joue sur l'humeur de tout le monde.

— C'est compréhensible, murmura doucement Lydia en regardant le bébé endormi dans le berceau. S'occuper d'un enfant est un énorme changement dans une vie. Les futurs parents ont neuf mois pour se préparer et la plupart d'entre eux sont toujours dépassés par la transition.

Elle lui sourit et reprit :

— Ne vous inquiétez pas, vous vous débrouillez très bien.

Sans doute avait-elle voulu que les mots soient rassurants, mais ils eurent l'effet totalement opposé sur lui.

— Vous n'en savez rien, répondit-il, refusant d'accepter une pitié qu'il ne méritait pas. Je ne peux pas m'empêcher de penser que mon frère se serait bien mieux occupé de l'éducation de son fils que je le pourrai jamais. J'ai contacté les grands-parents maternels de Teddy pour essayer de les impliquer davantage.

En réalité, il leur avait écrit deux fois, sans recevoir encore de réponse.

— Leur maison sera peut-être un meilleur endroit pour mon neveu.

Lydia mordit sa pulpeuse lèvre inférieure, l'air pensif.

— Vous pensez demander à ses grands-parents de l'élever ?

Elle s'éloigna du berceau, ses bottes faisant un bruit feutré sur l'épaisse moquette alors qu'elle se mouvait.

La nurserie avait été assemblée en hâte. La pièce contenait tout le mobilier et les accessoires nécessaires, mais elle n'avait pas encore été décorée pour plaire à un enfant.

— Absolument. Déjà que je ne peux même pas garder une nounou pour s'occuper lui, alors je me vois mal occuper une part significative de sa vie.

Il n'était pas certain qu'autant de franchise soit la meilleure recette pour convaincre Lydia d'accepter le poste, mais quelque chose en elle facilitait les confessions. Comme s'il pouvait lui faire aveuglément confiance...

Un sentiment qu'il avait rarement ressenti, avec qui que ce soit.

3

— Je ne peux pas accepter ces conditions.

De retour dans le grand salon du ranch, Lydia baissa les yeux sur l'offre soigneusement mise en page que James venait de lui glisser de l'autre côté de la table.

Après une visite du bâtiment d'habitation du Double H, avec attention particulière portée à la crèche, au logement de la nourrice et à une salle de jeux qu'elle pourrait équiper à sa guise, James avait brièvement mentionné une très généreuse compensation financière pour ses services. Non seulement la chambre et la pension étaient incluses – un plus à l'heure où sa maison était en plein réaménagement pour devenir une garderie – mais James lui offrait également un salaire, une couverture santé et la garantie de recommandations exceptionnelles si elle restait au moins six mois. Comme il le lui avait déjà dit, la dette de Gail serait partiellement annulée après la période d'essai de deux mois et intégralement au bout d'un an.

En outre, des pages du contrat décrivaient les potentiels budgets pour la rénovation de la salle de jeux et de la crèche, ainsi qu'une allocation de dépenses pour les jouets, les livres, le matériel, les sorties et tout ce qu'elle pensait être nécessaire pour Teddy.

— Que voulez-vous dire ?

James fronça les sourcils et se pencha vers les papiers dispersés sur la table.

— Y a-t-il des choses que j'ai oubliées ? Tout est négociable, vous savez.

Fermant le dossier d'un geste, elle se leva et le lui rendit puis s'avança vers l'immense cheminée de pierre où crépitait un feu. Elle croisa les bras sur sa poitrine.

— Vous n'avez rien oublié. C'est beaucoup trop généreux.

Elle n'avait jamais entendu parler d'un poste de nounou aussi bien payé. Et cela lui faisait mal au cœur de penser qu'il était prêt à donner autant pour un petit garçon qu'il envisageait d'abandonner à ses grands-parents maternels.

— Il faut que j'honore les souhaits de mon frère, cela signifie tout pour moi.

À ces mots, sa mâchoire se contracta et ses yeux se mirent à briller sous le coup de l'émotion.

— Je comprends.

Et elle était sincère.

— Mais la raison pour laquelle je suis venue vous voir hier concernait le remboursement des folies de ma sœur. Je ne peux pas vous laisser nous donner autre chose.

Il secoua la tête avant même qu'elle ait terminé sa phrase.

— Non, vous ne pouvez pas sacrifier votre propre revenu pour le bien de quiconque, que ce soit votre frère ou votre sœur. Je ne veux pas en entendre parler.

Avant qu'elle puisse lui objecter quoi que ce soit, il ajouta :

— J'ai fait des recherches sur vous sur Internet, Lydia. Vous êtes extrêmement qualifiée.

L'information lui plut. Sans doute parce qu'elle signifiait aussi qu'il avait passé du temps à penser à elle, ne serait-ce que sur un plan professionnel. La chaleur qui lui monta aux joues n'avait rien à voir avec l'âtre rougissant dans la cheminée.

— Je vous remercie. Mais j'ai déjà une bonne mutuelle, alors la vôtre fera doublon. Je vous propose de réduire le salaire de moitié, et là je pourrai accepter.

— La moitié ?

Il secoua la tête avec un air de défiance.

— Je ne pourrais pas me regarder dans le miroir si vous prenez moins de trois quarts de la somme précisée dans ce contrat.

— La moitié, insista-t-elle. Et je vais trouver un moyen de faire travailler ma sœur pour moi afin qu'elle rattrape la différence.

L'un dans l'autre, Gail avait besoin d'apprendre que ses actions impulsives n'étaient pas sans conséquences.

Il passa une main dans ses cheveux noirs coupés court.

— Je ne sais pas.

Elle soupçonnait qu'il aurait continué à parlementer si un cri provenant de la nurserie n'avait pas retenti à ce moment précis. Le regard de James se dirigea vers l'escalier.

— Si vous acceptez, je peux commencer immédiatement, proposa-t-elle, sentant qu'il était en train de céder.

Elle avait vu juste. Il souffla bruyamment et lui tendit la main.

— Très bien, j'abdique, marché conclu.

Lydia glissa sa paume dans la sienne et fut assaillie par le souvenir de leur bref contact la veille, lorsqu'il avait pris Teddy dans ses bras et lui avait frôlé la cuisse. Et comme la veille, un courant électrique sembla passer entre eux, si chaud qu'il aurait pu la faire fondre. Et, à en juger par le regard qu'il lui jeta, il en était lui aussi parfaitement conscient.

Elle fut presque reconnaissante du nouveau cri de bébé qui brisa le silence car cela lui donna le prétexte idéal pour retirer ses doigts. Hors d'haleine, comme si elle venait de piquer un sprint alors qu'elle n'avait quasiment pas bougé depuis de longues minutes, elle quitta la pièce. Il lui fallait absolument fuir la tentation de son nouveau patron – et la peur de commettre une énorme erreur.

Après un bref dîner pris avec le bébé dont elle avait nouvellement la charge, Lydia se demanda s'il était bien avisé de commencer son nouveau travail si rapidement.

Elle avait sauté des deux pieds dans les habitudes du

bébé. Il ne lui avait fallu que quelques heures pour savoir où se trouvait tout ce dont elle pouvait avoir besoin. Elle connaissait le protocole pour les allergies alimentaires de Teddy et où étaient rangées les seringues d'adrénaline. Il ne restait qu'une chose à déterminer : comment installer ses affaires dans la pièce du Double H qui lui était réservée. Elle s'était dit qu'elle allait pouvoir en discuter avec son nouveau chef à l'heure du repas.

Sauf qu'il était plus de 20 heures passées et James n'était toujours pas rentré. Lydia avait mis Teddy dans son berceau pour la nuit et avait jeté un coup d'œil dans l'escalier à plusieurs reprises. Elle avait même pris son courage à deux mains pour aller s'en enquérir auprès de la gouvernante.

À chaque fois, Mme Davis l'avait regardée comme si elle était sur le point de voler l'argenterie de la maison. Entre les réponses laconiques de cette femme et son manque général d'hospitalité, Lydia eut la nette impression que sa présence n'était pas bien accueillie par la gouvernante.

Pour autant, elle n'était pas trop inquiète. Peut-être que Mme Davis était tout simplement fatiguée de s'occuper d'un petit. Ce qui préoccupait Lydia, par contre, était de se dire que James n'allait peut-être pas être disponible ces prochaines semaines. Sa disparition avait-elle un lien avec l'attraction qui était manifestement en train de naître entre eux ?

Estimant que rester cachée dans sa chambre à faire les cent pas n'allait rien régler, Lydia se décida à sortir franchement de sa vaste chambre et se précipita dans le couloir menant à l'escalier. La rampe en bois naturel était lustrée et les éléments les plus rustiques de la maison se mariaient harmonieusement à des touches plus contemporaines, comme les murs peints dans des tons taupe et cannelle.

Au rez-de-chaussée, un foyer en pierre et des trophées de chasse montaient jusqu'au plafond de la galerie de l'entresol. Autour de la cheminée, des canapés en cuir et des fauteuils à oreilles assortis étaient aussi élégants qu'invitant à la relaxation. Des livres sur l'agriculture et l'élevage de chevaux remplissaient les étagères d'une petite bibliothèque fraîchement époussetée.

Elle chercha des signes de Mme Davis mais ne vit pas la gouvernante. Avant que Lydia ne puisse décider son prochain geste, la porte latérale s'ouvrit et James entra.

Elle se tenait assez loin pour qu'il ne la remarque pas tout de suite. Il prit son temps pour retirer son Stetson et l'essuyer avec une peau de chamois avant de le suspendre à une patère. Un soupçon d'air frais entra dans la maison avec lui. La température avait chuté et elle savait qu'une tempête était prévue pour ce soir.

Dans l'ombre du vestibule, ses traits semblaient encore plus sculptés. Il avait les pommettes saillantes, une mâchoire forte et des épaules qui auraient fait tourner la tête de n'importe quelle femme.

Elle ne pouvait que l'admettre : elle adorait le regarder.

— Vous rentrez toujours aussi tard ? demanda-t-elle afin de révéler sa présence.

Il leva rapidement les yeux, son expression était plus ravie que surprise.

— Bonsoir, Lydia. Je ne m'attendais pas à vous voir debout si tard.

Elle jeta un coup d'œil à l'horloge antique sur le mur opposé.

— Il n'est même pas 21 heures.

— Oui, mais quand je m'occupe de mon neveu, j'ai souvent envie de me coucher avant lui.

Il enleva ses bottes et les aligna à côté du tapis de l'entrée.

Le voir enlever ses chaussures était un spectacle étrangement intime. Comme si elle vivait avec lui.

Elle secoua la tête. Cette pensée était des plus stupides. Ce n'était pas la première fois de sa vie qu'elle était nounou à domicile. Sauf que les autres fois, elle était hébergée dans des familles, pas chez un séduisant célibataire...

Son regard le suivit alors qu'il entrait dans la cuisine,

pieds nus. Dans un T-shirt gris à manches longues et un jean foncé, il ressemblait moins au président du Club des éleveurs du Texas qu'à un cow-boy raffiné. Rapidement, il se lava les mains dans l'évier de la cuisine.

— Teddy n'a pas fait d'histoires pour s'endormir, précisa-t-elle. Jusqu'à présent, je n'ai rien vu qui prouve que ce bambin est plus difficile que la plupart des enfants de son âge. Peut-être que la chance du débutant me sourit.

— Ou peut-être que vous savez y faire.

Il lui sourit pendant qu'il se séchait les mains à l'aide d'un torchon.

— Vous voulez vous joindre à moi pour le dîner ? Je meurs de faim, mais j'aimerais bien savoir comment s'est passée votre journée.

Il se dirigea sans plus attendre vers le réfrigérateur et l'ouvrit.

— Non, merci, c'est gentil. Teddy et moi avons dîné plus tôt.

En outre, elle ne pouvait pas risquer de passer trop de temps avec son employeur. Vu la réaction qui avait été la sienne lorsqu'il lui avait serré la main, dîner avec lui était plus que périlleux. Et pour espérer survivre aux deux mois de la période d'essai, il fallait qu'elle évite à tout prix ce genre de tentations.

— Pour tout vous dire, poursuivit-elle, je pensais que le moment était tout trouvé pour rentrer chez moi et récupérer quelques affaires pour passer tranquillement la semaine prochaine.

James se frappa doucement le front.

— Zut, j'ai complètement oublié ce détail.

À ces mots, il sortit un sandwich du réfrigérateur et ôta la pellicule de cellophane.

— D'autant plus qu'une tempête se prépare, ajouta-t-il après avoir mordu dans le petit pain. Les températures risquent de vite devenir glaciales.

— Je serai prudente.

Elle s'approcha de la cuisine sans y entrer et le regarda récupérer une assiette et un verre dans un placard.

— Je serai de retour dans deux heures.

Il écarta le rideau de la fenêtre au-dessus de l'évier de la cuisine et plissa les yeux vers la nuit au dehors.

— Non, les routes vont être sacrément dangereuses avec le verglas.

Elle pouffa de rire.

— Je dois vous avouer que c'est bien la première fois que quelqu'un s'inquiète pour moi. En tant qu'aînée de huit ans sur le reste de ma fratrie, cela ne m'est jamais arrivé.

Une boule de tristesse se forma dans sa gorge et effaça son sourire. Elle baissa les yeux en pensant qu'en général, c'était elle qui s'inquiétait pour ses proches.

— Et votre mère ? demanda-t-il en laissant retomber le rideau avant d'aller se remplir un verre d'eau. Elle ne vous a jamais dit de ne pas tenter le diable en roulant la nuit dans une tempête ?

Même avec le comptoir qui les séparait, elle sentit la force de sa curiosité pour elle. Elle n'avait jamais autant ressenti le poids d'un regard sur sa peau et se demanda pourquoi, parmi toutes les personnes auprès desquelles Gail aurait pu s'endetter, il avait fallu que cela tombe sur un homme que Lydia trouvait si puissamment sexy.

— Ma mère ne fait pas très attention aux dangers, que ce soit de la météo ou d'autres. Pour le dire gentiment.

Un jour, Lydia avait sauvé sa plus jeune sœur de la noyade dans la piscine d'un voisin tandis que sa mère dirigeait un atelier sur l'amour de la Terre nourricière. Elle était l'inconscience incarnée.

— Fiona Walker croit sincèrement que si vous voyez des cœurs et des fleurs partout où vous allez, le monde doit être un endroit joyeux et sûr.

Les sourcils de James se soulevèrent alors qu'il glissait son sandwich dans le micro-ondes.

— J'ai comme l'impression que vous n'êtes pas vraiment dans le trip hippie de *House Rules*.

Lydia ne fut pas surprise qu'il connaisse le blog. Les *community managers* de sa mère publiaient régulièrement des statistiques sur le nombre de vies que le site avait significativement améliorées – une manière fleurie de mentionner un taux d'engagement record sur les réseaux sociaux.

Choisissant ses mots avec soin, elle répondit :

— Disons juste que j'espère que vous ne m'avez pas embauchée parce que vous vouliez que je donne à Teddy des leçons sur le pouvoir de la pensée positive.

— Honnêtement, j'étais juste heureux d'apprendre que vous aviez un brevet de secourisme et que vos références étaient plus que brillantes.

Il retira l'assiette du micro-ondes.

— Que diriez-vous de cela : je termine en vitesse de manger et je vous accompagne chez vous. Nous aurons tout le loisir de débriefer sur votre première journée en chemin.

— Et pour Teddy ?

— Mme Davis l'entendra s'il pleure.

Il prit un porte-clés dans le vide-poches du comptoir en granit.

— De plus, nous serons de retour avant son réveil.

C'était un sujet dont elle devait lui parler. Cela ne la mettait pas à l'aise de laisser le bébé sous la garde d'une femme qui semblait ne pas vouloir veiller sur lui. Mais même si elle insistait pour se rendre seule chez elle, il y avait de grandes chances pour que James laisse de toute façon sa gouvernante s'occuper de Teddy durant la nuit.

D'une manière ou d'une autre, il fallait qu'elle aide James à accepter son rôle de père adoptif. Qu'importe que la perspective d'une promenade en voiture avec son magnifique patron puisse être tentante, Lydia savait que plus tôt elle discuterait de ces problèmes avec lui, mieux ce serait.

— D'accord. Laissez-moi juste installer le moniteur pour elle.

L'appareil était connecté en permanence à une application sur son téléphone, mais elle savait aussi que le modèle installé dans la nurserie possédait un récepteur physique.

James acquiesça en sortant son téléphone.

— Prenez votre temps, il faut encore que je termine de manger.

Il tapota sur l'écran tactile de son mobile.

— La chambre de Mme Davis est la première à gauche juste en bas. Vous pouvez laisser le moniteur devant sa porte et je lui enverrai la marche à suivre par SMS. De toute façon, je suis persuadé qu'elle ne va pas pouvoir dormir en sachant qu'il n'y a personne dans la maison.

Lydia ignora les commentaires de James sur le fait qu'elle pouvait prendre son temps et se dirigea vers la nurserie d'un pas alerte.

Teddy Harris en avait suffisamment traversé ces derniers mois. Plus elle irait vite avec cette histoire de moniteur, plus ils seraient rapidement de retour et minimiseraient ainsi les risques que l'enfant se réveille sous la garde de Mme Davis.

Après avoir récupéré le combiné, elle s'arrêta près du berceau du bébé et regarda son petit visage baigné dans la douce lueur d'une veilleuse. Il était si angélique. Sa bouche semblable à un bouton de rose était légèrement ouverte, et ses doigts serraient un hochet en forme de chiot bleu.

Un sentiment de profonde tendresse l'envahit alors qu'elle fermait la porte derrière elle. Elle comprit alors qu'elle allait surmonter les deux mois de la période d'essai. Et pas seulement parce que cela aller tirer Gail de l'embarras.

Car elle savait qu'elle avait le potentiel pour changer la vie du bébé. Et aussi, l'espérait-elle, de son oncle.

Au volant de son 4x4 et les essuie-glaces bloqués sur la vitesse la plus rapide, James se concentrait sur la route déserte qui menait à la maison de Lydia. S'il avait assez mangé pour ce soir, avoir la nouvelle nourrice de son neveu à côté de lui titillait un autre genre de faim.

Il fit de son mieux de ne pas y penser. Mais avec son léger parfum de vanille qui lui mordit le nez quand elle se pencha encore plus près pour changer de station de radio, il ne put résister à l'envie de s'en emplir les poumons.

— Voilà, dit-elle en s'adossant de nouveau sur le siège passager lorsque le son d'une guitare blues se mit à résonner dans tout l'habitacle. J'espère que cela ne vous dérange pas ? J'avoue que les informations politiques me barbent au plus haut point.

— Aucun souci, répondit-il, les nuits de tempête et le blues vont parfaitement bien ensemble. Après, peut-être que je ne suis pas le meilleur juge avec tout le Texas que j'ai dans le sang.

— C'est vrai ?

Même en ayant les yeux rivés sur la route, il entendit le sourire dans sa voix.

— Yep m'dame. Mon grand-père est né sur l'île Galveston, mais il s'y est installé après la guerre de Corée, lorsqu'un de ses amis de l'armée est décédé et lui a laissé la ferme de sa famille en héritage.

— Votre grand-père a hérité du Double H ?

Elle déplaça ses jambes vers lui.

Il maudit mentalement les dimensions de l'habitacle. S'ils avaient pris sa berline, ses genoux l'auraient frôlé. Mais il se souvint subitement qu'il n'était pas censé penser à ses jambes enlacées aux siennes. Imaginer une employée dans une telle position était la recette d'un désastre.

— Il s'agissait davantage d'un terrain que d'un ranch, à l'époque. Seules les terres agricoles étaient réellement là. La veuve de son ami avait du mal à élever trois enfants et à obtenir les récoltes, alors Henry Harris Senior s'est installé dans une caravane et s'est mis au travail.

Il avait souvent entendu l'histoire de la bouche de son

père, car son grand-père était décédé alors que James n'était qu'un nourrisson.

— Ma maison est à gauche.

D'un geste de la main, elle indiqua le prochain tournant.

— Je suis sûre que votre grand-père serait fier de la façon dont vous entretenez la propriété. C'est un exemple à suivre.

Des paroles qui lui plurent. La vérité, c'est qu'il avait travaillé sans relâche au cours des dix dernières années pour la moderniser.

— Je vous remercie.

Il ralentit alors le véhicule et se gara dans une allée en fer à cheval donnant sur une résidence de plain-pied. Devant la maison blanche, James remarqua ce qui avait tout l'air d'être des matériaux de construction soigneusement empilés sous des bâches dans la cour.

— On dirait que vous êtes vous aussi en pleine rénovation.

— Pas aussi vite que je le voudrais, mais oui.

Elle désigna alors un auvent de l'autre côté du bâtiment.

— Si vous voulez vous garer là-bas, nous pouvons entrer à l'intérieur sans être trop trempés.

Quelques instants plus tard, il la suivit jusqu'à la porte d'entrée, la pluie battant fort sur le toit en bois du auvent alors qu'elle secouait sa clé dans une serrure tenace.

Il remarqua que la structure fuyait à quelques endroits.

Une fois à l'intérieur, elle alluma la lumière pour révéler une maison en travaux. Des bâches en plastique étaient suspendues à une extrémité d'une cuisine fonctionnelle. Le but était sans doute de réduire au minimum l'invasion des poussières. Dans la partie exploitable d'une grande salle à vivre, James remarqua des comptoirs et des armoires bien rangés, ainsi qu'une longue planche de bois reposant sur des tréteaux qui accueillaient des échantillons de revêtement de sol et autres carreaux de cuisine.

L'espace avait sans conteste une touche féminine avec un épais tapis céladon, des aimants en forme de cœur sur le réfrigérateur tenant des dessins d'enfants et, dans un coin plus loin, une petite étagère murale hébergeant une collection d'oiseaux en verre et en céramique.

— J'en ai pour une minute.

Lydia se dirigea alors derrière la bâche en plastique qui divisait l'espace de vie.

— J'ai juste besoin de prendre quelques vêtements, ajouta-t-elle.

— Vous avez besoin d'aide ? demanda-t-il. N'hésitez pas si vous voulez aussi prendre des meubles ou des objets personnels pour que vous vous sentiez davantage chez vous. Il y a beaucoup de place dans le pick-up.

— Oh non, ça ira, je n'ai pas besoin de beaucoup, hésita-t-elle. À la limite, je vais aussi prendre quelques jouets que Teddy pourrait aimer.

Elle lui tendit les bâches en plastique et il se baissa pour passer près d'elle. Sans le faire exprès, il lui frôla l'épaule. Était-ce son imagination ou avait-elle retenu sa respiration à son contact ?

Bien trop près d'elle, il s'avança dans un petit couloir provisoire fait de panneaux de contreplaqué.

— Désolée pour le bazar, dit-elle en prenant rapidement de l'avance sur lui. Je vis dans un chantier. Je ne le remarque presque plus quand je suis toute seule.

Son regard s'éternisa – bien malgré lui – sur la courbe sensuelle de ses hanches moulées dans son pantalon de toile alors qu'elle marchait devant lui. Elle s'arrêta un court instant pour actionner un interrupteur sur un mur, ce qui révéla une chambre transformée en zone de stockage.

— Ne vous en faites pas, commenta-t-il, j'ai l'habitude.

Ce qui était inhabituel, par contre, c'était le désir ardent qu'elle suscitait en lui.

Il se racla nerveusement la gorge. Il se sentait comme hypnotisé.

— Vous pouvez me descendre ces deux valises ? dit-elle se tournant vers lui.

Si vite qu'il eut peur de n'avoir pas levé les yeux assez rapidement pour ne pas passer pour un détraqué.

— Bien sûr, bredouilla-t-il en s'exécutant.

Heureusement pour lui, Lydia ne sembla pas avoir remarqué l'indiscrétion de son regard. Sans un mot, elle se plongea dans une grande boîte remplie de jouets.

— Vous savez, je peux vous acheter tout ce dont vous pensez avoir besoin.

Elle secoua la tête.

— N'abusez pas de votre générosité. Qui plus est, les bébés grandissent vite et il est plus écologique de recycler de vieux jouets.

Leurs yeux se croisèrent sur la valise qu'il tenait.

Si elle avait été une autre femme, il aurait mis la valise de côté et l'aurait prise dans ses bras. Il aurait goûté ses lèvres pour voir si elles étaient aussi sucrées que son parfum. Et il aurait enveloppé ses bras contre ses courbes pour sentir si elles étaient aussi envoûtantes au toucher qu'elles en avaient l'air à la vue.

Dans le silence de la pièce, il crut entendre les battements du cœur de Lydia et leur rythme aussi effréné que celui qui tambourinait dans sa poitrine.

— Bon, je ferais mieux de m'occuper de mes vêtements maintenant, dit-elle en saisissant la valise vide.

En se maudissant intérieurement, James prit celle que Lydia avait remplie de jouets et d'accessoires pour bébé et la referma d'un coup sec.

Puis il revint dans l'espace bien plus sûr de la cuisine et de la salle à manger, en se disant que les bagages n'étaient pas les seules choses qui devaient impérativement rester fermées.

4

À l'approche de la fin d'année, Lydia s'était efforcée de mettre en place de joyeuses routines pour Teddy Harris.

Après tout, elle savait y faire avec les enfants et elle avait besoin de s'occuper pour oublier la tentation qu'elle ressentait pour son patron à chaque fois qu'elle respirait. Une tentation qui avait été exacerbée par le court moment d'intimité qu'elle avait vécu avec James lorsqu'il l'avait conduite chez elle.

Lui aussi semblait bien décidé à ne jamais franchir cette frontière. Était-ce parce que James était profondément moral ou parce qu'il redoutait de devoir se séparer d'une nounou ?

Peut-être un peu des deux. Dans tous les cas, ils avaient passé ces derniers jours à une distance raisonnable l'un de l'autre et ne s'étaient quasiment jamais croisés plus de quelques minutes.

Alors qu'elle s'était mise à décorer la salle de jeux pour Noël, Lydia fredonnait une chanson en surveillant du coin de l'œil le bébé qui rampait sur son tapis d'éveil avec un renne en plastique coloré. Elle aimait lui lire une histoire avant qu'il ne s'endorme, mais certains soirs, il était tout simplement trop nerveux pour rester dans son berceau. Il aimait courir, sauter et monter les escaliers, même si elle veillait toujours à le suivre à chaque marche au cas où il tomberait. Mais s'il était encore peu agile et coordonné, il était extrêmement énergique.

En soupirant, elle se pencha vers les fenêtres pour regarder les faux flocons de neige qu'elle avait collés sur les carreaux.

C'est alors qu'on frappa brièvement à la porte avant qu'elle ne s'ouvre.

Elle se retourna pour voir James arriver dans la pièce, accompagné d'une nuée de papillons qui s'envolèrent dans son ventre.

— Tout va bien ? demanda-t-il, toujours vêtu de ses vêtements de travail flanqués d'un logo du Double H.

Il avait sûrement laissé ses bottes et son chapeau dans le vestiaire, mais elle en déduit qu'il œuvrait sur l'une des clôtures d'un pâturage. Elle l'avait vu la réparer plus tôt dans la semaine lorsqu'elle avait emmené Teddy faire une promenade en poussette sur l'une des pistes du ranch. Elle avait espéré que James prenne un peu de temps sur ses corvées pour venir jouer avec son neveu, mais il les avait à peine salués d'un geste de la main avant de revenir à sa tâche.

Elle avait aussi remarqué qu'il passait quasiment toutes ses journées à travailler et qu'il rentrait parfois à la maison bien après la tombée de la nuit. Avait-il peur de se retrouver seul avec elle ? Ou était-il simplement un bourreau de travail ?

— Oui, tout à fait. Mais je crois que vous manquez à Teddy. J'aimerais que vous passiez plus de temps avec lui.

Lydia fit signe à James en s'éloignant des fenêtres et en s'approchant de la porte.

— Je vais simplement refermer la porte pour ne pas risquer qu'il s'échappe, précisa-t-elle en souriant.

À cet effet, elle avait placé des couvercles de sécurité sur les poignées des portes de la chambre et de la salle de jeux.

— Je ne resterai pas longtemps, lui assura James, ses yeux sombres s'attardant sur elle. C'est bientôt l'heure de coucher ce petit gars, n'est-ce pas ?

Un frisson parcourut sa colonne vertébrale et elle eut subitement conscience de son apparence. Ses cheveux décoiffés sortaient de sa queue-de-cheval fatiguée et des taches de compote souillaient son chemisier. Elle leva une main pour se recoiffer, puis arrêta son geste. Elle n'avait pas à se faire belle pour son patron, toute son attention devait être concentrée sur Teddy.

— Cela n'a pas de sens de le mettre dans son berceau. Regardez-le, s'il pouvait marcher, il serait parti pour un marathon.

Maintenant qu'elle maîtrisait le rythme des journées avec le petit garçon, elle savait que le moment était venu que James s'implique davantage avec lui. Être une bonne nourrice ne se limitait pas à nourrir et soigner un enfant. Une partie de son travail consistait aussi à rendre une famille heureuse. Sauf que, jusqu'à présent, elle n'avait pas vu beaucoup d'engagement émotionnel de la part de James, encore moins avec le garçon.

— Oui, il est survolté, remarqua James en tapotant les boucles sombres et pelucheuses de Teddy alors que l'enfant se précipitait sur lui les jambes flageolantes.

— Exactement.

Lydia remarqua que Teddy avait lâché son jouet et que son comportement semblait de plus en plus instable.

— De toute façon, poursuivit-elle, j'ai remarqué que lorsque je le force à se coucher, il proteste plus fort que si j'attends une demi-heure supplémentaire. Il faut savoir faire les choses à son rythme.

— Mme Davis dit que vous faites un excellent travail.

James avança vers elle et jeta un coup d'œil vers le sac rempli de décorations de Noël.

Son pouls s'accéléra alors qu'il s'approchait d'elle.

Lydia fronça les sourcils.

— Vraiment ? Je trouve cela difficile à croire après tous les regards noirs que votre gouvernante m'a lancés au cours des deux dernières semaines.

— Je suis désolé si elle vous a mise mal à l'aise. Je vais lui parler, proposa-t-il avant de prendre place sur le banc rembourré devant un fauteuil à bascule.

— Non, je ne voulais pas dire que..., bredouilla-t-elle.

Elle ne voulait certainement pas attiser la moindre rivalité dans la maison.

— Elle n'a rien fait pour me mettre mal à l'aise. Et je suis heureuse de savoir qu'elle pense que je fais du bon travail.

Regrettant le commentaire qu'elle aurait pu garder pour elle, elle s'occupa les mains et l'esprit en fouillant dans le sac pour récupérer un calendrier de l'avent. Sur un cadre en feutrine, des animaux de la ferme regardaient vers une grange flanquée de dizaines de petites fenêtres. Les cases révélaient un nouvel animal chaque jour jusqu'au 24 décembre. À Noël, c'était un bébé couché dans une mangeoire qui apparaissait au centre du tableau. Avec un soupir, elle suspendit le calendrier à l'un des crochets en plastique d'habitude destiné aux œuvres des enfants dont elle avait la charge.

Quand elle se détourna de sa tâche, James sourit et désigna le sol de la salle de jeux. Son regard suivit son geste pour voir Teddy étendu sur le côté, un petit chiot en peluche dans une main.

— Je crois que quelqu'un a sommeil, dit James à voix basse. Voulez-vous que je le porte jusqu'à son berceau ?

— Ce serait génial, oui.

Bien qu'elle n'ait aucun problème à le prendre elle-même dans ses bras, Lydia voulait impliquer davantage James dans le quotidien du bébé. Elle observa alors l'éleveur se pencher pour ramasser l'enfant et le caler contre son large torse.

La mâchoire ombragée de James se posa brièvement sur les boucles de son neveu et Lydia crut que son cœur était sur le point de fondre. Comment résister au spectacle d'un homme aussi fort, faisant preuve d'une infinie tendresse envers un bébé ? Il fallait cependant qu'elle fasse attention à ce qui l'attendrissait, car il n'était pas sage qu'elle se tienne aussi près de son patron, dans cet état, et dans une pièce sombre.

Lydia recula d'un pas lorsque James se dirigea vers le couloir.

— J'arrive dans une minute, lui assura-t-elle avant de se lancer dans l'autre direction.

Il lui fallait un instant. Pour qu'elle reprenne sa respiration et ses esprits.

Mais au lieu de chercher un peu de répit, elle heurta de plein fouet Mme Davis.

— Oh ! Lydia tendit la main pour garder son équilibre et posa l'autre contre le mur. Je suis vraiment désolée.

La gouvernante se renfrogna en secouant la tête. Ses cheveux gris étaient lâchés pour la nuit et avaient quitté le chignon strict qu'elle portait dans la journée.

Lydia fut aussi surprise de la voir à l'étage alors qu'elle était en général dans sa chambre à cette heure de la soirée. Elle essaya de ne pas réagir à l'expression contrariée de la femme, se rappelant ce que James avait dit à propos du compliment qu'elle lui avait fait.

— Je pensais avoir entendu la voix de M. Harris, déclara Mme Davis. J'espérais lui parler de quelque chose.

La femme portait toujours la robe grise et le tablier qui constituaient son uniforme de travail, même si la période de son repos était déjà bien entamée.

— Il met Teddy au lit pour la nuit.

Hochant la tête, la gouvernante commença à se diriger vers l'escalier puis se tourna vers Lydia.

— Il est toujours bouleversé par la mort de son frère, vous savez, dit Mme Davis avec un regard hésitant vers la porte de la nurserie.

La gouvernante ne lui avait jamais autant parlé depuis que Lydia était arrivée dans cette maison.

— Bien sûr, approuva-t-elle. Cela ne fait que quelques mois.

— Et avant cela, il a dû gérer la perte de sa femme.

En disant cela, Mme Davis baissa encore plus la voix alors que Lydia essayait de dissimuler sa surprise.

James avait été marié ?

Elle voulut poser des questions à la gouvernante à ce sujet, mais cette dernière poursuivit sur le ton de la confidence.

— Je ne suis pas sûre qu'il puisse supporter de s'attacher à ce garçon pour le perdre au profit des grands-parents du garçon. C'est pourquoi j'ai fait pression pour que Teddy vive avec ses grands-parents dès le début. Je ne suis pas sans cœur, madame Walker. Je ne veux plus voir M. Harris souffrir, c'est tout.

Lydia pouvait à peine assimiler toutes ces informations tant elle était encore sous le choc de la nouvelle que James avait perdu sa femme. Avaient-ils divorcé ? Était-elle...

Avant qu'elle puisse se renseigner davantage, James sortit de la nurserie. Voyant les deux femmes, il s'arrêta.

Lydia était encore trop sous le choc pour parler. Mme Davis se redressa et lui dit :

— Le congélateur doit être remplacé dès que possible.

Ils discutèrent un court instant de ce problème avant de le résoudre d'une manière que la gouvernante trouva satisfaisante. Lydia se dit qu'il était temps de saluer ses hôtes et de se retirer dans sa chambre.

La vie privée de son patron ne la concernait pas. Et si la famille de sa femme demandait la garde de Teddy ? Lydia savait que ses craintes étaient exagérées, vu que le bébé était un parent de James. Mais elle ne put balayer ses angoisses et son envie d'en savoir plus.

Avant qu'elle n'ait pu se convaincre d'ignorer les appels de sa curiosité, elle se dirigea vers James et lui dit :

— Je ne savais pas que vous aviez été marié.

James retint sa respiration et se prépara à la douleur inévitable que lui causait tout rappel de l'échec de son mariage.

À sa grande surprise, elle ne vint pas. Un certain ressentiment persistait cependant, mais pas avec la même intensité qu'auparavant. Avait-il enfin accepté son passé ? Parce que au lieu de ressentir l'habituelle vague de colère qui montait en lui lorsqu'il songeait à Raelynn, James n'était envahi que par une vague de satisfaction toute masculine à l'idée que Lydia Walker veuille connaître son histoire amoureuse.

— Je ne pensais pas que c'était une information pertinente, lui dit-il honnêtement. Je pense que vous avez été aussi prudente que moi pour ne pas laisser notre relation devenir trop personnelle.

— Bien sûr, cela ne me regarde pas, admit-elle en tirant machinalement sur un fil sortant de la manche de son chandail vert pâle.

Une nuance qui faisait ressortir à merveille ses beaux yeux noisette.

— Non, cela vous regarde, contesta-t-il. Vous travaillez avec mon neveu, et ma situation de famille est comparable à celle de Teddy.

Il fit un geste vers l'escalier.

— Allons dans la cuisine, nous serons plus tranquilles pour parler et en plus nous pourrons prendre quelque chose à boire.

Lydia le suivit et s'installa sur l'un des hauts tabourets composés d'une selle sans dossier qui étaient alignés le long du comptoir en marbre. Il ouvrit l'une des doubles portes du réfrigérateur et attrapa deux bouteilles d'eau gazeuse et une orange. Il la coupa en tranches et déposa un quartier sur le bord de son verre avant de lui tendre la bouteille.

— Je vous remercie.

Elle ôta le bouchon et versa l'eau dans son verre tandis qu'il assemblait quelques morceaux de fromage sur un plat de service qu'il accompagna d'une baguette fraîche trouvée dans le tiroir à pain.

Glissant sur le tabouret près d'elle – en laissant soigneusement un siège vide entre eux deux – il se servit son propre verre. Les petites suspensions au-dessus du bar étaient en mode veilleuses et offraient une lumière faible et relaxante. Il aimait prendre ses repas ici à la fin de la journée.

— Je ne parle pas très souvent de mon ex-femme puisque le divorce a un peu plus d'un an et qu'il n'a été qu'une source de regret immense.

— Vous n'avez pas à vous justifier, surtout pas auprès de moi. Je ne voulais simplement pas être prise au dépourvu si jamais elle venait à la maison ou demandait à voir Teddy.

— Cela n'arrivera jamais. Déjà, Raelynn n'a jamais voulu d'enfant, précisa-t-il.

À vrai dire, il avait déjà pensé à plusieurs reprises à la tête qu'elle pourrait faire si elle savait qu'il avait la garde de son neveu.

— En outre, ajouta-t-il, elle a quitté la région avec son nouveau mari.

Lydia le regarda, les yeux écarquillés.

— Je suis vraiment désolée.

— Oh ! ne le soyez pas. Au moins, nous ne risquons plus de nous croiser en ville.

Au début, il avait été blessé lorsqu'il avait découvert à quelle vitesse elle s'était recasée, mais il avait finalement admis qu'elle était plus heureuse avec n'importe qui d'autre que lui.

— Je savais que nous avions des problèmes, ajouta-t-il, mais je ne réalisais pas à quel point elle détestait être la femme d'un éleveur. Nous avons convenu d'un divorce à l'amiable et elle est partie. Fin de l'histoire.

— Cela a quand même dû être douloureux.

— Bien sûr, soupira-t-il. Mais j'en ai retenu une précieuse leçon. Certes, je n'ai pas du tout l'intention de me refaire passer la corde au cou, mais si cela a le malheur d'arriver, j'agirai en mercenaire et je penserai d'abord à ma pomme.

À ces mots, il rapprocha la planche à découper et termina de partager l'orange qu'il avait utilisée pour leurs boissons avant de déposer les quartiers sur le plateau de service.

La saveur acidulée de l'agrume emplissait l'air et Lydia tendit la main pour se servir un morceau.

— Une approche mercenaire du mariage ?

Elle leva un sourcil circonspect.

— Que voulez-vous dire ? Je ne pense pas que cela soit la bonne marche à suivre.

Il secoua la tête.

— Au contraire, les mariages qui durent sont les mariages arrangés. En outre, lorsqu'un partenaire partage vos valeurs et vos intérêts, il n'est pas impossible que l'amour s'invite dans le partenariat.

Son regard se posa sur les gouttelettes de jus de fruit qui

brillaient sur ses lèvres et il eut terriblement envie d'aller les goûter.

— Vous ne pouvez pas être sérieux.

Elle secoua la tête et grimaça. Mais elle l'avait tellement hypnotisé qu'il lui fallut un moment pour reprendre le cours de la conversation.

— Je suis vraiment sérieux. J'y ai beaucoup réfléchi et je peux vous dire que les histoires d'amour sont très surestimées.

Ramassant une tranche de baguette dans son assiette, elle la déchira en deux et le pointa avec un des morceaux.

— Bon, là-dessus, nous sommes d'accord.

— Oh vraiment ? Je n'arrive pas à croire à un tel cynisme de votre part.

Il la taquinait, mais la sincérité qu'il entendit dans sa voix le rendit subitement triste. Penser que quelqu'un avait brisé le cœur de Lydia Walker n'était pas loin de le faire enrager.

— Non je ne suis pas cynique, mais je sais que tout le monde ne voit pas le mariage comme une contrainte.

Elle lui jeta un regard furtif.

— Ma mère, par exemple, elle a adopté une approche fondée sur des « essais et erreurs » comme elle dit, précisa-t-elle en mimant les guillemets avec les doigts. Elle a été mariée trois fois avant que je ne quitte l'Arkansas. Aujourd'hui, elle prépare même son quatrième mariage.

— Cela n'a pas dû être facile pour vous ou pour vos frères et sœurs.

James avait lu quelques articles sur la famille de Lydia sur le blog *House Rules*, mais il ne se souvenait de rien qui ressemblait à une figure paternelle.

— On a géré.

Il y avait une note de défense dans sa voix, avec un soupçon d'orgueil et de provocation.

— Mais cela m'a certainement donné une vision sceptique du mariage.

Il se demandait si cela voulait dire qu'elle avait elle-même écarté cette possibilité, mais il ne savait pas s'il pouvait continuer à laisser libre cours à sa curiosité. Il décida de changer légèrement de sujet.

— Et votre père ? Est-ce qu'il s'est remarié ?

— Oui.

Elle acquiesça puis prit une longue gorgée d'eau.

— Mon père est brésilien et il a rencontré ma mère alors qu'il était étudiant. Il est rentré chez lui après que les choses se sont effondrées avec ma mère. Je ne l'ai vu qu'une fois depuis et je n'ai jamais rencontré sa deuxième femme.

Il s'interrogea sur son nom de famille – Walker ne lui faisait pas penser à un nom brésilien – mais sans doute avait-elle gardé le nom de sa mère.

C'est alors que Lydia étouffa un rire en écrasant son quartier d'orange dans son verre d'eau à l'aide d'un batteur à cocktail.

— Je sais que ma famille est spéciale, dit-elle en souriant.

— Chaque famille est unique. Mon neveu n'aura pas non plus une vie normale. Que je le garde avec moi ou que ses grands-parents maternels l'élèvent, son enfance sera très différente de ce qu'elle aurait dû être.

Lydia resta silencieuse un long moment.

— Vous envisagez sérieusement de l'abandonner ?

Il se leva pour aller remplir son assiette une seconde fois. Tout geste était bon pour tenter d'esquiver un sentiment de culpabilité de plus en plus écrasant.

— Je sais que ce n'est pas mes affaires, continua Lydia, mais si vous voulez vraiment ce qui est le mieux pour Teddy, ne vous excluez pas de sa vie. Vous pourriez faire un bien meilleur père que vous le pensez.

À ces mots, elle tendit une main vers lui.

Était-ce une invitation ?

Ou était-il en train de se faire des idées ?

Si elle avait été plus proche, il l'aurait embrassée. Quelle mouche l'avait donc piqué pour qu'il choisisse de laisser un tabouret vacant entre eux d'eux...

Le cœur battant fort dans sa poitrine, il avança lui aussi sa main et couvrit la sienne en enlaçant ses doigts. Puis plongea dans son regard.

Ses pupilles s'élargirent une fraction de seconde. Même dans la pénombre de la cuisine, il put détecter cette réaction. À n'en pas douter, le désir était réciproque.

Sauf qu'elle se raidit et cligna rapidement des yeux en retirant abruptement sa main.

— Bon, je ferais mieux d'aller me coucher. Il est tard. Bonne nuit, James.

Sans une seconde d'hésitation, elle se leva et disparut vers sa chambre. Et James dut presque se cramponner au comptoir pour ne pas la suivre et faire quelque chose qu'il aurait à coup sûr regretté.

5

Rose Clayton jeta un coup d'œil par la fenêtre de sa chambre juste après l'aube et ne fut pas étonnée de voir le pick-up de James Harris garé au bord de l'un des rares champs autour du Silver C qui ne longeait pas la propriété du Lone Wolf Ranch. Le propriétaire de Double H était sans doute un travailleur acharné, mais au cours des deux dernières semaines, Rose n'avait cessé de remarquer le véhicule de James à toutes les heures dans ce pâturage commun. L'homme investissait énormément de temps pour sa propriété.

Comme elle avait entendu dire que son frère était décédé l'automne dernier, elle se dit que James avait peut-être besoin de se changer les idées par une activité physique épuisante. Elle n'était que trop bien placée pour savoir comment le chagrin pouvait consumer une personne.

Elle souffrait encore de l'amour qu'elle avait perdu avec Gus quand son père l'avait forcée à épouser Edward. Elle souffrait encore que sa mère ait épousé un homme qui ne se souciait pas d'elle. Et elle avait du mal pour ses enfants, qui avaient été élevés par un homme dur et impitoyable.

Oui, Rose comprenait mieux que personne comment se tuer à la tâche pouvait offrir le réconfort de l'oubli à une âme blessée. Du moins, pendant un temps.

Se détournant de la fenêtre, elle prit un moment pour respirer l'odeur de bacon frit provenant de sa cuisine. En quarante ans de mariage, jamais elle ne s'était réveillée avec l'odeur du petit déjeuner. Durant toutes ces années où elle avait été mariée à Ed, c'était elle qui s'était toujours levée avant tout le monde pour faire la cuisine car son époux n'avait jamais généré suffisamment de revenus avec le ranch pour s'offrir du personnel de maison. Du moins, personne pour lui alléger la charge du quotidien.

Après avoir enfilé un vieux jean et le T-shirt d'un rodéo récent, Rose se brossa les dents le cœur battant. Elle adorait l'idée qu'elle allait descendre dans la cuisine pour y trouver Gus Slade en train de préparer son petit déjeuner.

Après tout ce qu'ils avaient traversé, toutes les fois où ils s'étaient réciproquement brisé le cœur, qui aurait cru qu'ils finiraient par se retrouver ? Cela semblait presque trop beau pour être vrai. Peut-être que si elle se pinçait, elle se retrouverait dans son lit et découvrirait que ces dernières semaines n'avaient été qu'un doux rêve… Et c'était peu dire qu'elle avait maintes fois rêvé de Gus alors qu'elle était mariée à l'homme choisi pour elle par son père quand elle n'avait que dix-huit ans.

Mais non, son bonheur était récent, mais il n'en était pas moins réel. Tout en passant une brosse dans ses cheveux bruns courts et grisonnants au niveau des tempes, Rose inspira à pleins poumons l'odeur du café frais et se dirigea vers la cuisine. Elle tira un pull bleu à l'arrière de la porte de la salle de bains et y glissa les bras dans les manches avant de rejoindre le rez-de-chaussée en chaussettes.

Son tendre invité se tenait devant l'évier et sirotait un café dans une tasse en grès rouge tandis que la douce lumière de l'aube caressait ses cheveux blancs. Augustus Slade avait fêté son soixante-neuvième anniversaire cette année, mais il était encore musclé et assez fort pour tirer le chariot à foin comme il était si enclin à le faire. Sans oublier le détail qui lui mit l'eau à la bouche : toujours indéniablement sexy.

— Bonjour.

Elle ne put réprimer le large sourire qui se dessina sur ses lèvres, accompagné d'une joie profonde s'immisçant dans les interstices de son corps.

Ce n'était peut-être pas la première fois qu'elle passait la nuit avec lui, mais il était toujours magique de se réveiller avec Gus dans les parages.

— Bonjour, ma belle.

Gus se détourna de l'évier et s'avança vers elle. Il leva sa tasse de café comme pour porter un toast avant de la poser sur le comptoir.

— Ton petit déjeuner est prêt si tu veux bien prendre la peine de t'asseoir.

— Je peux aussi me débrouiller, commença-t-elle en se dirigeant vers le réfrigérateur pour sortir le jus de fruits et le lait.

Gus balaya cette idée d'un revers de la main et la poussa gentiment vers la table de la cuisine.

— Je ne veux même pas en entendre parler. Je suis responsable du petit déjeuner, alors tu t'assieds et tu t'habitues à ce qu'on prenne soin de toi.

— Je crois que je ne m'y habituerai jamais, avoua-t-elle en songeant à ce que sa vie aurait pu être si elle avait pu la partager avec cet homme audacieux.

Chaque jour aurait-il été aussi heureux ? Ou aurait-elle été trop jeune pour comprendre à quel point elle était chanceuse d'avoir un tel homme ? Ils étaient tellement amoureux lorsqu'ils étaient adolescents, jusqu'à ce que Gus parte au loin et promette de revenir l'épouser un jour. Quatre ans plus tard, il était revenu après avoir gagné assez d'argent sur le circuit de rodéo pour s'acheter un petit terrain à proximité. Mais son père était un homme cruel et ne voulait pas que sa fille fréquente un « moins-que-rien » comme Gus, comme il aimait à le répéter – et encore moins l'épouse.

Elle en avait voulu à son père toute sa vie. Mais maintenant qu'Ed était parti et que la femme de Gus, Sarah, était morte aussi, Rose se demanda si elle aurait su être la femme que Gus méritait. Car il était un homme extraordinaire.

Têtu. Bourru. Et un sacré adversaire durant toutes ses années où elle avait dû lui cacher la vérité : qu'elle n'avait pas choisi d'épouser Ed par amour, mais par peur de son père.

— Tu me sous-estimes, Rose Clayton, murmura Gus en se rapprochant d'elle pour lui permettre de lui prendre la main. Car tu ne sais pas à quel point j'ai l'intention de prendre soin de toi.

Une nouvelle fois, une joie pure et simple explosa au plus profond d'elle-même. Comme si elle était redevenue une jeune fille folle d'amour pour son fiancé.

— Gus, tout Royal pense que je suis la plus vieille carne du comté.

Elle avait passé sa vie à renforcer le mur de défense autour de son cœur et de sa vie, à essayer de se concentrer sur sa famille et le ranch au lieu de penser à tout ce qu'elle avait perdu.

— Que diront-ils si tu me ramollis ?

Les yeux bleus perçants de Gus semblèrent pénétrer dans son âme.

— Ils diront peut-être que je suis un homme très chanceux qui a réussi à séduire la femme la plus sexy de la ville.

Elle s'esclaffa.

— Arrête, tu es fou.

Le regard qu'il lui lança faillit la faire fondre puis il l'embrassa tendrement sur la joue.

— Je t'en prie, assieds-toi, Rose, et laisse-moi te gâter.

Mais avant qu'elle puisse s'installer, elle entendit quelqu'un s'éclaircir la voix de l'autre côté de la pièce. Rose se raidit et elle sentit le rouge lui monter aux joues. C'était son petit-fils, Daniel, le manager du ranch Silver C.

Grand et bien bâti, Daniel était devenu un homme exceptionnel qui faisait la fierté de Rose. Elle l'avait élevé comme son fils car sa mère, la propre fille de Rose, avait vite été dépassée par le fait d'avoir un enfant d'un père absent et s'était tournée vers l'alcool au lieu de demander l'aide de sa famille. Là encore, Rose en voulait à Ed, mais elle n'avait pas perdu tout espoir pour Stéphanie.

— Bonjour, Daniel.

Elle lui fit signe de s'asseoir à la table.

— Viens manger avec nous.

Daniel se renfrogna.

— C'est bon, je venais juste récupérer quelque chose pour la route, murmura-t-il en entrant dans le garde-manger avant d'en sortir avec quelques barres de protéines dans les mains.

— Sinon, Mamie, tu as bien réfléchi à ce que tu traficotes avec cet homme ?

Gênée d'être ainsi condamnée par son propre petit-fils, Rose ne sut pas quoi répondre. Même si elle avait passé l'âge de ce genre de sermons.

— Ta grand-mère ne *traficote* rien, mon gars, lui dit doucement Gus en faisant glisser des tranches de bacon dans deux assiettes. Tu lui dois du respect.

Le regard de Rose se tourna vers Daniel. Le jeune homme avait l'air aussi mal à l'aise qu'elle et baissa les yeux.

— Pardon, je ne voulais pas te manquer de respect, Mamie, insista Daniel en passant une main dans ses cheveux noirs. Mais tu es un membre respecté de la communauté. Les gens vont commencer à parler s'ils voient le camion de Gus garé devant la maison du soir au matin.

— Que les gens parlent si ça les occupe, commenta Gus avec un sourire narquois. Mais si cela peut te rassurer, j'aime vraiment beaucoup ta grand-mère et je vais bientôt l'épouser, comme j'aurais dû le faire il y a bien des années.

Rose sentit les battements de son cœur s'accélérer. Était-il sérieux ? Son regard se tourna vers Gus.

À voir la calme assurance dans ses yeux bleus, la réponse à cette question était évidente. Oui, bien sûr qu'il était sérieux.

Lydia ne s'étonna pas quand, le lendemain, elle s'était éveillée en découvrant que James avait quitté la ville pour un voyage d'affaires. Il lui avait envoyé un texto avec les coordonnées d'un hôtel à Houston au cas où elle aurait besoin de quoi que ce fût.

Mais elle ne savait pas grand-chose d'autre que cela et, tout au long de la semaine, elle avait essayé de voir son absence comme une bonne chose. Une faveur qu'il lui faisait et qui lui facilitait la vie. Sans James dans la maison, elle n'avait pas à s'inquiéter de son désir et des folies qu'elle pouvait imaginer. Sauf qu'elle ne pouvait pas nier que son patron lui manquait et pas uniquement pour des raisons professionnelles...

Et à certains égards, cela lui semblait encore plus dangereux pour sa tranquillité d'esprit que l'électricité qui était toujours présente entre eux. En son absence, elle avait découvert que son inconscient était alimenté par de nombreux scénarios fantasmatiques.

Le dimanche suivant, peu après l'heure du dîner, elle était dans la cuisine en train de congeler dans des portions individuelles la purée de légumes qu'elle avait cuisinée pour Teddy. Le petit garçon était toujours assis sur sa chaise haute et préférait chasser le gruau d'avoine de son assiette au lieu de laisser Lydia la lui donner à manger. La journée avait été longue et ils avaient sauté sa sieste pour faire des courses et aller au stand du Père Noël prendre des photos.

Au milieu de sa tâche, Lydia se rendit subitement compte qu'elle faisait comme au temps où elle vivait avec sa mère : les habitudes étaient un moyen de gérer son stress. À l'époque, ses rituels lui permettaient de reprendre ses esprits lorsque la vie amoureuse de sa mère devenait trop folle. Ou encore lorsqu'elle était trop occupée par le dernier « homme de sa vie » pour filmer un podcast pour son blog. Lydia adorait la façon dont le travail lui permettait de garder les pieds sur terre.

Et aujourd'hui, alors qu'elle était allée faire les magasins avec Teddy, Fiona lui avait envoyé un SMS pour lui rappeler qu'elle l'attendait pour la journée au spa prévue lors de son enterrement de vie de jeune fille – deux missions qu'elle avait attribuées à Lydia, qu'importe qu'elle lui ait répété qu'elle préférait ne pas être présente à son énième mariage. Fiona n'avait rien écouté, comme d'habitude, et avait nommé Lydia demoiselle d'honneur...

Ce qui expliquait que, deux heures plus tard, elle soit encore à mixer des carottes et des morceaux de courge musquée.

La sonnerie de l'Interphone de la porte d'entrée la sortit de ses pensées. Elle entendit Mme Davis aller ouvrir et, des voix étouffées qui lui parvinrent du vestibule, Lydia comprit qu'une femme était entrée. Quelqu'un qu'elle était sûre de connaître.

— Tu veux aller voir qui nous rend visite ? dit-elle à Teddy d'une voix chantante.

Sans plus attendre, elle défit les sangles de la chaise haute et prit le bébé dans ses bras.

— Aller voir ! répéta-t-il en agitant ses petits bras potelés.

Son cœur fit un bond dans sa poitrine. C'était la première fois qu'elle entendait des mots aussi sophistiqués dans sa bouche, en tout cas bien plus complexes que les « gâteau » ou « bisou » qu'il maîtrisait bien.

— Oui ! s'exclama-t-elle en l'embrassant sur le front.

Entendre le bébé prononcer des paroles aussi claires lui rappela que son travail était bien plus qu'un travail. Et bien plus aussi qu'un moyen de rembourser la dette de sa sœur. À bien des égards, être au quotidien en compagnie de tout-petits était un cadeau.

— Oui, Teddy, on va voir qui est là !

Elle le cala alors sur sa hanche et il posa sa tête contre son épaule. Elle ne put s'empêcher de placer sa joue sur ses boucles duveteuses pendant un moment et respira la douce odeur du shampoing pour bébé.

Ensuite, elle se dirigea vers le salon afin d'avoir une vue dégagée sur le hall. Elle reconnut Tessa Noble, une femme qu'elle connaissait par l'intermédiaire de sa sœur Gail, aux côtés du grand et bel éleveur qui avait misé sur Tessa lors de la même vente aux enchères caritative qui avait vu Gail miser sur Lloyd Richardson. Lydia le reconnut des photos qui illustraient les articles sur ce fâcheux événement qu'elle avait lus sur Internet.

— Bonjour, Tessa.

Elle s'approcha pour saluer la femme qui soutenait par ailleurs la jeune entreprise de livraison de courses de Gail.

Vêtue très simplement, avec un jean, un sweat à capuche bleu et une écharpe orange vif, Tessa semblait néanmoins rayonnante avec ses beaux cheveux noirs bouclés laissés libres.

— Je ne sais pas si vous vous souvenez de moi, ajouta Lydia.

— Bien sûr ! confirma Tessa en lui adressant un large sourire avant d'avancer dans la pièce.

De ses yeux marron clair, elle gratifia l'enfant dans les bras de Lydia d'un regard tendre.

— Mais je ne m'attendais pas à vous voir ici.

Avant que Lydia puisse répondre quoi que ce soit, Mme Davis s'excusa de devoir se retirer pour la soirée. Lydia allait donc être seule avec le bébé et les invités à l'improviste.

Lydia fit signe au couple de la rejoindre dans la cuisine.

— Voulez-vous manger un petit quelque chose ? James est en voyage d'affaires, mais les placards sont pleins !

— Oh non, ne vous dérangez pas, nous n'allons pas rester.

Tessa échangea un rapide coup d'œil avec son grand compagnon aux yeux verts.

— Pardon, je ne vous ai pas présentés, dit Tessa. C'est Ryan Bateman. Ryan, voici Lydia Walker, la sœur aînée de Gail.

Lydia lui serra la main et l'homme lui adressa un sourire chaleureux.

— Nous venons simplement remercier James d'avoir encouragé Tessa à participer à la vente aux enchères de célibataires.

Il passa son bras autour de la taille de Tessa, la serrant contre lui comme si elle lui avait manqué durant le bref instant où ils n'avaient pas été côte à côte.

— Tessa a été ma meilleure amie pendant longtemps, mais sans son coup de pouce lors de cette soirée, je ne sais pas combien de temps il m'aurait fallu pour voir qu'elle était aussi la femme de ma vie.

Tessa, qui rayonnait déjà de bonheur, s'illumina encore

davantage lorsqu'elle leva la main pour dévoiler une magnifique bague à son doigt gauche : des diamants vanille et chocolat et un anneau d'or rose.

— Je suis si impatiente de dire à James que nous allons nous marier !

L'amour du nouveau couple réchauffait toute la pièce. Et si Lydia était ravie pour eux, il lui était difficile de ne pas se sentir comme un déchet romantique en comparaison.

— C'est une excellente nouvelle ! Tessa, votre bague est magnifique.

Elle aurait tant aimé que Gail soit aussi là pour profiter de la nouvelle des fiançailles de son amie.

— Je suis si heureuse pour vous et je sais que James sera ravi lui aussi.

Ne souhaitant pas s'attarder sur le thème de la vente aux enchères car elle ne savait toujours pas quoi dire sur l'offre exorbitante de sa sœur, Lydia changea de sujet.

— Je travaille ici comme nourrice de Teddy, je lui dirai de vous appeler à son retour.

Mais quand ? Elle n'en avait pas la moindre idée.

À quelques jours de Noël, elle était même en train de se demander s'il allait être là à temps. Son ventre se noua lorsqu'une pensée fit irruption dans son esprit : et si sa présence dans la maison l'empêchait de se lier à son neveu ?

Tessa se baissa pour regarder le visage de Teddy.

— Il est presque endormi, chuchota-t-elle. Vous avez l'air de faire des miracles avec ce petit diable. Mais vous pourrez dire à James que je serai ravie de m'en occuper pendant vos congés.

— C'est très gentil de votre part. Je vous remercie.

Elle songeait à emmener Teddy avec elle lors de son prochain rendez-vous avec l'artisan qui s'occupait de la rénovation de sa maison, mais il était agréable de savoir que Tessa se proposait pour un peu de baby-sitting.

— James craint que Teddy soit ingérable, soupira Lydia.

Mais sa nervosité n'est pas très difficile à comprendre. Il a tant souffert ces derniers mois !

— Pauvre bébé !

Tessa caressa le dos du garçon pendant un moment et son visage s'adoucit.

— Il a besoin de son tonton plus que jamais !

Ce dont Lydia n'était que trop persuadée.

Si elle voulait être une bonne nounou pour Teddy, elle devait faire en sorte que James soit bien plus présent avec le bébé au quotidien. Une tâche qui n'allait pas être facile si James continuait à garder ses distances.

Alors que Lydia disait bonsoir à ses visiteurs et les saluait de la main alors qu'ils se dirigeaient vers le gros 4x4 noir de Ryan garé dans l'allée, elle réfléchit à un plan pour ramener James à la maison pour de bon. Peu importe que sa présence soit une tentation indéniable pour elle. L'enfant dans ses bras méritait de connaître le réconfort d'une figure paternelle.

Assis au bureau de la suite d'un hôtel de luxe à Houston, James s'occupait de sa paperasse fiscale trois jours avant Noël.

Il ne pouvait pas décider s'il se sentait comme Ebenezer Scrooge pour travailler avec des chiffres alors que le reste du monde se préparait pour des vacances familiales, ou s'il devait être fier de lui pour avoir commencé à remplir la déclaration d'impôts du Double H avant la fin de l'année. Quoi qu'il en soit, ce genre de séjour loin du ranch était une première pour lui et il devait son isolement à la femme qui avait dominé ses pensées toute la semaine.

Lydia.

Le téléphone sonna alors qu'il pensait à elle et il ne fut même pas surpris de voir son nom s'afficher à l'écran. Cela n'avait rien d'une coïncidence, vu qu'elle monopolisait son esprit à peu près à toute heure du jour ou de la nuit.

Il vérifia l'heure à la montre qui avait appartenu à son

grand-père. Une légère anxiété le happa lorsqu'il vit qu'il était presque 21 heures. Est-ce qu'il y avait un problème au ranch.

— Hello, Lydia.

Ô comme il aurait aimé voir son visage. Et les expressions qu'il commençait à si bien connaître.

— Salut.

Les deux syllabes suffirent pour le rassurer. Elle ne semblait pas bouleversée ou paniquée et, à son ton, il put deviner que tout allait bien avec son neveu.

— Comment va Houston ? ajouta-t-elle.

Un sentiment de soulagement l'envahit brusquement et lui fit comprendre à quel point il était attaché au garçon malgré lui. S'éloignant du petit bureau de la chambre d'hôtel, il se posa dans un fauteuil pour regarder par la fenêtre les gratte-ciel de la ville.

— C'est tranquille. J'ai eu des réunions avec des sections locales intéressées par l'extension du Club des éleveurs du Texas à Houston et je pourrais conclure quand je veux.

En réalité, il avait besoin d'être de retour à Royal et n'avait prolongé son séjour que pour laisser à Lydia suffisamment d'espace et de temps pour qu'elle se mette à l'aise chez lui.

Loin de lui l'envie de l'accabler avec la charge électrique qui remplissait chaque pièce lorsqu'ils s'y retrouvaient ensemble.

— C'est bien, dit-elle dans un souffle. J'appelais pour voir si vous pourriez passer un peu de temps avec Teddy ce week-end.

Fronçant les sourcils, il se redressa dans le fauteuil en cuir.

— Vous avez besoin de congés ?

Il était tellement heureux d'avoir trouvé une nounou à plein temps qu'il n'avait même pas encore réfléchi à l'éventualité que Lydia ait envie de souffler… Sauf que son travail la prenait vingt-quatre heures sur vingt-quatre.

— Non, je serai là aussi, précisa-t-elle. J'ai juste pensé que ce serait bien pour Teddy si vous pouviez passer un peu de temps avec lui.

Elle sembla hésiter un instant, avant d'ajouter :

— D'autant plus qu'il commence à s'installer dans une routine, ce qui, je pense, aide à résoudre certains problèmes de comportement qu'il aurait pu avoir auparavant. C'est très amusant à observer.

James fut saisi par la culpabilité. Pensait-elle que c'était là la raison de son isolement ? À cause d'une colère ou deux ? Pire encore, et si elle avait raison ? Il avait été si prompt à lui confier la garde complète de l'enfant. Et peu importe ce qu'il pensait de la décision de son frère de le désigner comme tuteur légal de Teddy, il devait être à la hauteur de sa confiance et cesser de faire semblant de satisfaire les désirs de Parker.

Tiraillé par la frustration, il se leva pour arpenter sa chambre d'hôtel.

Même si Teddy finissait par vivre chez ses grands-parents, James avait toujours voulu qu'il se sente chez lui au Double H.

— Je serai à la maison demain, lui assura-t-il, faisant mentalement le ménage dans son emploi du temps. Vous avez des idées pour la journée ?

— Oh. Euh... Merci.

Elle eut l'air surprise. Et ravie.

— Il y a un spectacle de patinage artistique que j'aimerais voir. Et même si nous ne restons pas tout du long, je suis sûre que Teddy sera aussi très heureux.

— C'est entendu, je m'occupe des billets ce soir. Et ensuite ? Un dîner ?

Il ne pouvait pas nier qu'il avait hâte de passer du temps en compagnie de Lydia.

— Nous sommes peut-être en train de déborder d'optimisme, Teddy reste un bambin suractif, songea-t-elle à voix haute. Et si on allait chercher un sapin de Noël ?

— Mais nous en avons déjà un.

James le savait, vu qu'il avait envoyé un des journaliers du ranch aider Mme Davis à en acheter un.

À l'autre bout du fil, le silence fut assourdissant.

— Vous n'aimez pas mon sapin de Noël ? ajouta-t-il, essayant de se rappeler à quoi il ressemblait.

— Il est très beau, mais...

Elle semblait soupeser chacun de ses mots.

— Mais peut-être qu'on pourrait en trouver un plus petit pour la salle de jeux et y accrocher des décorations faites maison ? On pourrait même le faire avec Teddy, il adore s'occuper avec ses mains. Qui plus est, c'est une bonne idée de l'impliquer avec la préparation des fêtes.

James ne put s'empêcher de rire.

— Bien sûr, un enfant doit être impliqué dans la préparation de Noël.

Pourtant, alors même qu'il prononçait ces mots, il comprit qu'il n'y avait rien d'amusant dans sa phrase. Au contraire, la tristesse l'envahit à l'idée que son neveu allait bientôt connaître son premier Noël sans son papa et sa maman.

Le deuil le laissa dans un tel état de choc qu'il entendit à peine Lydia suggérer un pique-nique dans la salle de jeux.

L'oreille distraite par ses pensées, James se rendit compte qu'il avait perdu du temps avec Teddy. Il avait tellement été concentré sur la recherche d'une nounou capable de donner au garçon les soins et la présence dont il se savait incapable qu'il avait fini par s'éloigner de l'enfant. Alors que le bébé était le dernier membre encore en vie de sa famille.

Et il devait remercier Lydia de l'avoir aidé à en prendre conscience avant que les grands-parents de Teddy n'arrivent dans les parages. Il devait prendre le temps de créer des souvenirs avec le garçon. Faire en sorte qu'il se sente chez lui dans la maison où son père a été élevé.

— Ce sont de super idées, dit James avant de vouloir raccrocher.

Mais dans un dernier élan, il ajouta :

— Vous savez, j'ai essayé de vous laisser tranquille. De vous donner de l'espace, histoire de vous faciliter la vie pendant que vous preniez vos marques au ranch.

Il hésita. Avait-il besoin de préciser davantage ses raisons ?

Il était à peu près sûr qu'elle savait tout aussi bien que lui quelle tension sensuelle crépitait entre eux.

— Mais je suis prêt à passer plus de temps avec Teddy. Vous pouvez compter sur moi.

— Je sais que Teddy sera heureux de vous voir rentrer à la maison, admit-elle doucement, comme si elle marchait toujours sur des œufs.

Il tut la dernière question qu'il envisageait de lui poser.

Et elle, serait-elle heureuse de le voir rentrer à la maison ? Et de partager ses journées... Et ses nuits...

James prit une décision : ce soir était la dernière fois où cette question serait ignorée. Demain, ils allaient regarder leur attirance mutuelle en face, mais son neveu ne devait plus en pâtir.

— Bien, dit-il simplement. J'ai hâte de le voir et j'ai hâte aussi de te voir. Beaucoup.

Il laissa les mots et son passage au tutoiement planer un instant afin que leur signification reste dans son esprit longtemps après la fin de l'appel.

— Bonne nuit, Lydia.

Après avoir raccroché, James soupira profondément. Heureux de sa décision mais aussi terriblement impatient.

Comme l'aube allait être longue à attendre...

6

Le lendemain, assise à côté de James dans une berline BMW noire, Lydia se souvint de ne pas penser à l'appel téléphonique de la veille. Quand James lui avait dit combien il avait hâte de la voir. Et qu'il l'avait tutoyée.

Elle avait déjà perdu son sommeil en pensant toute la nuit à ce qu'il avait voulu dire. Il était hors de question qu'elle soit divertie de son travail maintenant qu'il était de retour à Royal et l'emmenait avec Teddy pour la journée spéciale qu'elle lui avait proposée.

Sauf que, sur le chemin de la salle des fêtes et du spectacle de danse sur glace, elle ne pouvait s'empêcher de penser au fait que cette excursion ressemblait terriblement à un rendez-vous galant. D'autant plus que Teddy était parfaitement calme dans son siège à regarder le paysage défiler par la fenêtre, il n'était pas nécessaire de le divertir avec des chansons idiotes ou des jouets. Dans l'air, il n'y avait rien d'autre que le parfum des sièges en cuir et celui, épicé, de l'après-rasage de James...

Les battements de son cœur étaient bien trop rapides alors qu'elle glissait son trench-coat sur ses genoux pour couvrir le bord de sa robe pull rouge.

Cherchant un sujet anodin pour lui changer les idées, elle se souvint des visiteurs de la nuit précédente. Et choisit de ne pas poursuivre avec le tutoiement que James avait inopinément immiscé entre eux.

— Je ne sais pas si Mme Davis vous l'a dit, mais Tessa Noble et Ryan Bateman sont passés hier soir pour vous remercier d'avoir encouragé Tessa à participer aux enchères lors de l'événement organisé au profit de la Fondation pour la recherche sur le cancer du pancréas.

Elle se souvint à quel point ils avaient l'air de rayonner. Quel éclat de bonheur brillait dans leurs yeux.

— Ils sont désormais fiancés et très amoureux.

— C'est vrai ?

James sourit en la regardant brièvement.

— Ils étaient meilleurs amis depuis si longtemps.

Le timbre profond de sa voix résonna en elle.

— Oui, Ryan a dit que la vente aux enchères avait été coup de pouce dont il avait besoin pour la voir sous un jour différent.

— Je ne pourrais pas être plus heureux pour eux.

Il fronça les sourcils.

— Surtout quand je pense que Rose Clayton voulait que son petit-fils, Daniel, sorte avec Tessa.

Lydia ne connaissait la matriarche du Silver C que des rares occasions où elle l'avait vue aux alentours de Royal, la plupart du temps lors d'événements caritatifs. En ville, tout le monde semblait au courant de l'inimitié qui couvait depuis des années entre les Clayton et les Slade, les Montaigu et les Capulet de la région.

Comme Lydia était nouvelle en ville, elle n'avait entendu que des rumeurs sur de vieilles querelles de propriété et de droits d'eau. Sauf que la querelle risquait de s'éteindre rapidement parce que le mari de Rose Clayton était mort depuis longtemps et que la femme de Gus Slade, Sarah, était elle aussi décédée. La grande vente aux enchères des célibataires avait d'ailleurs été organisée en mémoire de Sarah Slade.

— Eh bien, Tessa est prise, observa Lydia. Rose devra exercer ses talents de marieuse avec quelqu'un d'autre.

Lydia leva les yeux vers les panneaux publicitaires colorés accrochés à l'extérieur de la salle de spectacles.

— Regarde, Teddy ! dit-elle en se tournant vers lui.

Lydia désigna les personnages tournoyant sur des patins.

— Tu as vu l'ours polaire ?

L'enfant applaudit joyeusement, ses yeux bruns écarquillés d'émerveillement enfantin. Elle adorait ce petit garçon.

— Ours ! répéta-t-il.

Le mot n'aurait pas pu être plus clair. Lydia ne put s'empêcher de ressentir une profonde fierté.

— C'est sensationnel ! s'exclama James. C'est vous qui lui avez appris cela ?

James semblait aussi excité que son neveu.

Elle rougit de plaisir, même si elle ne pouvait pas s'attribuer totalement cette prouesse.

— Non, commenta-t-elle. Les enfants de son âge sont de véritables petites éponges et absorbent tout ce qu'ils voient ou entendent. Il m'a déjà surprise hier en répétant une phrase très distinctement.

— C'est incroyable.

James tambourina des pouces sur le volant pendant qu'il attendait une place de parking. En soupirant, il se tourna vers elle et plongea les yeux dans les siens.

— Ne vous sous-estimez pas, il est évident que vous avez une bonne influence sur lui. Il semble déjà tellement plus calme.

Elle savait que ces éloges n'auraient pas dû lui faire un effet différent de tous les autres qu'elle avait pu recevoir de parents satisfaits par son travail. D'autres clients. Sauf qu'elle ne ressentait vraiment pas la même chose.

Subitement, elle prit conscience qu'il y avait bien plus qu'une attirance physique entre eux. Qu'il y avait peut-être quelque chose de plus profond.

Elle en fut profondément secouée.

Oui, elle devait se rendre à l'évidence : elle s'attachait à James et à son doux neveu. Et elle ne devait rien laisser paraître.

— Merci, dit-elle d'une voix blanche en détournant le regard. Nous nous amusons bien ensemble.

Ses joues s'enflammèrent.

— Je veux dire, bredouilla-t-elle, Teddy et moi.

— Et je vous serai éternellement reconnaissant, ajouta-t-il juste avant de se garer et de couper le contact.

Dans la foulée, il glissa sa main sur la sienne qui reposait sur la console.

— Peu importe ce qui se passe entre nous, Lydia, avec votre travail ou notre accord, sachez que je vous serai toujours redevable de m'avoir aidé à m'occuper de mon neveu. J'ai compris hier soir que j'étais en train de gâcher la seule chose que mon frère m'avait demandée.

Derrière eux sur la banquette arrière, Teddy roucoula en agitant les pieds. Il était content.

Et Lydia était complètement prise au dépourvu, autant par la sincérité de James que par son geste.

— Je suis heureuse de vous avoir aidé.

Elle se dit que s'il retirait sa main maintenant, cela voulait dire que son contact n'était qu'un signe de gratitude humaine.

Mais sa main ne bougea pas.

— La dernière chose que je veux est de compliquer les choses entre nous, dit-il alors que son pouce se déplaçait le long de son bras.

Sa respiration s'accéléra. Pourquoi lui faisait-il un tel effet ? Ce n'était qu'un pouce, seulement quelques millimètres de peau. Pourquoi avait-elle subitement si chaud ? Si envie de...

— Lydia, poursuivit-il, il faut que je vous dise. Je ne peux pas être avec vous et prétendre que je ne me sens pas attiré par vous. Parce que c'est le cas et c'est la raison pour laquelle j'ai passé la semaine dernière à Houston. Et pourquoi j'ai passé si longtemps seul à travailler avant de partir. J'ai fait de mon mieux pour m'éloigner de vous et voir si cette attirance pouvait disparaître, mais cela n'a rien changé. Bien au contraire.

Elle était proprement fascinée par la sensation de sa peau sur la sienne. Son geste était doux, mais en même temps terriblement déterminé. Et elle savait qu'à la seconde où elle lui demanderait de retirer sa main, il s'exécuterait.

Mais elle ne le lui demanda pas. À la place, elle rencontra à nouveau ses yeux et se pencha vers lui.

— Vous êtes parti à cause de moi, clarifia-t-elle, surprise de sa franchise.

— Oui, parce que je ne voulais pas vous mettre mal à l'aise.

Il glissa sa main sous la sienne puis posa son autre paume et captura ses doigts entre les siens.

— C'est ce que j'ai réalisé hier soir lorsque vous avez appelé. J'ai compris que rester loin de vous n'était pas bon pour Teddy. Mais je n'ai pas non plus envie de renoncer à cette attirance, même si cela signifie que nous devons revoir notre arrangement.

— Mais nous venons à peine de nous mettre d'accord !

Elle choisit de se concentrer sur la dernière partie de sa phrase.

— Je ne sais pas si je fais suffisamment confiance à Gail pour vous rembourser, poursuivit-elle, et je ne veux pas non plus démissionner.

— Je ne veux pas que tu démissionnes, dit-il en reprenant le tutoiement qu'il avait abandonné depuis la fin de leur conversation téléphonique. C'est tout le contraire.

Il baissa les yeux vers leurs mains jointes, comme s'il les étudiait pour dénouer un problème.

— Est-ce qu'on ne pourrait pas parler plus tard de notre relation professionnelle ? Car là, tout ce qui m'obsède, c'est l'envie que j'ai de t'embrasser. Et elle m'obsède depuis des semaines.

Le désir lui noua le ventre à en devenir douloureux.

— J'aimerais que ce soit aussi simple.

Elle murmura ses pensées à haute voix, incapable de s'éloigner de lui.

— C'est vrai ?

Il la fixa du regard et elle sentit qu'il ne lui mentait pas et que le désir qu'il ressentait pour elle était aussi intense que celui qu'elle ressentait pour lui.

Sa peau picotait, comme si elle était agitée de minuscules décharges électriques. Elle hocha la tête.

— Oui.

Elle avait tellement envie de ce baiser…

— Mais il ne faut pas, pas maintenant, soupira-t-elle.

Puis elle se tourna, défit sa ceinture et ouvrit la portière.

Elle avait besoin d'air. D'air frais. Et de se concentrer sur son travail : faire vivre à Teddy une journée remplie de magie de Noël. Lui fabriquer des souvenirs, tout en essayant de mettre de côté l'envie folle qu'elle avait de se pendre au cou de James et de l'embrasser à en perdre le souffle.

Ce soir-là, après le spectacle de patin à glace et l'excursion pour aller couper un petit arbre de Noël pour la salle de jeux, James était assis, jambes allongées, sur une couverture en tartan rouge et vert. Il n'était que 20 heures, mais le temps passé avec un enfant lui donnait l'impression de s'étirer.

Teddy s'était cependant très bien comporté toute la journée. Ses exclamations pendant le spectacle n'avaient pas été plus fortes que celles de la foule composée pour moitié d'enfants de son âge. Mais après environ quarante-cinq minutes, le bambin en avait eu assez de rester assis sur son siège en plastique. Alors ils étaient discrètement sortis lors d'un changement de décor et l'avaient emmené en traîneau pour faire une randonnée autour du ranch et choisir un petit sapin.

Ils l'avaient décoré avec les quelques flocons de neige que Lydia avait faits à l'avance, mais elle lui avait assuré qu'ils allaient compléter cela dans les prochains jours. En outre, Teddy avait posé certains de ses jouets sur les branches. Les balles de caoutchouc ne faisaient pas leur office de guirlandes, mais les petits animaux en peluche étaient du plus bel effet.

Lydia avait raison : le garçon avait besoin d'un arbre davantage à sa taille. Teddy était toujours assis à côté de lui, désormais vêtu de son pyjama, alors que Lydia lui lisait une histoire tirée d'un livre plastifié.

Réalisant à quel point ils étaient proches de l'heure du coucher de Teddy et de celle à laquelle il allait enfin avoir Lydia pour lui tout seul, James termina rapidement le reste du pique-nique. Il rangea les boîtes hermétiques contenant les restes de fruits et de fromage dans le panier en osier que le cuisinier avait livré plus tôt dans la journée. Ensuite, il enroula soigneusement la couverture et la rangea sous l'anse.

— Et si je m'occupais de le border ? proposa-t-il.

Il voulait tellement montrer à Lydia qu'il l'avait entendue et qu'il allait passer plus de temps avec son neveu.

Il voulait que le garçon se sente toujours le bienvenu ici, même si les grands-parents maternels de Teddy décidaient qu'ils étaient prêts à l'élever.

— Ce serait génial, merci.

À ces mots, elle ferma le livre et se leva.

— Je vais apporter le panier de pique-nique à la cuisine.

Il souleva Teddy dans ses bras.

— La femme de ménage va s'en occuper.

James avait en effet un service de nettoyage deux fois par semaine pour aider Mme Davis.

— Pourquoi ne vas-tu pas à la bibliothèque et je te retrouverai là-bas ? J'ai une surprise pour toi.

— Une surprise ? Elle se pencha plus près pour pouvoir ébouriffer les cheveux de Teddy.

Son doux parfum de vanille s'attarda après qu'elle s'était éloignée. Il avait tellement faim d'elle…

— Cela ne prendra qu'une minute. Je sais que tu as passé une journée bien remplie avec cette petite terreur.

Il souleva légèrement Teddy et le bébé rigola.

— À tout de suite.

Tournant les talons, il alla coucher Teddy dans son berceau.

— O'nuit, babilla l'enfant.

Des mots qui restèrent gravés dans le cœur de James. Il était si heureux d'être revenu à Royal aujourd'hui. Il n'était peut-être pas prêt pour avoir ses propres enfants, mais il ne voulait pas gâcher le temps qu'il avait avec son neveu. Pas quand les dernières volontés de Parker avaient été de lui confier ce garçon.

— Bonne nuit, Teddy, murmura-t-il avant de fermer la porte.

Il prit avec lui le récepteur du moniteur pour bébé et ses

pensées reprirent immédiatement le chemin de la séduisante femme qui l'attendait dans sa bibliothèque.

Depuis son divorce, il n'avait pas eu d'histoire sérieuse, même s'il était sorti avec quelques femmes. Davantage pour se prouver à lui-même qu'il en était capable que pour autre chose…

Et aujourd'hui ? Lydia l'obsédait, et pas seulement parce qu'elle était une bonne nounou pour Teddy.

Et, alors qu'il franchissait les portes ouvertes de la bibliothèque il la vit se découper sous la lumière du clair de lune qui filtrait à travers les fenêtres, James se rappela à quel point elle était incroyablement sexy. Sa robe pull épousait ses courbes à la perfection. Elle avait remis les bottes en cuir qu'elle avait portées dans la journée, les talons la rendant presque aussi grande que lui.

— Tu devrais voir la lune, dit-elle doucement. Elle est tellement énorme au-dessus de la frondaison que cela ressemble à un décor de film.

Il prit une inspiration et redoubla d'effort pour ne pas céder à l'envie qui l'étreignait lorsqu'elle était près de lui. Mais c'était à elle de faire le premier pas désormais, car il n'aurait pas pu être plus clair sur ses intentions.

— C'est l'un des avantages de la vie ici, admit-il. Aucune pollution lumineuse ni bâtiments pour nous couper la vue.

— Merci pour aujourd'hui, dit-elle en croisant les bras, une épaule posée contre la vitre. Pour être rentré à la maison et pour avoir joué le jeu.

— Ce n'était pas un jeu, je l'ai fait pour Teddy.

Elle avait été très claire sur ses motivations. Très prudente aussi pour tracer des limites.

— Mais je me suis amusé aussi.

— Moi aussi.

Ses yeux noisette se posèrent sur les siens. Une nouvelle fois, il dut se contenir et s'éloigna de la fenêtre. Il avait besoin de plus d'espace pour pouvoir entretenir cette façade de relation professionnelle.

— Tu es prête pour ta surprise ?

Elle se tourna vers lui, les sourcils arqués, et acquiesça.

— Absolument.

— Alors suis-moi.

Il se dirigea vers le mur du fond de la bibliothèque, vers une porte presque cachée par des étagères.

— J'ai une tanière secrète et je me suis dit que tu pourrais en profiter certains soirs après le coucher de Teddy.

Il ouvrit la porte en abaissant la poignée en laiton et appuya sur l'interrupteur de l'éclairage de plancher. À l'intérieur, de minuscules ampoules blanches brillaient de chaque côté d'une travée centrale. De grands fauteuils en cuir étaient installés de chaque côté de l'allée, deux par deux, pour un total de seize places. L'écran devant lui demeura noir pendant un moment, jusqu'à ce qu'il tapote sur son téléphone et lance le générique d'un documentaire animalier.

Sur l'écran, le soleil se levait sur une savane africaine tandis que des nuées d'oiseaux pépiaient. Il appuya sur le bouton pour couper le son mais laissa la vidéo continuer.

— Pendant tout ce temps, tu m'avais caché que tu avais une salle de cinéma privée ?

Ses doigts se posèrent sur le cuir d'un fauteuil.

— Quel bel espace, poursuivit-elle.

— Non, je ne te l'ai pas montré le premier jour, car j'avais quelques clients qui étaient venus regarder un film sur un de nos poulains les plus prometteurs et il y avait du matériel qui traînait partout. Qui plus est, ce n'est pas un endroit pour un bébé, mais j'ai pensé que tu aimerais parfois venir te détendre ici.

— Tu as très bien pensé.

Sur ce, elle prit place dans un des fauteuils comme pour le tester.

— C'est tellement confortable. Tu t'es déjà endormi en regardant des films ?

Il s'assit dans le fauteuil à côté d'elle, seul un accoudoir les séparant pendant que le film continuait sur une famille de lions en pleine chasse.

— Jamais. Crois-le ou pas, mais pour l'instant, cette pièce n'a servi qu'à regarder des séquences de courses de chevaux ou de compétitions de rodéo.

Lydia fit une grimace en plissant le nez.

— Tu vas te rendre malade à trop travailler, tu sais ?

— Je plaide coupable.

Comment aurait-il pu le nier ? L'autre vérité, c'était que fréquenter cette femme lui avait donné envie de devenir quelqu'un d'autre. Quelqu'un de plus enclin à s'amuser.

— Mais je me sens en pleine forme, tu sais.

S'installant plus profondément dans le fauteuil, elle se tourna pour le regarder. Elle semblait à l'aise. Plus détendue qu'elle ne l'avait jamais été à ses yeux. Était-ce parce que Teddy dormait ? Ou peut-être était-elle simplement épuisée après une longue journée.

— Moi aussi.

Un sourire se dessina sur ses lèvres.

— James, je n'ai pas oublié ce dont nous avons parlé dans la voiture aujourd'hui.

Le désir le figea.

— Moi aussi, je n'ai pas cessé d'y penser toute la journée aussi.

Lydia soupira.

— Mais j'ai bien peur de ne pas trouver de réponse.

Fronçant les sourcils, elle se mordilla la lèvre un moment et se concentra sur l'écran de visionnage où se débattaient de petits lionceaux. Puis elle lui jeta un coup d'œil.

— Sauf qu'il m'est bien plus facile de penser à t'embrasser lorsque je ne travaille pas.

Les mots résonnèrent en lui comme un carillon et leur bourdonnement demeura dans son corps longtemps après qu'elle eut fini de parler. Comme si le moindre de ses nerfs avait été touché.

Il glissa sa main sous l'accoudoir entre eux pour l'incliner et supprimer la seule barrière physique les séparant. Sans pour autant la franchir.

— D'accord, alors uniquement pour te rafraîchir la mémoire, j'aimerais te rappeler ma proposition.

Son épaule se rapprocha légèrement de lui.

— S'il te plaît.

Elle dit ces mots dans un souffle, alors que ses doigts se posèrent sur sa poitrine.

À n'en pas douter, elle devait sentir les battements de son cœur. Il voulait tellement plus...

— Alors je te propose de mettre de côté tout ce qui nous sépare et d'essayer simplement un baiser.

Il aimait tellement le contact de sa main sur lui.

Il prit sa mâchoire dans une main et testa la douceur de sa lèvre inférieure avec son pouce.

— Pour voir si cela en vaut la peine ? demanda-t-elle.

Le jeu de sa bouche contre sa peau le fascinait alors qu'elle se rapprochait encore plus de lui.

— Quelque chose comme ça.

Il regarda jusqu'au dernier moment. Jusqu'à la seconde où ses lèvres effleurèrent les siennes.

Une exploration fugace. Un souffle de menthe. La sensation de sa main agrippée au bord de sa chemise.

Il en voulait davantage, mais il savait aussi que ce n'était pas encore le moment.

Il n'avait négocié qu'un baiser. Un avant-goût. Une découverte. Alors il se concentra sur la sensation de ses lèvres et le frottement humide de sa langue. Il donnait et reprenait à sa guise, explorant ce qu'elle aimait. Et il la respirait alors que ses mains glissaient sur ses bras et sur son torse.

Il l'embrassa jusqu'à ce que sa volonté ne soit plus qu'un souvenir. Jusqu'à ce que la nécessité se fasse évidence – il devait s'éloigner ou risquer le geste qui serait sans retour.

Alors il se dégagea lentement et précautionneusement.

Les yeux de Lydia s'ouvrirent et ses lèvres se séparèrent. Si roses et humides.

Il redoubla alors d'effort pour la lâcher complètement.

Après quelques secondes d'un silence lourd, elle bredouilla :

— Je devrais...

— Oui ? demanda-t-il.

— Aller me coucher.

Elle avait l'air ébranlée. Ou peut-être était-elle simplement aussi folle de désir que lui.

Et dans les deux cas, il fallait s'arrêter là, il le savait. S'il retentait un baiser, il savait qu'il ne s'en sortirait pas. Jamais.

Alors il hocha la tête et ne bougea pas de son siège lorsqu'elle se leva.

Sur l'écran derrière elle, il vit que la nuit était tombée sur la savane. Le test du baiser n'avait pas été concluant, il avait été exceptionnel. Jamais il n'avait vécu d'événement plus... *incendiaire* de sa vie.

Et il était sûr et certain d'une chose : il ne recommencerait pas tant qu'il n'aurait pas la certitude qu'ils étaient tous les deux prêts à aller plus loin. Beaucoup plus loin.

7

À quelques jours de Noël, Rose Clayton pensait être prête pour la foule qui se pressait au Courtyard Shops, à l'ouest du centre-ville de Royal. C'était le quartier commerçant le plus populaire de la ville composé d'une ancienne ferme restaurée. La grande grange rouge était devenue un magasin d'antiquités et la maison principale abritait des artisans locaux. Mais cela faisait tellement longtemps que Rose n'avait pas acheté quelque chose elle-même – et non pas en ligne ou par l'intermédiaire d'un de ses employés du ranch – qu'elle avait oublié à quel point les courses de Noël pouvaient être éreintantes.

Il lui semblait qu'elle avait croisé la moitié des habitants de la ville au cours de la dernière heure, de l'éleveur local Caleb Mackenzie à sa fiancée Shelby Arthur, en passant par les nouveaux fiancés Ryan Bateman et Tessa Noble.

Mais l'œil de Rose était peut-être tout simplement attiré par les couples heureux de la ville. Elle voulait ce genre de bonheur pour son petit-fils, Daniel.

Et pour elle-même.

Prenant un moment pour se reposer devant le grand sapin de l'ancienne propriété décoré de guirlandes et d'ornements surdimensionnés, Rose s'imprégna de l'atmosphère. De la chorale d'enfants chantant des chants de Noël au parfum de bretzels chauds et de châtaignes grillées, le lieu débordait de joie des fêtes. Ou peut-être qu'elle était particulièrement en joie après la déclaration de Gus.

Allait-il réellement l'épouser ?

Ou l'avait-il seulement dit à Daniel pour avoir la paix ? Elle n'avait pas voulu le demander à Gus car il était hors de question qu'elle trouble la sérénité de ce qui était devenu sa vie quotidienne. De plus, rêver d'un avenir avec lui la faisait se sentir à nouveau comme une adolescente.

Mais à la différence de sa véritable jeunesse, leur histoire pouvait aujourd'hui avoir une fin heureuse.

— Bonjour, Rose.

Le timbre profond d'une voix masculine la sortit de ses pensées. C'était son voisin, James Harris.

Vêtu d'un jean foncé et d'une veste en daim de couleur café, il avait l'air plus détendu que la dernière fois où elle l'avait aperçu, lorsqu'il travaillait sans relâche à la pose d'une clôture près de sa propriété.

— Ravie de vous voir, James.

Elle n'avait pas assisté aux obsèques de son frère qui étaient trop loin pour elle, mais elle avait envoyé des fleurs et une carte pour exprimer ses condoléances. La famille Harris avait toujours été prévenante avec elle et cela lui avait brisé le cœur de voir James perdre un frère aussi jeune.

— Je me demandais comment vous alliez, surtout avec l'arrivée d'un enfant chez vous.

Il sourit et inclina légèrement son Stetson vers elle.

— Je tiens bon. J'ai trouvé une nounou qui sait vraiment s'y prendre avec Teddy. Elle s'appelle Lydia Walker et je suis certain que vous la verrez tôt ou tard dans le ranch.

— Oui, Mme Davis m'en a parlé quand elle est venue stocker de la nourriture dans notre congélateur.

Rose ne lui dit pas que sa gouvernante n'était pas ravie de la nouvelle employée, mais Bernadette Davis s'était toujours montrée extrêmement protectrice avec les garçons Harris. Elle n'avait toujours pas digéré que la première femme de James se soit davantage intéressée à la fortune de la famille Harris qu'au bonheur de son mari.

— Au fait, merci de nous avoir laissé utiliser votre congélateur. Cela nous a été d'un grand secours.

Pendant qu'il parlait, la chorale des enfants céda la place à un groupe de cloches à main. Les carillons semblaient remplir l'atmosphère alors que Rose levait une main pour évacuer les remerciements de James. Elle ne voulait pas accepter des éloges pour un geste si anodin.

— Votre grand-père était l'un des hommes les plus gentils que j'ai jamais rencontrés, dit-elle tout de go.

Henry Harris avait en effet été l'une des rares personnes à Royal à avoir bien agi lorsqu'elle s'était éloignée des amis durant les terribles années de son mariage avec Edward. Elle ne supportait pas que quelqu'un puisse savoir comment Edward la traitait, alors elle avait préféré être cruelle et s'aliéner tout le monde. Mais le grand-père de James, un vétéran perspicace, n'y avait jamais cru. Et avait toujours été prévenant avec Rose.

— Vous savez que si vous avez besoin de quoi que ce soit, il vous suffit de demander. Comment s'appelle vous nounou, déjà ?

Le nom lui semblait familier.

— Lydia Walker.

Il leva la main pour saluer quelqu'un qui arrivait derrière elle.

— Oh, mais la voilà, elle m'aide à faire mes courses de Noël.

Rose se retourna, curieuse de voir la femme qui faisait autant sourire James. Son intérêt tout masculin était si flagrant qu'il était difficile de le rater. Et n'était-il pas intéressant que James soit avec la nounou mais sans enfant en vue ?

— Bonjour.

La jeune femme la salua et lui tendit la main alors qu'elle faisait glisser un de ses sacs sur son autre bras. Grande et mince, elle portait une jupe longue avec des bottes et un pull à col bénitier.

— Je suis Lydia Walker, madame Clayton. Nous nous sommes croisées l'an dernier au club pour enfants que vous aviez aidé à mettre sur pied.

— Walker.

Son nom lui disait vraiment quelque chose. Rose le répéta machinalement pour se rafraîchir la mémoire puis claqua des doigts lorsqu'elle trouva de quoi il s'agissait.

— Mais oui ! s'exclama-t-elle. Je m'en souviens, la plus grosse offre à la soirée de gala !

Comme à peu près tout le monde ce soir-là, Rose avait été abasourdie par la somme proposée.

— Quel don extrêmement généreux pour la fondation.

Mais à voir les regards que Lydia et James échangèrent, Rose comprit qu'elle avait levé un lièvre.

Alors qu'un silence gênant s'installait, l'odeur de châtaignes grillées s'intensifia avec le passage d'un vendeur ambulant. Une délicieuse fumée parfumée s'échappait des deux côtés de son chariot.

— Gail Walker est ma sœur, confirma Lydia en évitant de se faire bousculer par deux petites filles jouant à chat. Elle nous a tous surpris avec son offre.

Le sourire de Lydia semblait forcé et James ajouta :

— Mais grâce à votre petit-fils, Rose, la couverture médiatique après l'événement a aussi permis d'obtenir davantage de dons. La Fondation pour la recherche sur le cancer du pancréas n'aurait pas pu trouver de meilleur ambassadeur que Daniel.

Rose était heureuse de l'entendre. Mais ces dons supplémentaires avaient-ils valu la peine de s'aliéner son propre petit-fils ?

— Daniel n'est pas ravi d'être le célibataire le plus prisé du Texas, mais il le prend avec bonne humeur.

Elle mentait, mais personne n'était obligé de le savoir.

Rose échangea encore quelques mots avec James et Lydia avant qu'ils ne partent finir leurs achats. Son regard suivit James et Lydia. Elle était intriguée par leur relation qui lui semblait bien plus que professionnelle. Il y avait quelque chose dans leur façon de se regarder. De rester l'un près de l'autre sans se toucher.

Cette manière d'aller faire du shopping sans Teddy...

Ce n'était pas ses affaires, mais Rose avait appris une ou

deux choses sur la façon dont l'amour peut naître entre deux êtres sans qu'ils en aient forcément conscience. Peut-être qu'elle avait tout simplement l'œil pour ce genre de choses... Elle avait acquis un sens aigu de la romance, car elle avait été depuis si longtemps absente de sa vie.

Mais ce n'était plus le cas aujourd'hui, grâce à Gus.

Ce qui lui rappela qu'elle devait aussi finir ses achats.

Elle était sur le point d'entrer dans le magasin d'antiquités dans la grande grange rouge lorsque son téléphone vibra. Elle le sortit de la poche de sa veste pour y voir un texto de son petit-fils.

Je reçois tous les jours des dizaines de messages de femmes qui veulent me rencontrer à cause de ce maudit article. À partir de maintenant, je te transfère tout, vu que c'est de ta faute. Ce n'est plus mon problème, ciao.

Savoir à quel point Daniel était en colère ne mettait pas Rose de bonne humeur. Qu'avait-elle fait ? Elle avait simplement voulu que le journaliste écrive un article sur Daniel. Sauf qu'il semblait plus malheureux que jamais depuis que Gus et elle avaient orchestré sa rupture avec la petite-fille de Gus, Alexis Slade. À l'époque, ils étaient tellement sûrs que leur inimitié durerait éternellement et que leurs petits-enfants ne devaient pas être ensemble...

Mais elle était *encore* tombée amoureuse de Gus. De quel droit pouvait-elle empêcher la relation de Daniel et d'Alexis ?

Elle soupira. Elle n'avait peut-être pas un si bon œil pour la romance près tout. D'une manière ou d'une autre, il fallait qu'elle résolve ce problème. Pour elle, pour Gus et pour leurs petits-enfants.

Alors que James était au téléphone avec la baby-sitter de Teddy, Lydia se dirigea vers sa voiture garée sur le parking.

— Il faut toujours que tu aies le moniteur avec toi quand tu sors de la nurserie, expliqua-t-il à la jeune femme, la fille de son contremaître de ranch qui était rentrée de l'université pour les vacances. Je suis sûr que Mme Davis t'a laissé quelque chose à manger dans la cuisine.

Lydia sourit en l'entendant. Enfin, il prenait soin de son neveu. Depuis qu'elle avait commencé chez les Harris, elle pouvait voir les progrès qu'il avait faits. Mais cela allait-il être suffisant pour qu'il adopte Teddy et en fasse son fils ?

De toute évidence, c'était ce que son frère aurait voulu.

Elle vit James raccrocher et se rapprocher d'elle.

— C'est bon, je lui ai tout expliqué et je suis en lien direct avec la nurserie sur l'application de mon téléphone, dit-il en ouvrant la portière passager de sa berline BMW noire.

Elle vit alors qu'il avait déjà chargé les sacs à provisions sur la banquette arrière.

— Alors j'ai pensé que j'allais t'inviter à dîner.

Elle sentit son pouls s'accélérer. Elle ne s'attendait pas à ce que la sortie shopping ouvre sur autre chose. Et un dîner était définitivement quelque chose de *plus*. Ce plus qui l'avait obsédée depuis leur baiser dans la salle de cinéma du ranch. Depuis, elle n'avait cessé d'y penser : que se serait-il passé si elle ne s'était pas levée pour aller se coucher ? S'il l'avait suivie dans sa chambre ?

Elle prit une profonde inspiration.

— À dîner ?

Elle rencontra son regard.

— Oui, le timing est parfait, lui dit-il en levant le bras pour désigner sa montre. Et le fait est que j'ai envie de mieux te connaître. Vraiment.

Il insista sur ce dernier mot en se penchant légèrement vers elle.

L'ambiguïté était impossible. Il l'invitait à un rendez-vous galant.

Son cœur battait de plus en plus vite.

— D'accord, si c'est pour mieux se connaître.

— Seulement cela, je m'y engage.

Il hocha la tête alors qu'elle se glissait sur le siège passager.

— Avec le dessert en option, fit-il en tournant la clé dans le contact. J'ai terriblement envie de savoir ce qui motive Lydia Walker.

La voiture démarra et elle laissa ses mots résonner dans son esprit.

— Ce qui me motive ? répéta-t-elle dans un souffle.

Elle pensa à tous les hommes que sa mère avait fréquentés – et il y en avait eu beaucoup. Elle se demanda si un seul d'entre eux avait pris le temps de *vraiment* comprendre Fiona Walker. Alors elle ne put s'empêcher d'admirer James pour sa prévenance.

— Bien sûr. Nous devrions jouer au jeu des vingt questions, tiens. Que ce dîner découverte soit amusant.

L'idée la séduisait, d'autant plus qu'elle savait que James avait eu beaucoup à gérer récemment. Ce qui ne concernait pas seulement la mort de son frère, mais aussi son adaptation à l'arrivée d'un enfant dans sa vie et les exigences de son poste relativement nouveau de président du Club des éleveurs du Texas.

Ses propres problèmes – principalement avec Gail, mais aussi avec sa mère – semblaient minimes en comparaison. Gail reviendrait tôt ou tard à Royal et Lydia l'aiderait à trouver un moyen de rembourser James, ne serait-ce qu'en travaillant pour lui. Quant à Fiona, Lydia devait lui faire accepter qu'elle ne serait pas là à son prochain mariage. Cela n'était finalement pas si compliquée… en théorie.

— J'adore, qui commence ?

Elle ne demanda pas où ils allaient dîner, même si sa curiosité avait été piquée au vif. Cela faisait si longtemps qu'elle n'était pas sortie avec un homme.

— Lydia, tu me blesses. Honneur aux dames, bien sûr.

— Pardon.

Elle lui sourit en se retournant pour mieux le voir.

— En général, mes compagnons masculins ont entre un et dix ans et ne sont pas toujours au fait des bonnes manières. Mais d'accord, je commence. Je veux savoir ce que tu fais pour te détendre.

— Me détendre ?

— Oui. Je t'ai vu travailler au ranch et au club. Mais même un homme aussi occupé que toi a besoin de temps libre. Et je sais que ce n'est pas pour regarder des films, car tu m'as dit toi-même que ton home cinéma ne servait qu'à tes clients, ton élevage et tes formations.

Il prit du temps pour réfléchir.

— J'avais l'habitude de faire du rodéo, finit-il par avouer. J'ai arrêté une fois que j'ai repris complètement le Double H.

Il y avait une inflexion nostalgique dans sa voix qui la fit se demander depuis combien de temps il n'avait pas eu une minute à lui.

— Tu mérites un nouveau hobby, se contenta-t-elle de dire.

— Très bien, inspire-moi. Qu'est-ce que tu fais pour le plaisir ?

Il lui retourna sa question alors que la voiture passait à proximité de lampadaires couverts de guirlandes. L'ensemble éclairait l'habitacle d'une lumière féerique.

— Je suis une nounou, tu sais, je suis tout le temps en train de jouer.

— Certes, mais quelque chose me dit que lorsque tu veux te détendre, tu ne joues pas à « Coucou, qui c'est ? »

Elle eut un petit rire.

— C'est vrai. Bon, j'aime la randonnée. Je n'y vais plus souvent, mais en grandissant, j'adorais emmener mes frères et sœurs sur les sentiers des Ozarks.

James tourna le volant pour s'engager dans un petit chemin et il lui fallut un moment pour voir le panneau indiquant Le Bellamy.

— Arrête, nous ne pouvons pas dîner ici.

Elle n'était jamais allée dans ce complexe cinq étoiles inspiré par l'emblématique château Renaissance de George Vanderbilt en Caroline du Nord, mais elle avait déjà vu des photos et savait que cet endroit débordait de luxe.

— Bien sûr qu'on peut. Tu aimes faire le marché de Courtyard le dimanche, n'est-ce pas ?

C'est ce qu'elle lui avait dit lors de leur sortie shopping plus tôt dans la journée.

— Exact, et j'aime aussi leurs petites échoppes pour manger. Je m'y sens davantage à l'aise.

C'est alors qu'elle vit un magnifique bâtiment ressemblant à un château se profiler devant elle. Il était entièrement illuminé. Ses tourelles de pierre accueillaient d'énormes guirlandes, tandis que des lumières blanches disposées dans la cour éclairaient un gigantesque massif de poinsettias.

L'ensemble était si romantique. Elle en frémit d'anticipation.

— Ici aussi tu seras à ton aise, Le Bellamy abrite un excellent restaurant, la Glass House. Tu vas l'adorer.

James roula doucement vers le voiturier.

— Je ne suis pas sûre d'être habillée correctement, lui dit-elle alors qu'il baissait la fenêtre.

— Ce n'est pas trop fastueux, je le promets.

Une fois descendus de voiture, il lui prit la main. Son geste était ferme et doux tout à la fois.

— Ne t'en fais pas, l'accent est mis sur la bonne chère, pas les chichis. Et tu es magnifique, je t'assure.

Des mots qui la firent rougir.

— Dans ce cas, merci, dit-elle.

Son cœur battait de plus en plus vite.

— Et sur la base de notre première série de questions, il semble que nous devons nous amuser, n'est-ce pas ?

— Oui, je suis en mission ce soir !

Il leva sa main dans la sienne et en embrassa le dos.

— Nous allons nous détendre et nous amuser.

Sa peau picotait à l'endroit où ses lèvres venaient de se poser, la laissant à bout de souffle. Un instant, elle oublia tout au sujet du dîner et son cerveau resta focalisé sur la sensation de sa bouche sur sa peau.

C'était ce qu'elle avait accepté : un dîner, pour apprendre à se connaître, une soirée qui pouvait déboucher sur...

Un petit frisson de nervosité la traversa. Était-elle en train de commencer une relation avec son patron ?

Elle choisit d'ignorer cette question et cette perspective.

Comme James, Lydia travaillait dur. Comme James, elle avait déjà assumé beaucoup de responsabilités et depuis longtemps. Depuis son plus jeune âge, en réalité.

Et, comme James, c'était toujours elle qui s'obligeait à travailler et à venir en aide aux autres, alors que sa mère et sa sœur n'étaient pas les dernières pour prendre du plaisir dans leur vie. N'était-ce pas l'occasion de changer ? Pourquoi ne pouvait-elle pas, elle aussi, avoir la chance de faire quelque chose d'un peu fou ? D'un peu téméraire ?

Si, ce soir, elle avait la chance de se détendre au bras d'un homme des plus séduisants qui ne voulait que la séduire, pourquoi le refuser ?

D'autant plus qu'elle le voulait elle aussi, elle le sentait au plus profond d'elle-même. Oui, elle avait terriblement envie d'un dessert.

8

— C'est incroyable.

Au milieu du dîner, Lydia ferma les yeux après une bouchée de champignons rôtis. Manifestement, elle savourait l'expérience.

James n'avait jamais mangé au Glass House, mais il devait admettre qu'il était lui aussi impressionné. Le restaurant « de la ferme à la table » proposait un menu dégustation et il l'avait persuadée de l'essayer avec lui afin qu'ils puissent voir ce qu'ils préféraient. Jusqu'à présent, ils n'avaient pas été déçus. Chaque nouvelle assiette proposait des fruits et des légumes cultivés localement, des fromages affinés sur place et des vins provenant d'une vaste cave. Lydia semblait vouer un culte particulier au plat aux champignons, même après qu'on leur eut servi de la truite fumée, de la pintade grillée et du canard rôti.

Ils s'étaient installés à une table calme à l'arrière de la salle du restaurant qui surplombait le parc du Bellamy. Près de l'entrée, un pianiste jouait des arrangements de standards de jazz et la musique était agréablement adoucie grâce aux multiples plantes décorant l'endroit.

— Tu fais plaisir à voir, d'autant plus que nous savons maintenant tous les deux que nous travaillons trop dur.

Lorsqu'elle en avait parlé plus tôt dans la soirée, il avait effectivement été surpris de constater tout le temps qui s'était écoulé depuis sa dernière *véritable* pause.

Lydia sirota en silence son vin, un pinot noir que le sommelier avait spécialement accordé à son plat, puis elle reposa son verre et leva les yeux vers lui.

— Je suis très satisfaite de mon travail, donc je ne peux pas dire que j'y passe trop de temps, tu sais. Mais il est vrai que je pourrais davantage prendre le temps de profiter de la vie comme ce soir.

— Et pourtant, ce que tu feras avec ta garderie sera très différent de ton travail jusqu'à maintenant, non ? demanda-t-il, adorant la façon dont elle semblait baisser la garde ce soir. Pourquoi ce changement ?

— Parce que je me suis dit que cela serait plus gratifiant de m'occuper de plusieurs enfants à la fois. Pour toucher potentiellement plus de vies que je ne pourrais le faire en tant que nourrice.

Elle s'écarta légèrement de la table, croisant les jambes de manière à ce que son mollet touche le sien un instant.

Il ne la quitta pas du regard. Ce bref contact suffit à ranimer la fureur d'un désir à peine atténué. Était-elle comme lui ? Trouvait-elle difficile de garder ses mains pour elle ? Le baiser qu'ils avaient partagé l'obsédait.

— Mais tu as pris soin d'enfants toute ta vie si j'en crois ce que j'ai lu sur le blog de ta mère.

L'éclat mutin qu'il avait vu dans ses yeux s'estompa un peu et il regretta d'avoir posé cette question. Mais n'avaient-ils pas dit qu'ils devaient faire connaissance ?

— L'empire *House Rules* a été construit sur une version très édulcorée de ma famille. La vérité ne ressemble guère à la fiction publiée en ligne.

Elle arrêta de parler lorsque leur serveur s'approcha pour débarrasser leurs assiettes et leur proposer la prochaine étape du menu dégustation, une farandole de desserts.

Le restaurant n'avait cessé de se remplir depuis leur arrivée. Les conversations étouffées des convives avaient augmenté de volume, mais leur coin de salle demeurait miraculeusement calme.

Une fois le serveur parti, Lydia plongea sa cuillère dans une glace au gingembre, tandis que James se demanda comment rétablir la légèreté et la sensualité de leur conversation. Avant tout, il avait envie de Lydia. Mais il voulait aussi qu'elle soit prête pour passer à la prochaine étape de leur relation. Et pour cela, il avait besoin de la comprendre. Découvrir ce qui la motivait dans la vie.

— Tu n'étais donc pas impliquée dans l'éducation de tes frères et sœurs ? demanda-t-il en songeant à la manière dont elle aurait pu simuler toutes les connaissances qu'elle étalait dans les vidéos en ligne.

— Oui, j'étais très impliquée, clarifia-t-elle pendant qu'il s'occupait du sorbet à la fraise dans son assiette. Mais nous n'étions pas la famille heureuse et insouciante que ma mère a décrite en long et en large dans son blog quand elle parlait de nos sorties à la montagne ou des journées au lac. Lorsqu'elle était occupée avec la confection d'une couronne de fleurs avec un enfant avant une séance de photos, j'étais en train d'en poursuivre six pour les empêcher de se noyer ou de tomber d'une falaise.

Il attendit un moment pour voir s'il y avait une suite à cette histoire. Un signe d'ironie, d'exagération. Mais rien ne vint. Lydia se contenta de faire tournoyer sa cuillère dans la glace et de déguster une autre bouchée.

— Et personne ne l'a remarqué dans l'entreprise de ta mère ? Personne ne s'est dit que ce serait judicieux d'embaucher quelqu'un pour t'aider ?

Lydia leva les yeux au ciel.

— Oh ! pendant des années, il n'y avait personne d'autre dans l'entreprise. Ce n'est que vers la fin de mon adolescence que les vidéos sur YouTube ont commencé à décoller et à générer du trafic vers le blog pour qu'elle puisse en vivre confortablement.

Elle laissa sa cuillère de côté et s'adossa sur son siège en tournant la tête vers le pianiste. Elle demeura songeuse et silencieuse un long moment.

— Dans ce cas, ta mère te doit une fière chandelle. Et pas seulement parce que tu t'es occupée de tes frères et sœurs, mais parce que son succès avec les vidéos est le tien.

Elle arqua un sourcil.

— Oh non, ne me dis pas que tu as regardé mes vidéos. J'avais vraiment l'air d'être une sacrée pimbêche à l'époque.

— Je ne vais pas te mentir, je les ai regardées bien avant notre rencontre lorsque je cherchais un tutoriel pour emmailloter un bébé. Mais je ne dirais pas que tu avais un air de pimbêche, non, mais de jeune fille très mature et compétente pour son âge.

Secouant la tête, Lydia éclata de rire.

— J'avais dix-sept ans ! J'ai fait ces vidéos après m'être disputée avec ma mère. Je lui ai dit qu'elle ne rendait pas service à ses visiteurs en mettant l'accent sur l'apprentissage centré sur l'enfant au point que ses propres enfants étaient laissés à eux-mêmes. J'ai pensé qu'elle devait fournir des conseils plus pratiques.

— Alors elle t'a laissée faire le boulot pour elle avec ces vidéos.

D'après ce qu'il avait vu lors de sa visite sur le blog, les vidéos de Lydia étaient la section la plus populaire du site.

— Oui, ça a été sa façon de me donner de l'expérience, dit-elle sèchement. Si vous l'écoutez, elle vous dirait qu'elle m'a donné toutes les ressources dont j'avais besoin pour vivre une enfance enrichissante. Et qu'elle m'a fait profiter des revenus publicitaires générés par ces vidéos. Mais j'ai toujours regretté de ne pas avoir pu être plus assidue à la fac parce que j'avais peur de laisser les petits sans surveillance.

James soupira. Comme leurs enfances avaient été différentes. Lydia avait été élevée par une femme que beaucoup de gens considéraient comme un modèle de maternité, entourée de frères et sœurs. James et son frère avaient été élevés par des nourrices après le décès de leur mère décédée, car leur père était trop occupé par le ranch pour pouvoir passer du temps avec ses enfants.

— Et pourtant, tu as décidé de travailler avec des enfants. Je suppose que tu as hâte de fonder ta propre famille un jour.

C'était un commentaire automatique. Et peut-être trop personnel. Mais il était curieux.

— Un jour peut-être, admit-elle, avec un soupçon de méfiance dans son expression.

Il voulait en savoir plus sur elle, lui poser encore des questions sur sa famille, mais elle se pencha plus près de lui et glissa les doigts sur son poignet. Un geste qui lui vola tous les mots qu'il s'apprêtait à prononcer. Subitement, son esprit fut obnubilé par son parfum si tentateur.

— Tu as pris de l'avance sur les questions, fit-elle alors qu'elle inclinait son front plus près du sien. À mon tour maintenant.

Il voulait tellement l'embrasser. Ce qu'il aurait fait depuis longtemps s'ils avaient été seuls, car il savait qu'il n'allait plus pouvoir se contenter d'un baiser. C'était peut-être aussi bien qu'ils aient passé la journée ensemble en public. Parce que sans Teddy, il ne pouvait s'empêcher de voir Lydia comme une femme désirable et non comme la nounou de son neveu.

— Aucun problème, murmura-t-il. Demande-moi n'importe quoi.

Elle le regarda fixement, ses yeux noisette reflétant la lueur de la bougie. Il leva une main pour lisser ses cheveux soyeux et les écarter de son visage afin de mieux la voir. Ou peut-être avait-il simplement besoin de la toucher.

Quand il replaça une mèche derrière son oreille, il effleura des doigts son cou. Et sentit la course folle de son pouls juste en dessous. Une fois seuls, il se le promit, il allait poser ses lèvres à cet endroit. Pendant un long, un très long moment.

Elle battit des paupières, comme si elle pouvait lire dans ses pensées et sentir l'empreinte brûlante de sa bouche sur sa peau.

— J'espère que tu penses vraiment ce que tu viens de dire.

Elle se recula un peu, mordillant sa lèvre inférieure alors que sa main glissait loin, trop loin de son poignet.

— Parce que je me demandais où en étaient les grands-parents de Teddy. Tu as dit que tu les avais contactés. Tu penses qu'ils seraient prêts à s'occuper de Teddy ?

La question n'avait rien à voir avec ce à quoi il s'attendait. Mais il pensait vraiment ce qu'il lui avait dit, donc il se devait d'être honnête avec elle.

— J'ai l'impression qu'ils sont toujours déchirés par la mort de leur fille.

Dès lors, il n'avait pas voulu trop insister, mais il leur avait récemment envoyé un second courrier.

— Ils ne lui parlaient plus depuis son mariage avec Parker.

Lydia secoua la tête, l'air consterné tandis que le serveur les débarrassait de leurs assiettes et leur apportait une nouvelle bouteille d'eau.

— James, n'est-ce pas une raison de plus pour élever Teddy toi-même ? Tu ne peux pas laisser ce doux bébé vivre dans un foyer où il n'entendra jamais rien de positif sur son père.

Il ne put rater le soupçon d'accusation dans sa voix. Dans ses yeux.

— Parker a toujours pensé qu'ils reviendraient à la raison.

James avait toujours fait confiance à son frère en ce qui concernait sa belle-famille. Selon Parker, le problème ne venait pas directement de lui, mais ils avaient prévu un autre époux pour leur fille – l'éleveur possédant les terres voisines des leurs.

— Son mariage avec mon frère leur a fait perdre une partie des champs qu'ils espéraient.

À dire vrai, James ne se souvenait pas de tous les détails de l'affaire et ne voulait pas avoir à y penser.

— Je doute que cela soit un motif suffisant pour ne plus parler à sa fille, observa Lydia en jouant nerveusement avec le pétale d'un des poinsettias blancs composant le bouquet de leur table. Et s'ils te coupaient de Teddy de la sorte ? S'ils décidaient du jour au lendemain de ne plus te parler ?

James tendit la main pour presser la sienne. Il avait besoin de la rassurer.

— Je te le promets Lydia, je ne laisserai jamais mon neveu

à ses grands-parents si je n'ai pas l'assurance qu'ils l'élèveront avec amour et qu'ils me laisseront le voir à ma guise.

Il devait bien ça à Parker, et plus encore.

Elle le fixa à la lumière des bougies. Lydia était la plus belle femme qu'il avait jamais rencontrée de toute sa vie. Pas seulement du fait de son apparence, mais aussi par sa générosité. Son honnêteté. Sa fraîcheur. Elle était une personne si lumineuse.

Mais avant qu'elle puisse lui poser sa prochaine question, une voix féminine résonna derrière eux.

— James Harris ! C'est donc là que tu te cachais depuis tout ce temps.

Il reconnut la voix de Cady Lawson, une vieille amie et une scandaleuse séductrice. Et, à voir la moue qui se dessina subrepticement sur les lèvres de Lydia, il comprit qu'elle n'était pas ravie par cette interruption. D'autant plus qu'elle tira sa main de la sienne et croisa les bras sur sa poitrine.

James se leva pour faire les présentations entre les deux femmes, tout en se demandant à quelle vitesse il allait pouvoir se débarrasser de Cady pour remettre la soirée avec Lydia sur de bons rails.

Si Lydia avait été de nature jalouse, l'arrivée de l'amie de James aurait pu la crisper. Vêtue d'un élégant pantalon en cuir blanc et d'un chemisier de créateur en soie grège, la femme était assez belle pour monopoliser les pages mode d'un magazine. Des boucles noires et brillantes s'étalaient sur ses épaules et sa beauté naturelle n'avait pas besoin de parure.

Mais alors qu'elle écoutait James lui présenter Cady Lawson, une amie qu'il connaissait depuis l'université, Lydia ne put s'empêcher de penser qu'elle était arrivée à point nommé.

En effet, Lydia s'apprêtait à demander à James pourquoi il avait épousé une femme qui ne désirait pas d'enfants – un détail qui ne lui était pas sorti de l'esprit depuis leur première conversation au sujet de son ex.

Ainsi, même si James semblait méfiant alors qu'il poursuivait sa conversation avec Cady et qu'elle était d'une beauté exceptionnelle et ouvertement flirteuse, Lydia fut heureuse qu'elle l'ait fait dévier de son idée.

Apparemment, Cady était de Royal mais vivait maintenant à Dallas et était passée au Glass House pour dîner avec quelques amis.

— Je t'avoue que je serais revenue pour la collecte de fonds si tu avais été sur la liste des célibataires, lança Cady d'un air moqueur en faisant un clin d'œil à Lydia. Je l'ai entendu dire que c'est pour cela qu'il a accepté la présidence du CET, pour ne pas participer aux enchères.

Lydia sourit. La description ressemblait bien à James, l'homme qui préférait travailler que s'amuser.

Ils parlèrent un instant avant qu'un des amis de Cady la rappelle à leur table.

— Bon, je dois y aller.

Elle frôla l'épaule de Lydia dans un geste amical.

— C'était un plaisir de vous rencontrer, Lydia. Prenez soin de cet homme, c'est une perle, ne le laissez pas s'envoler !

Lydia leva les yeux vers James qui secoua la tête d'un air impuissant.

— Je suis désolé…

Lydia l'interrompit et se leva.

— Ce n'est pas de ta faute si tu as des amies glamour. Bon, je suis prête à rentrer si tu l'es aussi.

— Bien sûr. J'espère que tu ne te sens pas obligée.

— Pas du tout.

Elle passa son bras dans le creux de son coude. En réalité, elle était impatiente de remettre la soirée sur des rails plus… sensuels.

— J'avais vraiment envie de rentrer, assura-t-elle.

— Et ta dernière question, alors ?

Il réajusta sa main sur son bras et la recouvrit de la sienne. En la serrant plus près.

Ses narines captèrent la fragrance épicée de son après-rasage alors qu'elle levait les yeux vers lui, le regard rivé sur sa mâchoire.

— J'ai changé ma question, confia-t-elle alors qu'il passa devant elle pour lui ouvrir la porte et remettre son ticket au voiturier.

L'air frais de la nuit la rapprocha encore plus de lui et il plaça son bras autour de sa taille. Sa main était si chaude sur ses hanches. Irrésistible.

— C'est vrai ?

Lydia frissonna. Elle n'avait qu'une envie : que le voiturier revienne sur-le-champ avec la voiture et qu'ils rentrent au plus vite en ayant toute la nuit devant eux.

— Oui.

Elle savait ce qu'elle voulait : ne plus attendre, ne plus hésiter, ne plus être prudente.

— En fait, si, j'ai encore une question, lui susurra-t-elle à l'oreille : à quelle vitesse peux-tu conduire pour nous ramener à la maison et être enfin seuls ?

De fait, le trajet du restaurant au ranch sembla passer en un éclair. À cause des courses, Lydia n'avait pas compris avant le dîner que Le Bellamy était si proche du Double H. Mais la route fut suffisamment longue pour ranimer le feu qui avait couvé en elle durant tout le repas. L'incendie était désormais incontrôlable.

Et sans qu'elle en ait vraiment conscience, la porte de l'entrée se referma derrière elle avec un bruit feutré.

— Je dois juste payer la baby-sitter, dit James dans un souffle. Je te retrouve en haut ?

Des mots qui lui firent comprendre que depuis qu'ils étaient montés dans la voiture, elle n'avait pratiquement pas quitté ses bras ou sa bouche.

— D'accord, acquiesça-t-elle, obnubilée par la suite des événements.

— À tout de suite, murmura James.

Elle se précipita devant lui et gravit les marches de l'escalier quatre à quatre. Elle avait utilisé toute la retenue dont elle avait pu faire preuve avec cet homme et elle ne voulait plus risquer le moindre atermoiement.

S'arrêtant dans sa chambre pour se débarrasser de son manteau et ses chaussures, Lydia se demanda si c'était ce que sa mère ressentait lorsqu'elle était en train de tomber amoureuse d'un nouvel homme.

Elle agita la tête pour se débarrasser de cette pensée, puis se dépêcha de retrouver James, de se cambrer sur ses orteils et de passer les bras autour du cou.

Enfin, elle se pressa contre lui et l'embrassa comme elle le désirait depuis des semaines. Sans avoir peur de l'évidente invitation que ce baiser traduisait.

9

Son baiser lui donna l'impression d'avoir atteint une oasis après une longue journée de marche dans le désert.

James laissa les sensations l'envahir alors qu'il serrait Lydia contre lui. Son parfum à la vanille et aux fleurs, le soyeux de ses cheveux tombant sur ses épaules, la douceur et la féminité de ses courbes qui se moulaient contre la dureté de son corps. Tout cela était tout simplement délicieux.

Et ce baiser…

Ses lèvres s'agitèrent avec une faim vorace. La même qui l'avait obsédé depuis des semaines avant ce moment.

Il refusa d'en perdre une seconde. Se reculant pour la regarder, il déposa un baiser sur sa joue. Elle garda les yeux fermés.

— Viens avec moi, lui dit-il.

Relâchant son emprise, il lui prit la main et la dirigea vers le lit.

Elle s'interrompit une seconde avant de le suivre et il comprit qu'elle cherchait le moniteur de la garderie. L'aurait-il oublié ? Peut-être. Mais ils l'auraient sûrement entendu même de l'autre côté de la grande suite.

Elle avait enlevé ses bottes, et ses pieds furent silencieux sur le sol derrière lui. Sa longue jupe flottait contre son mollet, une caresse qui fut taquine lorsqu'ils atteignirent le bord du matelas. Il appuya sur la télécommande près du lit pour éteindre les lumières, à l'exception des deux tubes encadrant la cheminée.

Il attendit qu'elle retrouve le moniteur de la nurserie et le place à côté de la télécommande sur la table de nuit. Ce qui lui rappela qu'il ne fallait pas se précipiter. Mais savourer chaque instant de l'avoir ici, dans sa chambre, avec lui.

Sauf que Lydia se fit subitement pressante. Alors que ses doigts dégageaient déjà le bouton du haut de sa chemise, ses lèvres posèrent un baiser sur la peau qu'elle découvrit.

La chaleur se répandit sur sa peau. Il effleura ses épaules et tira sur son pull jusqu'à ce qu'il puisse voir le caraco de dentelle qu'elle portait dessous. Il se pencha pour embrasser son cou. Oh comme il aimait la façon qu'elle avait de se cambrer près de lui. Il sentit son cœur battre dans le creux de son oreille. Il s'attarda un moment à cet endroit avec sa langue puis la délivra entièrement de son pull.

Ses doux gémissements coïncidaient avec l'accélération de ses doigts sur les boutons de sa chemise. Ses hanches se glissèrent contre lui, signe du même désir fiévreux qu'il ressentait. Cette convoitise qui était devenue une seconde nature pour lui. Cette avidité qu'il n'avait jamais ressentie pour aucune femme.

Ce qui expliquait sans doute pourquoi il avait fait si attention à ne pas laisser cette passion le gouverner. Être avec Lydia lui donnait l'impression d'être en terrain inconnu. Une toute nouvelle expérience. Qui l'affolait, dans tous les sens du terme.

— Je veux plus de nudité, demanda-t-elle contre son oreille.

Une exigence qui lui coupa le souffle mais à laquelle il ne put se dérober.

Alors, après son pull-over, il s'occupa de son caraco et de son soutien-gorge. Les tendres boutons de rose de ses mamelons le tentèrent, mais Lydia se recula un instant pour retirer sa chemise.

— Non, je parlais de toi, précisa-t-elle en se tordant pour dégrafer sa jupe, qui tomba à ses pieds avec un bruissement divin. Je veux voir ton corps.

Elle bougea rapidement. À l'évidence décidée à vivre cette nuit au plus vite. Mais James l'attendait pour sa part depuis si longtemps, il mourrait depuis si longtemps d'envie de la toucher, de la prendre, de se fondre en elle, qu'il voulait patienter au maximum pour la savourer, ne pas laisser une miette de plaisir glisser entre les interstices de la précipitation.

Une fine dentelle grise étreignait ses hanches au point de jonction de longues et fines jambes. Sa vue lui fit comprendre que prendre son temps n'allait pas être une mission facile. Pas quand elle s'agitait, tremblait comme ça, tout contre lui. Ses doigts nerveux d'anticipation et de besoin.

Il la rapprocha de lui, l'enveloppa dans ses bras et la coucha sur le lit. Puis, allongé à côté d'elle, il l'embrassa et la toucha, trouvant les endroits qui lui plaisaient le plus. Un baiser sous son oreille. Un autre sur la courbe de ses hanches. Un cheminement lent et patient au mitan de son ventre. Jusqu'à la dentelle secrète entre ses jambes.

Les sons doux et les gémissements qu'elle émettait pendant qu'il la caressait alimentaient sa retenue, chaque soupir, chaque râle renforçait sa détermination à attendre. Pour lui faire plaisir d'abord.

Ignorant son désir qui pulsait dans son bas-ventre à en devenir douloureux, il se concentra sur Lydia.

Très lentement, il remonta une main sur ses seins puis taquina un mamelon avec sa langue. Elle passa une main autour de son dos, la paume écartée, et le pressa contre elle. Il descendit sa main vers le creux de son intimité et l'agaça de ses doigts.

Elle était si chaude, si humide, si impétueuse sous ses caresses.

— Oui, James, comme ça.

Il continua. Ses doigts devinrent plus insistants. Plus explorateurs. Plus indiscrets et plus rapides.

Intrépide, Lydia plaça une main sur sa tête. Il n'avait pas besoin de plus pour comprendre l'invitation et descendit pour la goûter complètement. Elle sentait la terre et le miel, il s'en enivra sans compter.

Sa respiration devint de plus en plus saccadée, ses ongles courts lui labouraient la peau. Son dos se cambra, ses hanches se pressèrent contre sa bouche jusqu'à ce que la tension soit brisée par des spasmes luxurieux qui semblèrent lui déchirer tout le corps. Un magnifique orgasme qui le remplit de satisfaction.

Alors, lentement, il se dégagea de la douce emprise de ses cuisses et vint lui embrasser le cou avant de la serrer contre lui et d'attendre que son rythme cardiaque ralentisse pour la guider sur le chemin de l'extase commune.

Et, sans le vouloir, il s'endormit comme un bienheureux.

Quelques minutes plus tard... ou quelques heures, il avait perdu toute notion de temps, le crachotement du moniteur de la nurserie les sortit tous les deux du sommeil.

Lydia se raidit et voulut rattraper ses vêtements. Il l'en empêcha tendrement.

— Non, je m'en occupe, rendors-toi, ma belle, dit-il avant de sortir du lit et de s'habiller en hâte.

— D'accord, dit-elle avec un sourire aux lèvres et en le regardant glisser dans son boxer et mettre un T-shirt. Merci.

James se baissa vers elle pour l'embrasser sur le front puis sortit de la chambre et se dirigea vers la nurserie.

Il y trouva Teddy réveillé et en larmes.

— Qu'est-ce qu'il y a, mon ange, tu as fait un cauchemar ?

Il prit alors le petit bout de chou contre son épaule et se mit à le bercer lentement. Le bébé renifla et se rendormit, mais James ne voulut pas le recoucher dans son berceau.

D'abord, parce que Lydia s'était sans doute rendormie elle aussi et qu'il devait la laisser se reposer. Et il savait qu'il n'y arriverait pas s'il revenait maintenant dans la chambre. Ensuite... Parce qu'il avait besoin de réfléchir.

Il savait que porter Lydia à son lit ce soir allait avoir des répercussions et qu'il allait devoir y faire face. Elle n'était pas une femme à s'offrir à lui comme elle l'avait fait à la légère. Il le savait au plus profond de lui-même. Mais était-il prêt à perdre la formidable nounou qu'elle était juste parce qu'il avait désespérément besoin d'être avec elle ?

Il posa sa joue sur les boucles de son neveu, caressa le dos du bébé endormi et fixa les figurines en feutre que Lydia avait accrochées le long d'un mur. Un lapin avec un bonnet de Noël. Deux chats en costume d'elfe, l'un martelant un train de jouets et l'autre cousant une poupée.

Elle était tellement bonne à son travail. Compatissante. Prévenante. Chaleureuse.

Elle était entrée dans la vie de James pour l'amour de Teddy et elle leur apportait à tous les deux tellement de bonheur. Était-il juste qu'il prive Teddy de Lydia et Lydia de Teddy s'il se décidait à en confier la garde à ses grands-parents maternels ?

Se séparer de l'enfant était une perspective qui lui devenait de plus en plus dure à mesure que les jours passaient, mais James devait faire ce qui était le mieux pour lui.

Après avoir installé le bébé dans le berceau, James sortit de la pièce et alla dans le couloir pour vérifier son téléphone. Il avait vu un message de la grand-mère de Teddy, Samantha Mason, alors qu'il était allé faire les courses, mais il ne lui avait pas encore répondu. Il le relit.

Nous sommes très heureux d'accepter votre invitation à passer la nouvelle année avec notre petit-fils. Nous arriverons en milieu d'après-midi le 31 décembre et pourrons nous occuper de Teddy le soir et le lendemain. Merci de nous avoir ouvert la porte de votre maison pour que nous puissions connaître notre petit-fils.

Aucune mention de la garde de Teddy à temps plein. Mais James comprit qu'ils voulaient d'abord rencontrer le garçon. Mais cela ne devait pas ressembler à un entretien d'embauche. Soit ils acceptaient d'élever Teddy, soit non.

James espérait tellement prendre la bonne décision. Faire un pas dans la bonne direction. Teddy avait besoin d'une famille plus stable que celle que James ne pourrait jamais lui fournir. De plus, il méritait le tendre contact d'une figure maternelle dans sa vie.

Ouvrant son application de courrier électronique pour répondre à Mme Mason, James rédigea un message rapide confirmant les détails de leur voyage à Royal. Le bal annuel du réveillon du nouvel an du Club des éleveurs du Texas avait lieu ce soir-là et Lydia serait ainsi disponible pour l'accompagner.

James cliqua sur le bouton d'envoi et retourna dans la chambre. Il savait que Lydia souhaitait assister au bal du nouvel an pour étoffer son carnet d'adresses et trouver des clients potentiels pour son entreprise de garderie qu'elle ouvrirait l'automne prochain. Mais il espérait aussi qu'elle serait ravie d'y être sa cavalière et partager avec lui une autre nuit aussi incroyable que celle qu'ils étaient en train de vivre.

La première d'une longue série…

Il avait hâte de réfléchir à une manière de l'inviter. Peut-être avec un cadeau de Noël extravagant. Des boucles d'oreilles ou un collier, quelque chose de beau à porter… Quelque chose mettant en valeur sa beauté naturelle.

Il était si impatient de passer du temps avec elle.

Mais auparavant, il avait une autre idée : revenir dans la chambre, se glisser dans le lit tout près d'elle et la réveiller de la manière la plus sensuelle qui soit.

10

Le 24 décembre passa dans un tourbillon de préparations et Lydia s'amusait tellement avec James et Teddy qu'elle ressentit un pincement de culpabilité au moment où la soirée se termina. Elle n'avait pas téléphoné à sa mère. N'avait pas non plus essayé d'appeler Gail.

Mais alors qu'elle observait Teddy et James couchés côte à côte dans le salon, créant des anges des neiges en agitant les bras dans des piles de boules de coton, le sentiment la quitta. Après tout, elles ne l'avaient pas appelée non plus. Pourquoi devait-elle toujours être celle qui prend des nouvelles ? Était-ce si mal de s'amuser avec les Harris ?

L'un d'eux était un petit garçon plein de promesses. Et l'autre un éleveur extrêmement séduisant qui avait brisé toutes ses lignes de défense et l'incitait à prendre en compte ses propres désirs.

Peut-être qu'il était grand temps qu'elle le fasse.

Voir à quel point ses deux compagnons s'amusaient pendant qu'ils jouaient la rassurait au moins sur un point. Elle avait bien fait d'aider James à être plus à l'aise dans son rôle de père. Personne ne pouvait nier qu'il était bon à cela.

— Mme Davis va se demander ce qui s'est passé dans cette maison lorsqu'elle rentrera de congé pour trouver du coton partout, observa James en se levant.

Des boules blanches moelleuses roulèrent sur ses épaules et disparurent sous le canapé.

Lydia était heureuse d'avoir la maison pour elle toute seule pendant une bonne semaine. La cuisinière, la femme de ménage et d'autres employés à temps partiel étaient tous en vacances en cette période de fêtes. Au moins, il n'y avait personne auprès de qui faire bonne figure et prétendre que rien ne se passait entre elle et son employeur sexy.

— Je vais passer l'aspirateur, lui assura-t-elle en faisant courir ses yeux sur lui. C'était mon idée cette neige en ouate, après tout.

— Non, tu n'as pas à faire le ménage. Je suis ton patron et je te l'interdis.

Son regard la réchauffa des pieds à la tête alors qu'il se penchait plus près d'elle et lui embrassait les mains.

— On n'a qu'à ramasser tout le coton et en faire une jupe pour le sapin, qu'est-ce que tu en penses ?

— Que c'est une merveilleuse idée, confirma-t-elle. Mais pour le petit gredin qui est en train de s'endormir au milieu de tout ce bazar, qu'est-ce qu'on fait ? On le cache aussi sous le sapin ?

James s'esclaffa et se leva, empoignant Teddy dans ses grands bras puissants.

— Je vais le coucher si tu me promets de ne pas toucher au moindre balai pendant mon absence.

Lydia se leva à son tour et le suivit.

— D'accord, mais à une condition, que je m'assure qu'il n'y a pas de cotons coincés dans le pyjama de Teddy.

À ces mots, elle en retira quelques morceaux accrochés à son petit pantalon, ce qui fit rire le bébé. Puis elle examina attentivement ses mains.

— Il faut faire attention, ajouta-t-elle. Une fois ma petite sœur a eu une mèche de cheveux autour de son orteil toute la nuit et nous avons dû l'emmener aux urgences.

Les yeux de James s'écarquillèrent.

— Vous êtes allés à l'hôpital pour une mèche de cheveux ?

— Oui, s'ils sont assez serrés, des cheveux peuvent couper la circulation.

Elle recula et affirma :

— C'est tout bon pour moi, tu peux aller te coucher, mon petit pirate.

James secoua la tête et s'adressa à Teddy.

— Viens, mon champion, on va examiner tous tes orteils avant de te mettre au lit.

Sur ce, il jeta un coup d'œil à Lydia avant de monter l'escalier.

— Et après, j'ai un cadeau pour toi, ne t'avise pas de partir quelque part.

Une inflexion dans le ton de sa voix la fit frissonner de désir. Se réveiller dans ses bras ce matin et faire l'amour avant le petit déjeuner avait été si décadent. Sans parler de recommencer sous la douche pendant que Teddy faisait la sieste.

C'était une vie à laquelle elle pourrait bien s'habituer.

Sauf que ce n'était que temporaire. Bientôt, les vacances prendraient fin, sa sœur reviendrait et Lydia convaincrait Gail de prendre la relève et d'assumer les fonctions de nourrice avec Teddy. Après tout, c'était Gail qui avait une dette envers James, et Lydia avait quand même confiance en sa sœur – elle n'était pas aussi inconsciente pour ne pas rembourser James qui avait si généreusement couvert son don auprès de la Fondation pour la recherche sur le cancer du pancréas.

Une idée lui vint alors à l'esprit : et si elle poursuivait sa relation avec James sans pour autant travailler pour lui ?

C'était une idée plus que tentante.

Être avec James lui avait fait prendre plus de risques que tout ce qu'elle avait osé jusqu'à présent. Et cela en avait largement valu la peine. Continuer à le voir était sans doute une prise de risque encore plus grande. Jamais elle n'avait voulu ressembler à sa mère et ses histoires d'amour aussi fortes et fugaces que des feux de paille.

Mais ce que Lydia ressentait pour James n'avait rien à voir. Leur histoire était bien plus... spéciale. Ou bien avait-elle seulement besoin de s'en persuader ?

En soupirant, elle glissa quelques boules de neige en coton sous l'arbre de Noël. L'idée d'une jupe pour le sapin était excellente.

Ainsi, Teddy pourrait encore jouer avec la fausse neige dès le lendemain. Il adorait tellement cela !

La voix profonde de James derrière elle la fit sursauter.

— Qu'est-ce que j'ai dit pour le ménage ?

Ses bras l'entourèrent et elle oublia tout à l'exception du moment présent.

Non, elle ne se faisait pas des idées. Ce qu'elle ressentait pour lui dépassait le simple désir physique.

— En même temps, techniquement, je ne travaille plus à cette heure, donc tu ne peux pas me dire ce que j'ai le droit de faire ou non, répondit-elle d'un ton taquin.

Basculant la tête contre sa poitrine, elle se frotta la joue contre la fermeté de ses pectoraux.

— En plus, je pense que la soirée finira mieux si j'abandonne mon rôle de nounou, tu ne penses pas ?

— Oh oui.

À ces mots, il la fit tourner dans ses bras pour qu'elle le regarde en face. Ses yeux sondèrent ceux de James, et son expression lui sembla subitement plus grave.

— J'ai hâte de passer la nuit avec toi.

Entre ses mains, il prit son visage en coupe. Elle eut l'impression qu'il lui perçait le cœur.

Gail avait-elle ressenti cela lorsqu'elle s'était enfuie avec son célibataire hors de prix ?

Si oui, alors Lydia pouvait l'excuser. Parce que s'éloigner de James lui semblait tout bonnement impossible à ce moment précis.

— Moi aussi, murmura-t-elle.

— Mais d'abord…

Il desserra son étreinte pour la guider vers le sapin.

— J'ai un cadeau !

Tout en s'asseyant sur le grand canapé en cuir, elle le regarda récupérer une petite boîte à l'arrière de l'arbre.

Enveloppé dans une feuille d'or peinte de flocons de neige blancs, le paquet était des plus élégants, même s'il avait une forme étrange. Impossible de deviner ce qu'il renfermait. Lorsqu'il le lui tendit, elle sentit sous ses doigts un objet carré et plat, à peine plus épais qu'une carte de vœux.

Sa curiosité fut piquée au vif.

— Mais je n'ai qu'un seul cadeau pour toi, protesta-t-elle en se demandant si elle ne devait pas aller le chercher. Peut-être qu'il vaudrait mieux que j'attende demain pour l'ouvrir ?

Il se laissa tomber sur le canapé à côté d'elle, sa main glissant autour de sa taille.

— Non, c'est un cadeau pour ce soir. Quelque chose que je voulais te donner le plus tôt possible.

À quelle vitesse s'était-elle habituée à sa présence, à son contact…

Elle se pencha pour glisser un doigt dans l'emballage, ne voulant pas le déchirer inutilement. À l'intérieur, il y avait une carte avec son nom dessus et une petite boîte. Mais pourquoi avait-il emballé la carte ?

Elle lui jeta un coup d'œil, mais son expression resta impénétrable. Ouvrant l'enveloppe, elle vit que ce n'était pas une carte de vœux, mais une invitation.

— Le bal du réveillon du nouvel an du Club des éleveurs du Texas ?

Elle lut à haute voix les lettres en relief. C'était l'une des soirées les plus fermées et les plus prestigieuses de Royal.

— Vraiment ?

— Oui, vraiment, je veux que tu sois ma cavalière. Ce sera amusant et tu pourras aussi rencontrer des clients potentiels pour la garderie.

— C'est très généreux de ta part.

Elle était touchée qu'il ait pensé à l'entreprise qui lui tenait tant à cœur.

— Je serais honorée d'être là.

— Bien.

Il lui embrassa la tempe et étreignit sa taille un peu plus fort.

— Maintenant, ouvre l'autre partie du cadeau.

Excitée, elle ouvrit le papier argenté avec précaution, puis souleva le couvercle sur une boîte jaune et rouge. À l'intérieur, niché sur un coussin de velours, reposait un peigne à cheveux à l'ancienne, de style Art déco, avec des brillants bordant trois petits gratte-ciel.

— James, c'est si beau, murmura-t-elle, imaginant déjà à la manière de se coiffer pour mettre en valeur l'antiquité.

— Il appartenait à ma mère. J'ai une photo d'elle et de mon père le soir du nouvel an avec ce peigne dans ses cheveux et j'aimerais qu'il soit à toi maintenant.

Accablée par la signification du geste, elle secoua la tête.

— Mais non, James, je ne peux pas accepter…

— Je t'en prie.

Il posa la main sur son avant-bras.

— Elle possédait une vaste collection de bijoux et je pense qu'elle aurait adoré te remercier pour ta prévenance envers son petit-fils. Je sais qu'elle aurait été aussi reconnaissante que moi pour tout ce que tu as fait pour Teddy.

Clignant des yeux, elle sentit une soudaine humidité agacer ses paupières.

— Dans ce cas, merci. C'est un objet que je vais chérir.

Elle sentit quelque chose bouger en elle. Comme si son cœur avait manqué un battement. Ou comme si la dernière des défenses qui l'entourait venait de tomber. Personne, jamais, ne l'avait mise sur un tel piédestal. Ni ne l'avait fait se sentir aussi importante.

Aussi… spéciale.

Alors il n'en fut que plus facile pour elle de se perdre dans le baiser qu'il déposa sur ses lèvres. Elle le laissa lui saisir le menton d'une main forte et céda, une nouvelle fois, au désir aussi puissant qu'évident qui le liait à lui. Peut-être que la solution était là, devant elle, peut-être qu'elle n'avait pas besoin de réfléchir et qu'il suffisait qu'elle se laisse porter.

Peut-être qu'il lui suffisait de faire confiance aux sentiments qui l'animaient et qui, de jour en jour, à chaque instant passé avec James, devenaient de plus en plus forts pour lui.

solution était là, devant elle, peut-être qu'elle n'avait pas besoin de réfléchir, et qu'il suffisait qu'elle se laisse porter.

Peut-être qu'il lui suffirait de faire confiance aux sentiments qui l'animaient au jour le jour, qui, à chaque instant passé avec Jamie, devenaient de plus en plus forts pour lui.

Noël avait démarré sur les chapeaux de roues.

Lydia espérait que Jamie [illegible] mais il était pris presque toute la semaine [illegible] [illegible] qu'il le pouvait [illegible] sans aucun [illegible].

Elle était [illegible] qu'elle [illegible] petit qui [illegible] la grande cour [illegible] des yeux [illegible] quelque chose [illegible] eux depuis la veille.

[illegible] repas, mais [illegible] tranche de pain [illegible] jours précédents pour [illegible] s'étaient [illegible] qui [illegible] [illegible].

Elle avait toujours [illegible] avec les enfants dont elle [illegible] le [illegible] les enfants se développaient [illegible] avaient toujours les mêmes personnalités [illegible]. Ce qui ne lui venait pas de [illegible] elle était [illegible], après tout, [illegible] de ses connaissances venait de son [illegible] dans l'Arkansas, quand elle avait

11

Noël avait démarré sur les chapeaux de roues.

Lydia espérait que Teddy fasse ses premiers pas, mais il était resté grognon toute la matinée. Pendant qu'il jouait avec un train miniature qu'il tenait fermement dans sa main pendant qu'il le poussait sur le sol, il avait émis des bruits grincheux sans aucun mot articulé.

Elle espérait que c'était seulement l'irritabilité du tout-petit qui rendait sa journée difficile. À midi, lors du brunch dans la grande cuisine à manger, elle n'avait pu quitter James des yeux en se demandant si quelque chose avait changé entre eux depuis la veille.

James avait participé à la cuisine et aux préparatifs du repas, mais alors qu'elle mordillait timidement une tranche de pain perdu, elle tenta de se remémorer les jours précédents pour essayer de localiser le moment où les choses s'étaient tendues. Ce qu'il avait dit de son enfance – et de ses nourrices qui n'étaient jamais là à Noël – l'avait amenée à se demander si elle avait outrepassé ses prérogatives.

Elle avait toujours été très impliquée avec les enfants dont elle s'occupait, car elle était persuadée que les enfants se développaient d'autant mieux qu'ils avaient toujours les mêmes personnes à leurs côtés et sur le long terme. Ce qui ne lui venait pas de nulle part – elle était diplômée en puériculture, après tout. Sans oublier que la source principale de ses connaissances venait de son adolescence dans l'Arkansas, quand elle avait souvent remplacé sa mère dans l'éducation et les soins de ses frères et sœurs. Avait-elle trop mis à profit sa propre expérience ? Dépassé des limites ?

Ou peut-être que le passé de James faussait sa perception. Il avait perdu sa mère très tôt et n'avait pas été proche de ses nourrices. Il avait aimé et épousé une femme qui n'avait pas voulu d'enfants. Un sujet dont elle ne lui avait pas reparlé, alors qu'elle mourait d'envie d'en savoir davantage.

Alors il était peut-être le temps de poser les questions qui lui brûlaient les lèvres… Parce qu'elle adorait les enfants et s'était trouvé un métier pour être au quotidien autour d'eux. Et, qu'un jour, elle rêvait de fonder sa propre famille.

Après avoir écarté son assiette à moitié vide, elle sirota son eau gazeuse à l'orange et débattit intérieurement de la tactique à adopter.

Le carillon de la sonnette l'interrompit dans ses pensées.

James fronça les sourcils en posant sa fourchette.

— Je n'attendais personne.

Teddy s'agita sur sa chaise haute et fit tourner les roues de son petit train.

— Bonjour ? demanda-t-il, ses yeux bruns se tournant vers Lydia et en lui faisant un geste de sa petite main de bébé.

Son cœur allait fondre. Enfin, elle avait eu un mot, un geste, une connexion qu'elle attendait depuis le matin.

Teddy garda les yeux écarquillés de curiosité et regarda James quitter la pièce. Un moment qui la rendit plus sûre d'elle et de la manière dont elle faisait son travail. Nouer des liens avec les enfants dont elle s'occupait était une seconde nature. Même si elle n'avait pas ressenti ce qui l'agitait au plus profond d'elle pour James, son neveu aurait volé un morceau de son cœur.

— Tu veux aller dire bonjour ? lui demanda-t-elle en se levant. Nous pouvons aller voir qui est là, si tu veux.

— Qui, là, répéta Teddy avant de frapper son train sur le plateau de sa chaise haute. Là. Là. Là.

Lydia défit les sangles de sécurité de Teddy et le souleva

dans ses bras. Il n'avait rien mangé à part quelques morceaux de céréales sèches, il était donc assez propre. Elle l'installa sur sa hanche, redressant son chandail flanqué d'un renne bleu marine avant de se diriger vers le salon.

— Joyeux Noël ! Une voix féminine résonna dans la pièce principale alors que James ouvrait la porte au visiteur.

La sœur de Lydia, Gail, s'était introduite dans la maison. Vêtue d'une jupe à imprimé fleuri et d'un pull rouge duveteux, elle était bronzée et arborait des reflets caramel dans ses cheveux brun foncé. Et portait des bottes qui avaient l'air toutes neuves. Le pire de tout ? Cette même femme qui devait cent mille dollars à James était venue les bras chargés de cadeaux.

James parut par trop surpris pour la saluer convenablement. Ou alors était-ce parce qu'il ne la reconnaissait pas. Après tout, il ne l'avait vue que subrepticement lors de la vente aux enchères des célibataires un mois auparavant.

Lydia se racla la gorge et se dépêcha d'approcher.

— James, dit-elle en s'interposant entre Gail et lui.

Elle était mortifiée de voir que sa sœur avait eu l'étrange idée de passer inopinément le jour de Noël et de faire irruption dans la maison de James comme si elle était une super-héroïne. Le tout en ayant ignoré depuis des semaines ses appels ou ses messages lui disant de régler sa dette auprès de la Fondation pour la recherche sur le cancer du pancréas.

— Tu te souviens de ma sœur Gail ?

— Bien sûr, dit-il en hochant la tête comme s'il reprenait tout juste ses esprits.

Il tendit les bras vers les paquets de Gail.

— Je vous en prie, je vais vous débarrasser, proposa-t-il.

— Je vous remercie ! pépia Gail en lui donnant sa pile de cartons et de sacs. Je ne crois pas nous ayons eu la chance de nous parler lors de la soirée de gala. J'en profite pour vous féliciter pour votre organisation, vous avez été un maître de cérémonie parfait !

Les yeux noisette de Gail étaient brillants et son regard

déterminé alors qu'elle avançait dans le salon. Comme si elle n'avait absolument pas conscience de l'incongruité de sa présence après ce qu'elle avait fait lors de cette soirée.

Subitement, avec son sourire ensoleillé et ses boucles brunes aux reflets cuivrés, la ressemblance avec leur mère la frappa. Même sa voix, enjouée à l'excès comme si elle avait été sur le point d'enregistrer un podcast pour *House Rules*, lui rappela Fiona Walker.

Ou peut-être était-ce simplement parce que, peu importe tout le mal que s'était donné Lydia pour essayer d'enseigner des valeurs pratiques à ses frères et sœurs, Gail voyait la vie avec désinvolture. Fiona comme Gail étaient toutes deux persuadées d'être nées sous une bonne étoile, et ce même lorsqu'il était question d'une enchère astronomique faite avec un argent inexistant.

Sentant la colère monter en elle, Lydia se figea.

— Il n'était pas que maître de cérémonie, Gail.

Lydia n'avait pas prévu de sonner les cloches de sa sœur. Mais prendre conscience que Gail était exactement comme leur mère l'avait secouée. Pourquoi s'entêtait-elle à vouloir faire le ménage de sa famille quand cette famille la laissait tomber si souvent ?

— En tant que président du CET, James a également été le principal agent de liaison avec l'organisme de bienfaisance lorsqu'il a organisé la vente aux enchères de célibataires.

— C'est vrai ?

Gail stoppa son élan, et son sourire ne faiblit qu'un instant. Puis elle changea de sujet.

— C'est super, Lydia. Maman m'a dit que tu travaillais ici alors je me suis dit qu'on allait pouvoir passer du temps en famille ensemble. C'est Noël, tu sais.

Teddy s'agitait dans les bras de Lydia. Il voulait manifestement rejoindre la terre ferme.

James se rapprocha pour atteindre son neveu.

— Laisse-le-moi, je vais m'en occuper pendant que tu fais visiter la maison à ta sœur.

Elle remit l'enfant, et sa rage contre Gail ne put que se renforcer.

— Tu sais pourquoi je travaille ici ?

James posa brièvement une main dans le bas de son dos et lui parla doucement.

— Lydia, c'est bon, ce n'est pas le moment.

Elle n'était pas d'accord. Parce que si Gail avait assez de culot pour s'immiscer ici et jouer la sœur parfaite pendant que Lydia s'escrimait à rembourser sa dette, alors elles devaient avoir une petite conversation.

L'expression de Gail vira à quelque chose qui ressemblait à de la préoccupation.

— J'ai toujours su à quel point tu appréciais les enfants, Lydia. C'était le cas déjà quand on était toutes petites et qu'on jouait à la poupée.

— Pou-pée ? demanda Teddy qui rebondissait joyeusement dans les bras de James.

Lydia se raidit. La vision que sa sœur avait de leur passé commun était bien trop éloignée de la sienne pour espérer trouver un terrain d'entente.

— Non, Gail.

Elle prit une profonde inspiration pour essayer d'atténuer sa frustration, mais ce fut peine perdue.

— Je travaille ici pour rembourser James, qui a couvert ton enchère scandaleuse lors de la soirée de gala.

— Bébé ! Bébé ! se mit à crier Teddy.

Il se tortillait si fort que James dut le poser au sol, où il se mit à tourner frénétiquement autour du sapin de Noël. Voir ses petites baskets lumineuses clignoter en rouge et bleu lui mit brièvement du baume au cœur.

Elle supposa que James allait être heureux d'échapper à la confrontation pour surveiller Teddy – ou le poursuivre, le terme était plus juste. Lydia ne voulait pas le mêler à cela. Ce qui ne serait d'ailleurs jamais arrivé si sa sœur n'avait pas décidé de débarquer le jour de Noël à l'improviste, en faisant comme si rien ne s'était passé.

— Pourquoi fais-tu cela ?

Gail l'étudia en secouant la tête. Elle jeta un coup d'œil à James, qui s'était déplacé de l'autre côté de la pièce où Teddy essayait de se cacher derrière une chaise.

— Pourquoi ?

Exaspérée, Lydia se mit à marcher comme un lion en cage.

— Parce que c'est ce qu'il fallait faire, Gail. Parce que je ne voulais pas que notre nom soit associé à une dette abyssale à l'heure où nous essayons toutes les deux de créer des entreprises. C'est une petite ville, tu sais, les rumeurs vont vite.

— Mais je ne t'ai rien demandé, ma chérie, et je t'ai dit que j'allais trouver une solution après les vacances.

Gail lui serra le bras.

— Bon, je vois que je tombe mal, j'aurai dû t'appeler avant de passer. J'aurais dû savoir que tu n'aimais pas la spontanéité.

Lydia bouillait. Encore une fois, c'était du Fiona tout craché. Sa mère avait toujours pensé que si Lydia n'aimait pas son impulsivité, c'était parce qu'elle était trop coincée et manquait de spontanéité. En réalité, elle adorait la spontanéité, qui n'était pas la même chose que de passer une journée à la plage sans prendre de crème solaire ou d'improviser une sortie kayak avec des enfants de 3 ans sans gilets de sauvetage à leur taille…

Mais Fiona – et Gail, apparemment – préférait penser que Lydia était un éteignoir. Quelqu'un qui manquait de légèreté et d'humour. Prudente à l'extrême.

En faisant claquer les talons de ses bottes neuves, Gail se dirigea vers la porte. Le bruit secoua Lydia et la sortit de ses pensées.

— Donc c'est ça ? Tu pars encore ? Sans rien m'expliquer ?

Lydia suivit sa sœur vers l'entrée. Elle se sentait aussi à cran que Teddy semblait l'être le matin. Heureusement qu'elle n'avait pas de train miniature à sa portée, sinon elle l'aurait sans doute précipité contre le mur pour se calmer.

— Qu'est-ce qu'il y a à expliquer ? demanda Gail par-dessus son épaule, sa main posée sur la grosse poignée en laiton. Tu es tellement meilleure que tout le monde, de toute façon.

Elle porta la main à sa bouche et tourna la tête vers le salon.

— Joyeux Noël, James ! s'écria-t-elle.

Lydia eut l'impression que de la vapeur allait sortir de ses oreilles.

— Gail, reste, nous devons parler.

— On parlera, ma chérie, ne t'en fais pas. Tu n'as qu'à dire à James de t'emmener au bal du nouvel an du CET. J'y serai avec Lloyd.

Gail sourit de plus belle. Son bonheur irrépressible débordait de tout son être.

— Je suis folle de lui !

À ces mots, Gail ouvrit la porte et Lydia la vit regagner sa petite voiture dont le radiateur était orné d'une couronne de fleurs.

Quelque chose dans ce véhicule, la joie de sa sœur, sa spontanéité, donnait à Lydia le sentiment d'être Ebenezer Scrooge en comparaison.

— Tout va bien ?

La voix de James par-dessus son épaule lui fit comprendre qu'elle était restée trop longtemps sur le perron.

Elle ne l'avait même pas entendu s'approcher.

Pivotant pour lui faire face alors qu'il tenait Teddy, Lydia sentit sa poitrine se contracter dans un mélange d'attraction féroce et d'affection profonde. Elle tenait tellement à lui. Tout était allé si vite...

Je suis folle de lui !

Les mots de Gail colonisèrent son cerveau. Les seules paroles que sa sœur avait prononcées et auxquelles Lydia pouvait s'identifier. Elle connaissait trop bien ce sentiment. Parce qu'elle le ressentait pour un homme généreux et travailleur. Celui-là même qui se tenait devant elle.

Oui, elle était folle de James Harris. Et elle était tombée

amoureuse de lui aussi vite que Gail s'était mis la tête à l'envers pour son célibataire hors de prix.

L'idée d'avoir quelque chose en commun avec sa sœur alluma une flamme d'anxiété dans sa poitrine.

— Je ne sais pas.

Elle voulait la chaleur et le confort de ses bras. Mais il fallait qu'elle se ressaisisse et réfléchisse. Elle connaissait James depuis moins de temps que Gail connaissait Lloyd Richardson. Est-ce que cela faisait d'elle quelqu'un d'impulsif ? D'imprudent ?

— Je veux dire, je suis bouleversée. Évidemment.

Elle n'avait encore jamais fait de crise de panique, mais elle se demanda si ce qu'elle ressentait n'en était pas les premiers symptômes.

Elle se sentait très mal à l'aise. Nerveuse. Agitée. Fiévreuse. Elle déglutit rapidement et essaya de reprendre son souffle.

— Pourquoi ne viens-tu pas t'asseoir ? James jongla avec Teddy dans ses bras et fit un geste en direction de la cuisine. Nous pouvons finir notre brunch. Parler.

Cela semblait raisonnable. Parce que James était une personne raisonnable et rationnelle, comme elle. Elle se concentra sur cette idée, comme si elle s'accrochait à elle des deux mains, et le suivit vers la cuisine. Au moins, elle n'avait pas enchéri d'argent qu'elle n'avait pas, elle n'avait pas gagné de rendez-vous avec lui. Cela faisait une sacrée différence avec sa sœur.

Non, elle s'était contentée d'une liaison avec son patron. Ce que même sa mère n'avait jamais fait durant toute sa vie amoureuse plus que mouvementée.

— Tu crois que nous sommes allés trop vite ? demanda Lydia alors que James installait Teddy dans sa chaise haute.

— Je pense que la vitesse, c'est subjectif.

James semblait choisir ses mots avec soin.

— Tu as raison.

Elle appréciait la nuance de sa réponse.

Une partie de l'inquiétude qui lui agaçait la poitrine s'apaisa. James était un homme bon, et le simple fait qu'elle ait développé des sentiments forts pour lui ne signifiait pas qu'elle était devenue sa mère ou sa sœur.

Du moins, c'est ce qu'elle espérait.

— Tu veux que je réchauffe ton assiette ? demanda-t-il, laissant sa main sur son épaule pendant un moment. Ou tu veux que je te prépare quelque chose d'autre ?

Son contact la calma et l'agita en même temps. Mais elle résista à l'envie de pencher la tête contre son avant-bras et de s'imprégner de sa chaleur, de son odeur.

— Non, merci.

Elle retourna s'asseoir à la longue table, espérant qu'ils allaient pouvoir régler certains des problèmes qui venaient de la troubler.

— Je vais prendre un fruit, ça ira très bien.

Le bruit de Teddy frappant son jouet sur le plateau fut une distraction bienvenue tandis qu'elle se coupait des quartiers de pomme dans un bol.

— Je crois avoir entendu ta sœur parler du bal du nouvel an.

James se servit un verre de jus d'orange d'un pichet en verre.

— Oui, elle viendra avec Lloyd, confirma-t-elle, souhaitant qu'ils puissent revenir en arrière.

D'une manière ou d'une autre, retrouver l'équilibre.

— J'espère que ce n'est pas trop gênant.

— Bien sûr que non.

Il semblait sincère.

— Lydia, j'ai fait ce don parce que c'était plus facile pour moi de résoudre le problème ainsi. Je ne m'attends pas à ce que quiconque me rembourse cette dette. Elle n'existe pas, d'ailleurs.

Ce qu'il lui avait déjà dit. Depuis le début, il était prêt à annuler la dette et à la rémunérer pour qu'elle soit la nounou de Teddy.

— C'est très généreux de ta part.

— J'y ai mon intérêt, aussi. Cela faisait des mois que je me noyais dans mon chagrin et mes obligations. Là, au moins, j'ai eu l'impression de servir à quelque chose, que ma vie n'était pas qu'un échec.

Il lui prit la main et caressa ses doigts de son pouce.

— Je suis tellement heureux que tu m'aies aidé à traverser ces dernières semaines, Lydia. Mais j'espère toujours que les grands-parents maternels de Teddy l'accueilleront chez eux et lui donneront tout le temps et toute l'attention dont il a besoin.

La douce caresse de son pouce était en totale contradiction avec ses mots, qui lui firent l'effet d'un piano désaccordé tombant d'un immeuble.

— Tu prévois toujours de l'abandonner ?

Ce n'était pas possible, elle avait forcément mal entendu.

— Je ne l'abandonne pas. Les Mason vont venir d'Amarillo et garder Teddy le 31 décembre pour que nous puissions nous rendre au bal, expliqua-t-il. Si les choses se passent bien cette nuit-là, alors nous pourrons commencer à discuter de la transition…

— Tu n'aimes pas cet enfant.

Elle tira sa main de la sienne alors que la dure vérité brisait ses espoirs et déchirait son cœur.

— De toute façon, tu n'as jamais voulu d'enfant, tempêta-t-elle.

— Arrête, ce n'est pas vrai.

L'espace entre eux sembla subitement cinq fois plus grand que la distance réelle qui les séparait.

— Je garderai Teddy si les choses ne marchent pas avec les Mason.

— Même si ton frère t'a confié sa garde, tu envisages toujours de l'abandonner ?

La douleur et la colère la poussèrent à reposer inlassablement la même question. Alors qu'elle savait pertinemment que son choix de vocabulaire était un coup bas.

James se tenait immobile. Calme et froid face à sa colère.

— Je pensais que tu étais bien placée pour savoir que nos frères et sœurs ne savent pas toujours prendre les meilleures décisions.

À contrecœur, elle hocha la tête et admit qu'il avait raison.

— C'est vrai. Mais je voudrais te demander encore une dernière chose. Parce que j'ai besoin de comprendre.

Elle devait mettre un terme aux sentiments qu'elle avait pour lui. Les empêcher d'aller plus loin, même s'ils étaient déjà *trop* avancés.

Il ne lui manquait que cette explication pour commencer à accepter la souffrance qui l'étreignait.

— Je t'écoute.

Il l'étudiait, mais son regard était fermé et ne révélait rien de son état d'esprit.

Elle était arrivée au point de non-retour. Il n'y avait plus moyen d'ignorer la question qui l'obsédait tant.

— Quand nous avons parlé de ton ex-femme, commença-t-elle en tordant sa serviette en tissu sur ses genoux. Tu as dit qu'elle ne voulait pas d'enfants.

La question était très personnelle et elle révélait sans doute trop de choses de ce qu'elle ressentait pour lui. Mais elle lui brûlait la gorge.

— Est-ce que cela voulait dire que toi non plus tu n'en voulais pas ?

Sa bouche disparut en une mince ligne et il soupira longuement avant de répondre :

— Je n'y avais pas beaucoup réfléchi avant Raelynn. Et quand elle me l'a dit avant notre mariage, je n'y ai pas vu une raison d'abandonner ce projet.

Si le silence qui avait précédé sa réponse lui avait paru interminable, elle aurait préféré qu'il se taise à jamais. Ses mots lui firent l'effet d'un coup de poing dans le ventre. Si James n'avait pas vu de raison de ne pas se marier avec sa femme, c'est qu'avoir des enfants n'était pas sa priorité. Comment pouvait-elle envisager le moindre avenir avec lui, alors que l'idée de fonder une famille était peu ou prou ce qui la maintenait en vie ?

Elle hocha la tête maladroitement. Tout son corps lui semblait engoncé, étrange, déséquilibré, comme celui d'un pantin désarticulé. Ou peut-être était-ce le symptôme de ce qu'elle ressentait. Des pensées contradictoires et incompréhensibles qui se précipitaient dans son esprit.

Une chose, cependant, était sûre et certaine. Elle avait besoin de temps pour réfléchir. Et pour cela, elle devait se retrouver seule et ne plus passer une nuit de plus sous le même toit que James.

12

Trois jours avant le nouvel an, James était assis dans son bureau du Club des éleveurs du Texas et se demandait s'il devait appeler Lydia. Les jours qui avaient suivi leur conversation avaient été pénibles et il avait l'impression qu'ils n'avaient toujours pas résolu le problème.

Était-elle vraiment prête à tout laisser tomber entre eux sans expliquer ce qui la contrariait ? Il comprenait qu'elle était mécontente des projets qu'il avait pour Teddy, mais elle ne le lui avait pas dit clairement. Était-ce parce qu'elle envisageait sa vie d'une autre manière ? Qu'elle n'était pas prête à faire de compromis ?

Il craignait tellement que la réponse soit oui. Mais pourquoi ne pouvaient-ils pas en parler sereinement ?

James ne voulait pas que Lydia sorte de la vie de Teddy alors qu'il était si attaché à elle et elle à lui. Il avait donc décidé de s'installer au CET pendant quelques jours pour lui laisser le temps et l'espace pour réfléchir. De toute façon, il avait beaucoup à faire avec les préparatifs du bal du nouvel an et, vu le peu de personnel qu'il y avait au club durant les vacances, personne n'allait s'offusquer ni cancaner de le voir dormir sur le canapé de son bureau.

Ou, plus précisément, *essayer* de dormir sur le canapé de son bureau. Nuit après nuit, il n'arrêtait pas de rêver à Lydia, puis il se réveillait seul et se souvenait de la douleur qu'il avait lue dans ses yeux quand il lui avait parlé des Mason.

Alors que le soir du bal approchait, il se demandait même si elle avait toujours prévu d'honorer leur rendez-vous. Examinant l'horloge antique accrochée au mur, il réalisa qu'il était 20 h 45. L'heure du coucher de Teddy était donc passée, mais pas celle de Lydia.

Prenant une profonde inspiration, il composa son numéro sur son téléphone. Son cœur se serra pendant qu'il sonnait une fois.

Puis deux.

Enfin, elle décrocha.

— Bonjour ?

Sa voix semblait méfiante.

Malgré tout, il était sacrément content de l'entendre. Elle lui manquait tellement. Et cela ne se limitait pas à sa voix. Il se languissait de son parfum. De sa peau. De la douceur avec laquelle elle s'occupait de son neveu.

— Lydia.

En réalité, il avait juste pensé à la contacter, mais il n'avait pas réfléchi à ce qu'il allait lui dire. À la manière de surmonter l'épais malaise qui s'était installé entre eux.

— Comment ça va à la maison ?

— Bien, répondit-elle laconiquement. Bien. Nous allons bien, tous les deux.

— D'accord, super.

Après de longues secondes de silence, il ajouta :

— J'aurais besoin d'être là quand les grands-parents de Teddy arriveront. Ils m'ont dit qu'ils seraient sans doute à la maison en milieu d'après-midi le 31 décembre. J'aimerais leur souhaiter la bienvenue et il faudrait aussi que je passe en revue le programme de Teddy avec eux.

— Bien sûr. C'est ta maison.

Ses mots semblaient pincés et son ton distant.

— Ne t'inquiète pas, ajouta-t-elle, depuis notre dernière conversation, j'ai bien compris que ma présence n'était que temporaire.

Sa mâchoire se crispa, mais il ne voulait pas avoir une telle conversation au téléphone. Surtout pas quand Lydia était à l'évidence tellement en colère contre lui.

— J'espérais qu'on pourrait parler lors du bal. En supposant que tu viens toujours avec moi ?

Elle hésita un instant.

— Tu penses que c'est une bonne idée ? Je veux dire...

Elle se racla la gorge.

— De passer du temps ensemble alors que nos projets d'avenir sont si éloignés ?

Il prit une profonde inspiration. Il fallait qu'ils parlent, mais ils ne pouvaient pas le faire par téléphone. En plus, il avait terriblement envie de voir Lydia.

Être séparé d'elle cette semaine lui avait fait comprendre à quel point il tenait à elle.

Oui, il l'aimait. Mais était-il prêt à ouvrir son cœur pour une autre femme qui allait le lui briser ? Indépendamment de la réponse à cette question, il ne pouvait pas lui dire ce qu'il ressentait pour elle. Pas par téléphone.

— J'ai besoin d'une cavalière.

Les mots sortirent de sa bouche bien plus sèchement qu'il ne l'aurait espéré mais c'était, à son avis, le seul argument susceptible de la convaincre.

— En plus, tu pourrais en profiter pour trouver des clients pour ton entreprise. Ce serait faire d'une pierre deux coups.

— J'ai récemment appris à faire attention aux solutions qui semblent trop parfaites, dit-elle d'une voix blanche. Mais c'est vrai, je serai bientôt au chômage, alors je ne peux pas me permettre de refuser une telle opportunité pour mon entreprise. J'assisterai au bal avec toi comme prévu, James.

À ces mots, elle raccrocha.

Et James se demanda comment il allait faire pour reconquérir cette femme et combler le gouffre béant qui s'était installé entre eux sans qu'il comprenne ni pourquoi ni comment.

Le réveillon du nouvel an avait tout d'un conte de fées.

Le Club des éleveurs du Texas avait été transformé en paradis scintillant de blanc et d'argent. De larges couronnes de glaïeuls étaient suspendues sur les murs, leurs délicats pétales cerclés de paillettes métalliques qui se réverbéraient dans la lueur des bougies. De hauts candélabres drapés de tulle d'argent et de rubans blancs trônaient au centre de chaque table. Au fond de la salle à manger, un orchestre de douze musiciens enchaînait les valses romantiques.

Lydia s'était acheté une nouvelle robe pour l'événement. Un fourreau en organza de soie vert pâle. En l'ayant associée à des sandales argentées, elle ne s'était jamais sentie aussi glamour de sa vie.

Mais malgré la magie de la soirée, Lydia ne se faisait pas d'illusions sur la fin de la nuit.

Quand minuit allait sonner, non seulement allait-elle revenir à son ancienne vie de l'autre côté de la ville, mais elle allait également perdre l'homme dont elle était tombée amoureuse et l'enfant qu'elle adorait autant que s'il avait été la chair de sa chair.

Allait-elle seulement y arriver ?

— Tu m'accordes cette danse ?

Dans son dos, la voix de James faillit la faire sursauter. Mais elle ne put s'empêcher de frissonner lorsqu'il se pencha et qu'elle sentit son souffle tiède contre le lobe de son oreille. Comment pouvait-il en être autrement ? Entre eux, l'attrait avait été évident depuis le premier jour. Il n'allait pas disparaître comme par magie parce qu'elle avait compris qu'il n'avait pas envie de s'investir totalement pour son neveu et qu'avoir des enfants n'était pas sa priorité.

— Oui, merci.

Elle hocha la tête, sachant que tout ce qu'elle pouvait lui dire allait sembler terriblement artificiel. Il fallait qu'elle surveille le moindre de ses mots, ou elle risquait de révéler ce qu'elle avait sur le cœur. Dans tous les sens du terme.

Alors, pour le moment, elle préféra rester silencieuse et le laisser la conduire sur la piste de danse et la prendre entre ses bras puissants. Son smoking était fait sur mesure, la gabardine de laine noire se rétrécissait jusqu'à sa taille étroite. Il y avait quelques fils de soie brillants dans les revers de sa veste de chaque côté des plis blancs immaculés de sa chemise. Qu'il soit en jean et en Stetson ou en costume Hugo Boss, son élégance était aussi naturelle que prodigieuse.

— Je me demandais ce que tu pensais des Mason, dit-il avant de la faire tournoyer sur elle-même.

Comme si elle ne s'était pas suffisamment rappelé qu'elle n'était pas Cendrillon, le sujet de la conversation lui fit l'effet d'une douche froide.

Les grands-parents de Teddy étaient plus jeunes que Lydia n'avait imaginé. Ils n'avaient qu'une petite cinquantaine, mais paraissaient facilement dix ans de moins. Ils semblaient sportifs et en excellente santé. Et ils étaient polis et gentils. Et pourtant... Elle ne pouvait pas se débarrasser d'une certitude : qu'ils n'étaient pas les mieux placés pour élever Teddy.

— Le plus important, c'est ce que tu penses toi, lui rappela-t-elle en faisant l'erreur de le regarder dans les yeux.

Tenir son regard lui fit penser aux moments intimes qu'ils avaient partagés. Sa manière qu'il avait de la toucher, de l'embrasser.

Elle ferma les yeux un court instant, puis les rouvrit et précisa :

— Je ne suis pas objective de toute façon car j'avais imaginé quelque chose de différent pour Teddy.

Il fronça les sourcils.

— J'aurais aimé qu'ils me répondent plus tôt lorsque je les ai invités à rencontrer leur petit-fils.

Il secoua la tête, un soupçon de frustration dans sa voix.

— Je sais qu'ils ne parlaient plus à leur fille, mais ils auraient pu réagir plus vite pour Teddy, non ?

— Si, confirma-t-elle.

Elle ne pouvait pas supporter l'idée que ce petit garçon subisse davantage de bouleversements dans sa jeune vie.

— Sans équivoque, oui, ils auraient dû te donner plus vite signe de vie.

— Après, pour leur défense, chacun gère le deuil à sa façon. Peut-être avaient-ils besoin de temps avant de venir ici.

Son emprise se déplaça sur sa taille et elle sentit la paume de sa main la caresser doucement.

— Oui, peut-être.

Elle ne pouvait rien dire d'autre, obsédée qu'elle était par la main de James si près de sa peau. Toutes ces sensations auxquelles elle allait devoir renoncer.

— Le peigne est très joli dans tes cheveux, dit-il d'une voix basse et sensuelle alors que la musique prenait fin. Je suis heureux que tu le portes ce soir et je suis heureux que tu sois là à mes côtés, tu es magnifique.

La foule applaudit l'orchestre et avant que Lydia puisse répondre quoi que ce soit, un larsen se fit entendre dans un micro.

En se retournant, elle remarqua un homme plus âgé mais tout à fait fringant sur le podium. Sa tête était recouverte de cheveux blancs et ses yeux bleus faisaient comme deux billes de glace sur la peau bronzée de son visage.

L'homme tira le microphone de son support pour pouvoir le tenir dans une main et se diriger vers l'avant-scène pour parler. La foule se tut pour l'écouter.

James se pencha vers elle et lui murmura :

— C'est Gus Slade. Il a longtemps été président du club.

Elle avait reconnu l'éleveur et connaissait la querelle entre les Slade et la famille Clayton, l'un des fragments de l'histoire de Royal qu'elle avait appris grâce aux commérages locaux aux premiers temps de son installation en ville.

— Désolé pour l'interruption, fit Gus Slade tandis qu'il s'avançait vers l'orchestre. Nos amis reprendront la musique dans une minute, mais d'abord, j'espère que vous ne m'en voudrez pas, mais j'ai une annonce à faire et je veux que vous soyez tous mes témoins.

La foule bruissa de murmures puis se tut parfaitement,

comme si chacun reprenait son souffle au même moment. Lydia jeta un coup d'œil à James pour voir s'il savait ce qui allait se passer vu qu'il avait aidé à organiser l'événement. James dut sentir son regard puisqu'il la regarda et haussa les épaules.

— La nouvelle année est le moment d'un nouveau départ, déclara Gus d'une voix forte et déterminée. Et plus que tout, je veux prendre un nouveau départ avec celle que j'aime.

Il s'arrêta de parler et un halo de lumière blanc et bleu éclaira Rose Clayton qui était assise à une table à l'arrière de la salle.

— Rose, me ferais-tu l'honneur de devenir ma femme ?

Le reste de la foule semblait aussi abasourdi que Lydia, tandis que Rose couvrait sa bouche d'une main. Dans la lumière du projecteur, ses yeux brillaient d'émotion et elle hocha la tête.

— Oui ! cria-t-elle à travers la pièce avant de se lever et de révéler une magnifique robe argentée. Je vais t'épouser, Gus Slade.

Le micro émit un autre larsen lorsque Gus le laissa tomber sur la scène et se précipita vers Rose qui l'attendait les bras ouverts.

La foule applaudit et il y eut quelques acclamations. Tout le monde semblait pris de court par la proposition de Gus.

À l'instar de l'homme que Lydia entendit s'étonner derrière elle :

— Gus et Rose ? Ils n'étaient pas ennemis jurés ?

Émue par le geste romantique, Lydia sentit son cœur se serrer dans sa gorge. Le moment était venu pour elle de rompre avec James.

Elle se tourna vers lui et ne réfléchit pas plus longtemps avant de lui dire les mots qu'elle n'avait pas encore réussi à articuler.

— James, je suis désolée, je ne peux plus continuer, lança-t-elle dans un souffle. C'est trop dur, je ne peux pas rester avec quelqu'un qui ne veut pas d'enfants.

Son expression se fit sérieuse. Dure, même. Puis il baissa les yeux et répondit sans la regarder :

— Tu es injuste, Lydia, terriblement injuste. Je n'ai jamais dit que je ne voulais pas d'enfants et je...

Il mit une main à la poche de son costume. Son téléphone vibrait.

— Pardon, je dois répondre, ce sont les Mason, dit-il en appuyant nerveusement sur l'écran.

Quelques secondes après avoir décroché, il devint blanc comme un linge.

Lydia lui prit le bras.

— James, qu'est-ce qui se passe ?

— C'est, c'est..., bredouilla-t-il. C'est Teddy, il ne respire plus.

13

James n'avait pas été surpris que Lydia insiste pour l'accompagner à l'hôpital. Elle en avait peut-être fini avec lui, mais son attachement à Teddy était indéniable. Quelles qu'aient été ses raisons pour monter à la place du passager dans la voiture, puis de se précipiter dans le service de réanimation de l'hôpital quinze minutes plus tard, James était extrêmement soulagé de l'avoir à ses côtés.

— Je leur ai dit où se trouvait l'EpiPen !

Cette phrase, James avait dû la répéter une bonne dizaine de fois sur le chemin de l'hôpital, mais cette pensée continuait de tourner dans sa tête après qu'il eut raccroché au premier appel paniqué de Samantha Mason.

— Oui, tu le leur as montré à plusieurs reprises, lui rappela Lydia alors qu'ils traversaient la zone de triage jusqu'au bureau des infirmières. Peut-être que l'injection n'a pas été suffisante ou qu'ils n'ont pas pu lui faire assez rapidement.

James n'avait pas demandé à Samantha ce qui s'était passé quand il avait reçu son appel. Il était bien trop secoué, trop terrifié pour réfléchir. Et si quelque chose arrivait au fils de son frère, alors que protéger Teddy était la seule chose que Parker lui avait demandée ?

— Nous venons voir Teddy Harris.

Il voulait tellement que l'infirmière debout derrière le comptoir lui donne de bonnes nouvelles. Qu'elle lui dise que son neveu allait bien.

— Je suis son tuteur légal, précisa-t-il.

— Il est dans la chambre trois.

L'infirmière désigna une porte derrière son poste.

— Le médecin est à son chevet.

Mais James était déjà parti avant qu'elle ne puisse terminer sa phrase. Les talons de Lydia claquèrent sur le sol alors qu'elle cherchait à rattraper ses longues foulées et il ralentit légèrement pour lui donner le bras. Il ne s'était jamais senti aussi déterminé, comme si ses mouvements étaient commandés par pilotage automatique.

Elle accepta son geste en silence, son expression reflétant toute la peur qui lui glaçait à l'évidence les entrailles.

— Tout va bien, dit-il autant pour l'apaiser que pour se rassurer lui-même. Il va s'en sortir, j'en suis sûr.

Il avait tellement besoin que cela soit vrai…

Arrivé devant dans la chambre d'hôpital, il fut surpris par le calme environnant. Sans doute qu'il y aurait plus d'agitation et de bruit si le pire était en train de se produire…

Mais la crainte ne le quitta pas lorsqu'il poussa la porte. Les grands-parents de Teddy se tenaient de chaque côté du bambin. Entre eux, Teddy était allongé dans un berceau médicalisé. Tout autour de lui, des moniteurs bipaient et un sac de perfusion pendait près du lit. Il injectait un liquide translucide dans le bras potelé du garçon. Un masque à oxygène couvrait la moitié inférieure de son visage. Ses yeux étaient fermés, mais James ne savait pas si c'était parce qu'il dormait ou à cause du gonflement autour de ses yeux.

Sa peau était enflammée et couverte de plaques.

James ne savait pas comment il pouvait encore être debout et ne pas s'effondrer de chagrin. Mais il s'efforça de résister, ne serait-ce que parce que cela semblait avoir aidé Lydia qui avait serré si fort son bras sur les quelques mètres qui séparaient le bureau des infirmières de la chambre du petit.

Mais dès qu'elle entra, elle le laissa et se précipita à côté du bébé. Elle posa ses mains sur son petit genou à travers la couverture blanche qui le recouvrait partiellement.

— Est-il...

James sentit sa gorge se serrer.

La mort lui avait tout volé. Toute sa famille. Il ne pouvait pas perdre aussi Teddy.

Ses yeux se mirent à brûler.

— Il va s'en sortir, monsieur Harris.

Un homme de petite taille, vêtu d'une blouse blanche, se plaça entre James et le berceau et lui tendit la main.

— Je suis le Dr Voss.

— Il va bien ?

James serra la main de l'homme, même si le gros de son attention était toujours focalisé de l'autre côté de la pièce où Lydia se penchait par-dessus le mur du berceau pour caresser les boucles noires de Teddy.

Une vague d'amour emplit sa poitrine, apaisant quelque peu sa peur. Il se retourna vers le médecin. Il avait besoin d'entendre tous les détails de l'histoire avant de pouvoir croire au rétablissement complet de Teddy.

— Il est stable maintenant. Mais je ne vous cache pas que les ambulanciers ont été confrontés au pire avant d'arriver ici.

Derrière le Dr Voss, Mme Mason poussa un sanglot silencieux, une boule de mouchoirs dans une main.

Le grand-père de Teddy s'avança de l'autre côté du lit pour être auprès de sa femme et glissa un bras autour de ses épaules.

Le docteur continua :

— Nous lui donnons encore de la cortisone et des antihistaminiques par voie intraveineuse et nous voulons le maintenir sous oxygène pendant encore un moment. Mais nous le surveillons attentivement si jamais il en vient à manifester de nouveau des signes de détresse respiratoire.

— Et pour son visage ? demanda Lydia. Il est encore tellement rouge et enflé.

— Cela n'a rien de préoccupant, lui assura le médecin en

reculant vers la porte, mais on peut lui appliquer de la glace. Je vais demander à une infirmière de passer enlever l'oxygène dans une trentaine de minutes, et on verra pour le froid à ce moment-là. Mais le plus probable est qu'il reprenne ses belles couleurs tout seul comme un champion.

— Il a l'air déjà tellement mieux que...

Le grand-père de Teddy, George, n'arriva pas à terminer sa phrase, coupée par un sanglot.

Le docteur fit une pause dans l'entrebâillement de la porte et lui dit :

— Ne soyez pas trop dur avec vous-mêmes. Vous avez fait ce qu'il fallait faire en appelant une ambulance. Même si vous lui aviez administré son EpiPen, il aurait fallu quand même l'emmener à l'hôpital après une telle réaction.

Samantha Mason laissa échapper un autre sanglot derrière son mouchoir.

Une vague de soulagement inonda James.

— Il va s'en sortir, murmura-t-il.

— James, je suis vraiment désolée.

Samantha se redressa de sa chaise en métal près du lit.

— George mangeait des céréales, ce qu'il fait parfois lorsque son taux de sucre est bas. Jamais nous n'en aurions donné à Teddy, je vous jure, mais il a dû manger un morceau tombé par terre. N'est-ce pas ?

Elle se tourna vers son mari pour avoir la confirmation.

George haussa les épaules.

— Je ne me rappelle pas en avoir laissé tomber, mais peut-être que oui. J'avais la tête qui tournait et j'ai peut-être été maladroit. C'est arrivé si vite... Les poumons de Teddy se sont mis à siffler, nous avons eu si peur.

James leva une main. Il n'avait pas besoin d'en savoir davantage. Peut-être que George avait fait tomber quelque chose, ou peut-être que c'était lui ou peut-être même Lydia, peu importait. Des erreurs avaient été commises et rien ni personne n'aurait pu changer cela.

Mais il ne pouvait pas balayer pour autant la frustration qui l'étreignait alors il demanda :

— Mais que s'est-il passé avec l'EpiPen ?

Le couple échangea des regards avant que George ne réponde :

— Quand vous nous l'avez montré, je pensais que vous l'aviez pris dans le tiroir de la cuisine, celui du haut de l'îlot.

James secoua la tête.

— Non, je le mets toujours dans le sac à langer.

Il savait que le sac était au sommet de l'îlot quand il le leur avait montré. Mais cela n'avait pas d'importance maintenant. Il allait s'assurer que l'hôpital leur en donne d'autres avant qu'ils ne rentrent à la maison. Pendant qu'il parlait avec les Mason, Lydia se leva et sortit de la pièce.

Son regard la suivit. Partait-elle pour de bon ? Ou allait-elle simplement chercher une infirmière ? Peut-être n'avait-elle pas envie d'entendre toutes les façons dont les Mason avaient mis la vie de Teddy en danger. D'ailleurs, lui aussi avait énormément de mal à les entendre détailler la scène. Il n'y avait qu'une seule chose à savoir et à retenir : que leur baby-sitting s'était terminé avec Teddy portant un masque à oxygène, son bras relié à une intraveineuse.

La culpabilité l'envahit. Il aurait dû faire tellement mieux avec l'enfant de son frère. Teddy était la seule famille que James avait laissée et il n'avait pas pris cette responsabilité assez au sérieux.

Était-ce une sorte de gifle cosmique pour avoir presque renoncé à la garde du garçon ? Comment avait-il pu être assez idiot pour que cette idée lui passe par la tête ?

Samantha frissonnait. Elle se frotta les bras alors que les larmes coulaient à nouveau dans ses yeux.

— J'ai vidé tous les tiroirs de l'îlot. Je n'arrêtais pas de me dire que nous avions déjà perdu Mandy et que c'était maintenant le tour de son bébé.

— J'ai immédiatement appelé les secours, précisa George en secouant la tête. Mais tout s'est passé si vite.

James en avait assez entendu. Il voulait être avec son neveu et rien d'autre ni personne.

— N'importe qui aurait eu peur que cela se produise, les rassura-t-il.

De fait, il n'y avait rien à gagner à se disputer avec eux.

— Mais vous devez être épuisés après cette épreuve. Si vous voulez retourner à l'hôtel, je comprendrai tout à fait. Je vous appellerai s'il y a du nouveau.

Il espérait aussi tellement que Lydia ne soit pas partie. Samantha Mason était toujours visiblement bouleversée alors qu'elle continuait de lui parler de sa fille, l'épouse de Parker. Entre les larmes, elle dit :

— Et nous n'avons jamais revu Mandy. Jamais eu l'occasion de nous réconcilier. Le petit Teddy est tout ce qui nous reste de notre fille maintenant.

Quelque chose dans sa manière de formuler les choses le mit mal à l'aise. Est-ce qu'ils voyaient vraiment Teddy comme le remplacement de leur fille morte ? James essaya de leur donner quelques paroles réconfortantes, ne serait-ce que pour les faire partir plus vite.

Teddy ne remplaçait personne. C'était un garçon innocent qui avait trop perdu dans sa si jeune vie et il méritait le meilleur de ce que James avait à lui offrir.

À partir de maintenant, il devait se concentrer sur sa famille. Une famille dont Teddy faisait partie. Il l'avait enfin compris. Teddy était son fils, aujourd'hui et pour toujours.

Et, s'il pouvait la retrouver, il voulait dire à Lydia qu'il avait enfin compris ce qu'elle essayait de lui dire depuis le début. Que Teddy faisait partie de sa famille. Était sa famille. Mais ce que Lydia n'avait pas encore compris, c'est qu'elle en faisait elle aussi partie. Oui, il était prêt à adopter Teddy et il voulait que Lydia reste à ses côtés pour l'élever. Pas comme sa nounou, comme sa mère.

Une fois rentrée à la maison, Lydia n'arriva pas à dormir.

Elle remit la cuisine en ordre pour que Mme Davis ne revienne pas de sa fête du nouvel an pour trouver des couverts et des mouchoirs en papier sur le carrelage, puis monta ensuite dans sa chambre pour faire ses bagages.

Voir Teddy dans le lit d'hôpital l'avait dévastée. Rationnellement, elle savait que l'accident des noix aurait pu arriver avec n'importe quel baby-sitter. Pourtant, cela la contrariait de penser que les Mason avaient non seulement laissé la substance entrer dans la maison où vivait leur petit-fils qui avait une allergie grave, mais qu'ils n'avaient même pas été en mesure de localiser le médicament qui aurait pu ralentir son allergie et éventuellement prévenir le choc anaphylactique. La moindre seconde aurait pu être fatale avant que les ambulanciers n'arrivent.

Et ils auraient pu perdre Teddy.

Même si elle avait appris à aimer le petit garçon et son oncle, Lydia savait qu'elle n'avait aucun droit sur eux. Ce n'était pas à elle de les aimer. Pas ainsi. Elle avait donc téléphoné à sa sœur avant l'aube et demandé à Gail de jouer le rôle de baby-sitter si jamais l'état de Teddy le nécessitait lorsque James reviendrait de l'hôpital avec lui.

Gail pouvait être financièrement irresponsable, mais Lydia lui faisait confiance pour s'occuper d'un enfant. Même un enfant sévèrement allergique. Elle le savait, au plus profond d'elle-même, et cette certitude lui fit comprendre qu'elle devait faire la paix avec Gail. Parce qu'elles étaient toujours de la même famille et que Gail ne lui avait jamais demandé de la sortir d'affaire après la vente aux enchères des célibataires.

Lydia s'était mise seule dans cette situation. Comme elle l'avait toujours fait. Elle réglait les problèmes, telle était sa compétence. Et si elle ne cessait de se répéter qu'elle pouvait refuser des folies inutiles, elle y sautait à pieds joints à chaque fois. Elle ne pouvait pas s'arrêter de vouloir aider. Tout simplement pas.

Mais au cours de cette dernière semaine douloureuse sans

James, elle avait enfin compris qu'elle devait prendre en main sa propre vie.

Elle avait changé pour le mieux grâce à lui. Lydia avait enfin accepté sa famille – et ce qu'elle était devenue grâce à elle. Elle devait apprécier ces changements, car ils seraient ses derniers souvenirs de son temps passé avec James. Et désormais, elle se connaissait trop bien pour accepter le chemin qu'il s'était choisi. Celui d'une vie sans Teddy.

Lorsqu'elle entendit le bruit sourd d'un moteur de voiture à l'extérieur, elle se précipita vers la porte d'entrée, s'attendant à voir sa sœur. Elle baissa la poignée de la porte, ouvrit les deux battants, mais fut stupéfaite de trouver la berline noire de James en train de se garer dans l'allée.

Une boule se forma dans sa gorge. Ce qu'elle ressentait lorsqu'il était dans les parages n'avait rien d'inédit, mais cela lui faisait beaucoup plus mal désormais, vu qu'elle devait trouver un moyen de les oublier.

Une pensée qui lui tordit le ventre, car elle ne savait que trop bien que cela ne se produirait jamais.

James s'éloigna de la portière conducteur et son regard se concentra sur elle.

— Je suis heureux de te voir là, dit-il en s'approchant.

Ouvrant la portière arrière, il se pencha dans le véhicule pour libérer l'attache du siège auto.

Lydia se précipita. Elle voulait voir Teddy même si elle savait que chaque moment passé avec lui rendait plus difficile son départ. Elle avait besoin de savoir qu'il allait bien.

— Ma sœur arrive, fit-elle à James alors qu'il soulevait le bébé dans ses bras puissants et que ses épaules lui obstruaient la vue de Teddy.

Lorsqu'elle ferma la porte d'entrée derrière eux, elle entendit une autre voiture s'avancer dans l'allée.

— D'ailleurs, c'est sans doute elle.

Elle se rappela qu'elle devait passer le flambeau à Gail aussi longtemps que James aurait encore besoin d'une nounou avec

Teddy. Lydia ne voulait pas être à la maison lorsqu'ils feraient les bagages pour l'envoyer à Amarillo avec les Mason.

— Je sais. J'ai parlé à Lloyd il y a quelques minutes.

— Lloyd ?

Lydia suivit James alors qu'il se dirigeait vers la maison, essayant de voir par-dessus son épaule le visage de Teddy.

Elle avait pris un jean et un pull, mais James portait toujours son smoking du bal du nouvel an. Le nœud papillon pendait autour de son cou, le bouton du haut de sa chemise était défait. Il était toujours si beau, à se damner.

James s'arrêta sur le tapis de l'entrée et la regarda.

— Le célibataire qui lui a fait tourner la tête, tu te souviens ?

Durant une seconde, elle avait oublié le mélodrame de sa sœur, trop obnubilée qu'elle était par ses propres soucis.

— Oui, oui, bien sûr.

En regardant le nouveau véhicule dans l'allée, elle comprit que ce n'était pas la citadine de Gail. C'était une voiture de sport au look exotique conduite par un homme, mais du côté passager, il y avait bien Gail, qui lui fit un signe de la main.

Confuse, Lydia lui répondit par le même geste, puis se dépêcha de suivre James alors qu'il entrait dans la maison.

— Lloyd veut me donner un chèque pour couvrir l'enchère de ta sœur. Je lui ai dit que ce n'était pas nécessaire, mais il a tellement insisté que nous avons convenu qu'il donnerait l'argent à la Fondation pour la recherche sur le cancer du pancréas.

— Vraiment ? C'est incroyable.

Trop d'informations se précipitaient dans sa tête. Elle ne pouvait pas traiter entièrement cette nouvelle et les implications que cela pouvait avoir alors qu'elle n'avait qu'une seule priorité : voir le visage de Teddy en premier.

Distraite par ses inquiétudes concernant le bébé, elle se rapprocha encore de James.

— Puis-je juste le voir ? Est-ce qu'il va vraiment bien ?

— Il est encore un peu sonné.

James baissa l'épaule pour que Lydia puisse mieux voir le garçon.

— Le médecin a dit de le laisser se reposer quelques heures, et ce qu'il reste de gonflement devrait se dissiper ce soir.

— Dieu merci.

Le soulagement l'envahit si fort qu'elle sentit ses genoux flageoler. Elle ne pouvait pas résister à une dernière et douce pression du bras de Teddy. Passer ses mains dans ses boucles noires duveteuses.

— Je suis tellement contente qu'il aille bien.

— Moi aussi.

Le regard de James retint le sien pendant un moment, lui faisant comprendre à quel point ils étaient proches.

La chaleur lui caressait la peau, l'attraction était si puissante malgré tout. Devoir s'éloigner de lui était plus qu'un regret, c'était une douleur.

— Salut ! appela Gail en arrivant devant la porte d'entrée. Pouvons-nous entrer ?

— Je vous en prie.

James les invita à l'intérieur. Gail avança accompagnée d'un grand homme blond dont les yeux étaient cachés derrière des lunettes de soleil aviateur.

Dans ceux de sa sœur, Lydia vit le même éclat qui l'avait frappée chez Tessa Noble quand elle était passée avec Ryan plus tôt dans le mois. Gail présenta Lydia à Lloyd et James s'excusa avant d'aller porter Teddy dans sa chambre et le coucher dans son berceau.

— Enchantée, dit Lydia d'une voix blanche en serrant la main de Lloyd.

Ses yeux étaient rivés sur James alors qu'il gravissait l'escalier principal.

— De même, dit Lloyd en retirant ses lunettes de soleil. Ne t'inquiète pas, nous n'allons pas vous déranger longtemps. Nous sommes seulement là pour faire du baby-sitting.

Il sourit et ajouta :

— C'est deux nounous pour le prix d'une, ce soir !

Lydia essaya de sourire, charmée malgré elle par le nouveau petit ami de Gail. Mais il était difficile de bavarder quand son cœur lui faisait si mal.

Lorsque Gail et Lloyd montèrent surveiller Teddy, Lydia se dit que plus rien ne la retenait dans cette maison. Son regard se posa sur les valises qu'elle avait déjà préparées et placées près de la porte.

— Il y a une salle de jeux près de la nurserie, leur dit-elle.

Elle songea à toutes les heures qu'elle avait passées là-bas au cours des dernières semaines. Comment elle avait été heureuse de voir Teddy se perdre dans ses jouets et oublier d'être le petit garçon confus et troublé qu'elle avait rencontré le premier jour au Club des éleveurs du Texas.

— Il y a un coin salon aussi.

— Tout ira bien, lui assura Gail pendant que Lloyd la tirait vers l'escalier par la main.

Derrière lui, elle murmura silencieusement à Lydia :

— Qu'est-ce qu'il est sexy !

Gail trébucha sur une marche et éclata de rire. Puis disparut à l'étage.

— Mais...

Elle avait espéré pouvoir parler plus longtemps avec sa sœur. Au moins pour lui présenter des excuses pour s'être immiscée dans ses affaires, alors que Gail était parfaitement capable de régler les choses elle-même.

C'est alors que James redescendit l'escalier.

Vers elle.

Sa gorge se noua à l'idée de lui dire adieu.

— Lydia, attends.

Il avait pris le temps de se changer et portait désormais un jean foncé et un T-shirt blanc à manches longues. Il remonta l'une de ses manches sur son avant-bras et se dirigea vers le salon.

— Pouvons-nous parler ?

— J'allais..., bredouilla-t-elle.

Elle désigna ses valises, ne sachant pas quoi dire d'autre.

— J'ai appelé ma sœur pour qu'elle prenne la relève jusqu'à ce que les Mason...

— Il n'y aura pas de Mason.

Il lui prit alors les mains. Un geste qui la surprit tout autant que les paroles qu'il venait de prononcer. Elle leva ses yeux vers son regard mordoré. Ce qui suffit, comme toujours, à la remplir d'une douce chaleur irradiant depuis sa colonne vertébrale.

La lumière du soleil se répandait sur ses épaules à travers les grandes fenêtres, les décorations des fêtes projetant des reflets arc-en-ciel tout autour de la pièce. L'ambiance était proprement féerique. Était-elle en train de rêver ?

— Je ne comprends pas.

À moins que... Une horrible pensée lui vint.

— Ont-ils décidé de ne pas le prendre à cause de ce qui s'est passé ? Est-ce qu'il a trop de problèmes ?

— Non, il secoua la tête. Rien de tel. Ils aiment Teddy et se sentent très mal de lui avoir déclenché une crise d'allergie.

Elle se détendit légèrement alors que sa fibre maternelle se rassurait.

— Mais alors, qu'est-ce que tu veux dire ?

Il serra plus fort ses mains, ses pouces caressant l'intérieur de ses poignets.

— Lydia, je ne peux pas décrire la peur que j'ai ressentie la nuit dernière lorsque nous sommes arrivés à l'hôpital. Et ce n'était pas seulement parce que je n'avais pas su protéger le fils de mon frère.

Il inspira longuement avant de poursuivre :

— Non, j'ai su que je serai dévasté de le perdre. Parce que j'aime cet enfant comme mon fils et que je ne le laisserai jamais partir.

— Oh ! James, c'est merveilleux.

Elle était ravie pour lui. Pour Teddy.

— Tu feras un père tellement incroyable.

Submergée par l'envie de le serrer dans ses bras, elle ne put résister. Même s'il était douloureux de ressentir tant d'amour pour lui, de se sentir si proche et de ne pas pouvoir partager l'avenir qu'il entrevoyait.

Parce que, même si c'était presque tout ce qu'elle aurait pu souhaiter, le tableau qu'il venait de peindre ne lui laissait aucune place.

Une réalité qui la ramena sur terre comme une gifle. Elle voulut se défaire de son étreinte. S'en aller pour de bon.

Mais il la serra plus fort dans ses bras et enfouit son visage dans ses cheveux.

— Lydia. Tu m'as tellement manqué, lui dit-il à quelques centimètres de sa bouche, la peau rugueuse de son menton mal rasé accrochant ses mèches.

Son cœur battit plus fort. Elle n'osait guère espérer...

— Je suis...

Elle lui avait déjà dit ce qu'elle ressentait pour lui, alors elle réprima cette pensée pour mieux s'éloigner.

— Je sais que Teddy sera heureux de grandir ici. Il est chez lui.

Ses yeux commencèrent à piquer. Des larmes de joie, se dit-elle sans trop y croire.

— Toi aussi, tu es chez toi, Lydia. Avec moi.

La voix de James résonna en elle comme dans une cathédrale alors qu'il avait à peine susurré ces mots.

— Je...

Clignant des yeux, elle essaya de se concentrer sur ce qu'il venait de dire. Elle ne pouvait pas se permettre d'avoir mal compris alors qu'elle n'avait pas encore recollé les morceaux d'elle-même qui s'étaient éparpillés la semaine dernière.

— Je ne peux plus être sa nounou. Pas quand...

— Pas comme une nounou.

Il la rapprocha de nouveau, passant un doigt sous son menton pour la regarder dans les yeux.

— Comme ma femme.

Il resta silencieux quelques secondes. Elle plongea son regard dans le sien. Avait-elle bien entendu ?

Il posa sa bouche contre sa joue et murmura :

— Épouse-moi, Lydia Walker. Je ne peux pas passer un autre jour sans toi dans ma vie. Je t'aime trop.

Le bonheur lui coupa le souffle et l'espoir la fit se sentir plus légère. Tellement légère qu'elle aurait pu s'envoler, là, tout de suite avec lui.

— Vraiment ?

Elle ferma les yeux et plaqua son visage contre le sien. Elle avait besoin de l'entendre à nouveau.

— Oui, Lydia, chaque jour sans toi a été une torture. Mais je savais que c'était une erreur de te demander de revenir alors que je n'étais pas sûr pour Teddy. Je pense que j'étais toujours dévasté pour Parker et que j'avais peur de ne pas pouvoir offrir le meilleur à son fils.

À ces mots, il prit son visage dans ses mains. Son regard n'avait jamais été aussi déterminé.

— Mais maintenant je le sais, Lydia, j'ai tout ce dont il a besoin, parce que je l'aime.

— C'est vrai.

Elle se cambra pour atteindre sa bouche. Elle aussi, elle savait qu'elle allait tout faire pour rendre les Harris heureux. Comme ils allaient lui offrir un bonheur extrême.

— Tout s'est mis en place lorsque je l'ai compris.

Il embrassa ses paupières, ses joues et ajouta :

— Quand j'ai compris que je pourrais peut-être encore te reconquérir. Parce que ce n'est pas une famille sans toi.

— Je suis à toi, James.

Elle enroula ses bras autour de sa taille, serrée contre lui comme si elle avait été faite sur mesure pour lui.

— Je t'aime aussi, James. Tellement.

Son expression s'éclaira à ses mots.

— Je n'ai pas encore de bague.

Il lui caressa les épaules et la regarda.

— Et je ne vais pas te priver d'une demande en mariage de rêve.

— Ne t'inquiète pas, je n'en ai pas besoin.

Lydia était et demeurerait une femme simple. Avoir son amour était tout ce dont elle pouvait rêver.

James sourit.

— Tu l'auras, mon amour. Je ne vais pas laisser Gus Slade monopoliser le département de la romance.

Il arqua un sourcil taquin.

— Je vais te faire vivre un conte de fées, Lydia. Tu le mérites.

— Et moi, j'ai seulement besoin de toi.

Elle passa ses mains sur sa poitrine, sentant battre toute cette force masculine si délicieuse. Leurs cœurs pulsaient à l'unisson.

— Tout le reste est du bonus.

— C'est la nouvelle année aujourd'hui.

Il embrassa ses lèvres dans un baiser lent et profond qui promettait beaucoup plus. Qui lui promettait une vie.

— C'est un nouveau départ. Et je ne peux pas imaginer une meilleure façon de commencer que d'avoir la femme que j'aime dans mes bras.

Elle ne se lasserait jamais de l'entendre dire cela. Un frisson de plaisir lui chatouilla le cou. Le désir l'électrisa et elle s'éloigna un instant de lui pour pouvoir mêler ses doigts aux siens. Avant de le guider vers l'escalier.

— En réalité, dit-elle en souriant, je peux imaginer une meilleure façon de commencer l'année. Surtout en sachant que Teddy n'est pas seul.

— Oui, tu as raison mon ange. D'autant plus que j'ai entendu dire que les nouveaux parents devaient tirer le meilleur parti du temps libre qu'ils avaient.

Il la prit dans ses bras et l'embrassa de nouveau jusqu'à ce qu'ils soient à bout de souffle. Puis ils se regardèrent pendant un long moment avant de se précipiter vers la chambre qui avait accueilli leurs amours.

Car aucun autre mot n'était nécessaire.

Épilogue

Quatre semaines plus tard

Rose Clayton Slade aurait pu danser toute la nuit.

Avec Gus, ils avaient invité la moitié de Royal à la cérémonie de mariage et à la réception organisée dans l'une des granges restaurées du Silver C. Ils avaient apporté des chauffages d'extérieur à gaz et obtenu l'autorisation spéciale des pompiers afin de pouvoir célébrer le plus beau jour de leur vie près de tous ceux qui étaient chers à leurs cœurs.

Elle tournait dans les bras de son époux alors qu'il la guidait dans une valse folklorique qu'ils connaissaient trop bien. Gus lui avait chanté le même air il y a de nombreuses années quand il lui avait demandé de danser avec lui dans cette même grange.

Elle n'avait jamais oublié les pas. Et voulait les répéter avec lui au moins mille fois.

Lorsque la musique évolua pour devenir un morceau plus guilleret, Rose confia son nouveau mari à l'une des amies de sa fille qui lui réclamait une danse.

— Je veux un two-step quand je reviendrai, murmura Rose à l'oreille de Gus avant de l'embrasser sur la joue.

— C'est ce que je veux aussi et bien plus encore, lui dit-il avec un clin d'œil.

Comment était-il capable de la faire se sentir à nouveau comme une jeune fille toute rougissante et amoureuse alors qu'ils s'étaient disputés comme des chiffonniers depuis tant d'années ? Rose essaya de ne pas y consacrer le moindre neurone. Elle voulait juste profiter de l'instant. Laisser cette belle réception se dérouler comme une journée d'été sans fin.

Ils avaient payé le violoniste et son groupe pour jouer tant qu'il restait des invités dans la grange, puisque tous leurs amis du Club des éleveurs du Texas étaient venus en force pour célébrer leur amour retrouvé.

Cela faisait tellement de bien de voir tous les couples ensemble s'amuser, même à l'extérieur de la grange dans l'air plus frais de la nuit où la musique résonnait dans les branches nues des arbres. Ils avaient installé un barnum flanqué de lumières blanches et de gazon artificiel et Rose était encore surprise de voir que tant de gens s'y pressaient alors que la soirée était plus que fraîche. À quelques mètres, elle devina James Harris et sa nouvelle fiancée, Lydia. Tellement passionnés l'un par l'autre qu'ils ne l'auraient sûrement pas entendue si elle s'était rapprochée pour les saluer.

C'était l'une des plus belles choses dans un mariage. Tout le monde pouvait venir et célébrer son amour.

À cette pensée, son cœur se serra. Si seulement son petit-fils pouvait recevoir ce cadeau de la vie… Prenant appui sur une arche couverte de roses, Rose inspira profondément et leva les yeux vers la lune afin de savourer un moment de paix avant de rentrer à l'intérieur. Elle était sur le point de retourner dans la grange lorsqu'une voix familière se fit entendre de l'autre côté de la structure fleurie.

On aurait dit que la petite-fille de Gus, Alexis, parlait à voix basse à quelqu'un.

— Non, je ne suis pas inquiète, disait la femme. Je suis enceinte, pas invalide ! Je me débrouillerai. Ça va aller.

Rose voulut se pencher davantage sur l'arche quitte à la faire tomber pour en savoir plus mais la voix s'éloigna. Parfaitement indifférente à l'idée d'être prise en flagrant délit d'espionnage, Rose se précipita pour voir s'il s'agissait bien d'Alexis.

Enceinte ?

Non, cela ne pouvait pas être possible.

Sauf qu'elle aperçut sa silhouette marchant d'un bon pas vers la maison principale. C'était bien Alexis Slade tenant un téléphone portable à son oreille. Elle tournait le dos à Rose, mais sa robe de dentelle florale rose était reconnaissable entre mille dans la douce lumière des flambeaux extérieurs.

Rose crut défaillir, mais se reprit.

Elle avança aussi vite qu'elle le put dans sa robe de mariée blanche et ses bottes de cow-boy turquoise. Elle ne fut pas surprise de voir son petit-fils, Daniel, se diriger vers Alexis avec un regard de détermination ombrageant les traits ciselés de son visage.

Avec une telle expression, peu de femmes auraient osé aller lui parler, mais ces règles ne s'appliquaient pas aux grands-mères.

— Daniel.

Elle redoubla le pas pour l'intercepter avant qu'Alexis n'arrive à sa hauteur et lui tira le bras.

Le regard de son petit-fils resta longtemps sur Alexis avant qu'il ne l'oriente sur elle.

— Oui ?

— Daniel, c'est vrai ? murmura-t-elle, bien décidée à ce qu'aucun invité ne devine la teneur de la conversation qui allait se jouer. Alexis est enceinte ?

Sa mâchoire tressaillit.

— Comment tu as su ?

Son cœur bondit dans sa poitrine. Elle n'avait pas besoin de lui demander s'il était le père. Elle se souvenait de les avoir vus ensemble à plusieurs reprises auparavant. L'étincelle entre eux était impossible à ignorer. Essayer de les éloigner n'avait fait que les rapprocher avec Gus et, désormais, il fallait mettre un terme à ces histoires. Son petit-fils avait le droit d'être heureux.

— Daniel, il faut...

— C'est ce que j'ai fait, coupa-t-il. Je lui ai demandé de

m'épouser et elle m'a dit que c'était trop tard. Que je le faisais seulement à cause du bébé.

Rose ne put s'empêcher de demander :

— Parce que c'est le cas ?

Voyant son expression dépitée et sa patience épuisée, elle changea de tactique.

— Je suis désolée, Daniel. Je...

— Mamie, tu sais que je ferais n'importe quoi pour toi. Et je suis heureux pour toi et pour Gus aujourd'hui. Mais il faut me laisser maintenant.

Elle hocha la tête et vit comment ses épaules se contractaient. Ses mains se crispèrent pour se serrer en deux poings rageurs. Rose savait mieux que personne comment les sentiments pouvaient vous submerger et vous conduire dans des endroits noirs et tristes. Elle avait passé presque toute sa vie d'adulte à se disputer avec Gus parce qu'elle l'aimait et ne pouvait pas être avec lui.

Cela lui tordit le cœur de voir Daniel partir. Et pas pour suivre Alexis, mais pour rejoindre son camion garé près de la maison principale.

— Où est ma fiancée ?

La voix de Gus l'appela au beau milieu de son inquiétude.

Elle le regarda s'avancer vers elle dans l'herbe. Il était si beau, si plein de vie. Une vague d'amour l'envahit malgré sa douleur à la poitrine.

— Chérie, qu'est-ce qui ne va pas ? demanda-t-il alors qu'il s'approchait avant de la prendre dans ses bras. Tu ne ressembles pas à la mariée heureuse qui a promis de me rencontrer sur la piste de danse tout à l'heure.

— Je sais.

Elle acquiesça et attrapa sa main. Elle avait tellement besoin de sa force.

— Je viens d'apprendre qu'Alexis est enceinte.

Gus porta une main à son visage et cacha tout ce qu'il aurait pu dire. Mais elle eut le temps de voir le choc dans ses yeux.

— Le bébé est de Daniel, poursuivit-elle.

Si seulement elle avait pu trouver un moyen plus doux de lui annoncer la nouvelle...

Elle se pencha vers lui et passa ses bras autour de sa taille.

— Je l'ai questionné et il m'a répondu qu'il lui avait demandé de l'épouser, mais qu'elle avait refusé car elle est persuadée qu'il ne l'a fait qu'à cause du bébé.

Gus lui caressa le dos et la serra plus fort. Jusque-là, elle n'avait pas réalisé à quel point elle avait froid. En réalité, elle grelottait.

— Quel gâchis, dit Gus en la prenant contre lui. Tout est notre faute.

— C'était déjà assez dur de les voir si malheureux. Et maintenant ça ?

Elle entendit la musique s'arrêter à l'intérieur et craignit qu'il fût temps de couper le gâteau.

— Gus, nous devons y retourner. Mais promets-moi que nous trouverons un moyen de les réunir ?

À cette fin, elle était même prête à retarder la lune de miel afin qu'ils puissent y réfléchir et trouver une solution.

Gus acquiesça. Il lui prit la main et la serra.

— J'ai une idée. Ne t'inquiète pas pour cela, même une seconde, Rose. Je vais réparer les choses cette fois. Pour de bon.

Et à entendre la conviction dans sa voix, une force à laquelle elle souhaitait faire confiance depuis des décennies, elle le crut. Elle plaça sa main dans le creux de son bras et se dirigea vers la grange où les attendaient leurs invités, leur communauté et leur avenir.

HEIDI BETTS

Une nuit de mensonges

Traduction française de
PEGGY SASTRE

PASSIONS

HARLEQUIN

Titre original :
SECRETS, LIES & LULLABIES

Ce roman a déjà été publié en 2020.

1

Alexander Bajoran glissa sa carte dans la serrure magnétique de sa chambre d'hôtel et poussa la lourde porte en chêne. Il avait déjà parcouru un bon kilomètre sur la longue et sinueuse route qui partait du Mountain View Lodge – un établissement qui fleurait bon la campagne, sans faire l'économie du luxe – quand il s'était rendu compte de son oubli : tout un dossier de documents essentiels pour sa réunion manquait dans son attaché-case ! Maintenant, il était donc clairement en retard, car rejoindre le centre de Portland à temps, même avec la meilleure volonté du monde, frôlait tout bonnement l'impossible.

Il laissa la porte se refermer derrière lui et se précipita vers le bureau en cerisier massif qui trônait au fond du coin salon. Mais il n'avait pas encore fait six pas à l'intérieur de la pièce qu'il s'arrêta net : il y avait quelqu'un d'autre dans sa suite.

Prenant la direction de la salle de bains, il se posta dans l'encoignure du couloir : c'était une jeune femme, affairée près de son lit. A la voir se déhancher, il devina qu'elle avait probablement des écouteurs aux oreilles, un MP3 dans la poche et sa chanson préférée poussée à plein volume.

Persuadée d'être seule au monde, elle se laissait même aller à fredonner tout en ôtant par des gestes amples le drap puis le drap-housse. Le couvre-lit damassé les attendait déjà par terre, en boule.

Alexander prit le temps de l'observer. Elle portait un uniforme de femme de chambre, mais pas du tout dans le genre « soubrette affriolante ». En fait, il s'agissait d'une simple blouse grise, qui ne contribuait vraiment pas à mettre son teint ni même sa silhouette en valeur.

Mais c'est sa coiffure qui l'intrigua tout particulièrement. Blonde à la base, sa chevelure mêlait des mèches noires, rousses et bleues – oui, bleues. Le tout était tiré en arrière et ramassé dans un chignon rudimentaire tenu par une grosse pince en plastique.

Alors qu'elle esquissait maintenant quelques pas de danse, toujours absorbée par sa tâche et sa musique, Alexander remarqua ses boucles d'oreilles. A droite, elle devait en avoir sept ou huit, un ensemble hétéroclite de clous, de créoles et de pendants. A gauche, il n'en distinguait que quatre – trois près du lobe, et une dernière plus haut, près de la tempe. Pour autant, toute cette quincaillerie ne faisait pas illusion. A coup sûr, il ne pouvait s'agir que de bijoux fantaisie. Impossible qu'une femme de ménage puisse s'offrir des bijoux précieux, jamais de la vie. Et c'était bien dommage car, parée de diamants, cette jeune femme aurait été un vrai régal pour les yeux. Il était bien placé pour le savoir : les diamants, c'était son business. Mais son fantasme d'une femme de chambre ornée des plus beaux joyaux de la terre fut de courte durée : elle se retourna, le vit et, les bras encore chargés de draps sales, sursauta en poussant un petit cri strident.

Vite, avant que la situation ne s'envenime, Alexander leva les mains en l'air pour annoncer ses bonnes intentions, et improvisa un : « Je ne voulais pas vous faire peur... », en guise d'excuses.

A ces mots, la jeune femme ôta les écouteurs de ses oreilles, les fourra dans la poche du tablier blanc où devait certainement se trouver son lecteur MP3 et se rapprocha d'Alexander.

Maintenant qu'elle était à une distance plus raisonnable de lui, il remarqua aussi qu'elle n'était pas du tout maquillée. Surprenant, pour quelqu'un au look disons si... audacieux. Tiens, elle avait même un minuscule anneau doré rehaussé d'un strass au sourcil droit.

Les yeux encore ronds de peur et de stupeur, l'employée humecta ses lèvres qu'une aussi vive émotion avait asséchées.

— Pardon, je ne savais pas qu'il y avait quelqu'un, dit-elle, timidement. Je n'ai pas vu le panneau « Ne pas déranger » sur la poignée.

Alexander hocha la tête, amusé.

— Pour la bonne raison qu'il n'y était pas, déclara-t-il. J'étais censé m'absenter pour la journée, mais j'ai dû revenir en catastrophe pour chercher quelque chose dont j'ai absolument besoin pour une réunion.

Mais quel besoin avait-il de lui raconter tout ça ? Il n'avait pas pour habitude de se justifier, et jamais il ne prenait le temps de s'expliquer auprès de qui que ce soit. Seulement voilà, dans le cas présent, prolonger la conversation permettait de rester davantage et de profiter du spectacle qui s'offrait à lui. Un spectacle qui lui plaisait... énormément. C'était d'ailleurs encore quelque chose qui relevait de l'inédit. En règle générale, les femmes qui avaient sa faveur étaient des héritières, des filles riches issues des meilleures familles. Polies comme des galets et terriblement sophistiquées, elles étaient plutôt du genre à passer leurs journées au country club, à planifier l'organisation de galas de charité à deux mille dollars l'assiette entre deux cocktails raffinés...

Bref, jusqu'ici jamais il n'avait été attiré, ne serait-ce que de loin, par quelqu'un dans le style de cette jeune femme de chambre – visiblement amatrice de piercings et de petites fantaisies capillaires. Pourtant, il fallait bien qu'il l'admette, elle le subjuguait ; un peu à la manière d'un joli petit animal exotique très rare ou d'une œuvre d'art aussi originale qu'incroyablement chère.

Quant à elle, elle semblait parfaitement sidérée qu'il soit là et elle ne le quittait pas une seconde des yeux. Exactement comme s'il risquait à tout moment de se jeter sur elle pour la mordre.

— Tant que je suis là, demanda-t-elle prudemment, sans cesser d'agacer nerveusement ses lèvres, avez-vous besoin de quelque chose ? Des serviettes ou des verres supplémentaires, peut-être ? Dites-moi.

Alexander fit mine de réfléchir. Mais il était à court de conversation.

— Ça ira, je vous remercie, répondit-il.

Sur ce, ne trouvant plus rien à dire qui justifie sa présence dans cette chambre, à observer une employée qui faisait simplement son travail, il se dirigea de nouveau vers le bureau et attrapa le précieux dossier qu'il était venu chercher. Dans le couloir qui le menait vers la sortie, il croisa une dernière fois la femme de chambre et, pour tromper sa gêne, fit claquer la pochette cartonnée contre sa main libre.

— Bon, bon..., murmura-t-il, pas très inspiré. Eh bien voilà, je vous laisse.

L'air toujours inquiet, elle lui répondit par un signe timide de la tête, et il commença à s'éloigner. Mais avant de se remettre pour de bon en route, et de rejoindre la réunion où son absence avait sans doute commencé à faire jaser, il ne put résister : il se retourna un court instant, le dernier, et jeta un ultime coup d'œil à cette déconcertante jeune femme qui, pour sa part, avait déjà repris sa tâche et bataillait avec une pile de draps sales.

— C'était Alexander Bajoran en chair et en os, chuchota Jessica.

Elle s'était tellement penchée au-dessus de la petite table du fast-food que son nez toucha quasiment celui de sa cousine.

— Tu rigoles ? lui répondit Erin, en contenant elle aussi le volume de sa voix, les yeux écarquillés comme un personnage de cartoon.

A ces mots, Jessica hocha la tête, croisa les bras et se cala contre le dossier sa chaise, et Erin s'inclina à son tour pour mieux entendre la suite. Son excitation était telle qu'elle n'avait pas encore touché à son sandwich et que son soda tiédissait.

— Est-ce qu'il t'a reconnue ? demanda Erin, qui ne tenait plus en place.

— Je n'en sais rien. Il n'a rien dit, mais il me regardait quand même d'un drôle d'air.

— Drôle comment ?

Jessica l'honora d'un petit sourire en coin :

— Juste drôle.

— Faut dire que tu dénotes, ma chère, s'amusa Erin.

En guise de réponse, Jessica lui tira la langue, un peu agacée.

— Tout le monde n'a pas la chance d'être le sosie de Jackie O., mademoiselle Parfaite, lança-t-elle à Erin d'un ton mi-figue mi-raisin.

— Personne ne te demande de jouer les Jackie O. La famille voudrait juste que tu évites de jouer les sosies de Courtney Love.

Quel élogieux portrait ! Par provocation, Jessica fit un bras d'honneur à sa cousine. Heureusement, Erin y était habituée et se contenta de lever les yeux au ciel. Avant qu'une idée germe dans son esprit...

— Maintenant que j'y pense, dit-elle d'une voix de conspiratrice, ton style tout à fait personnel pourrait jouer en notre faveur. En cinq ans, tu as tellement changé qu'il y a de grandes chances pour que Bajoran ne t'ait même pas reconnue !

— J'espère bien, rétorqua Jessica, toujours sur le mode de la bouderie, mais je vais quand même essayer de ne plus travailler à son étage. Ça m'évitera de tomber encore sur lui et de...

Erin lui coupa brusquement la parole.

— Mais non, voyons, s'exclama-t-elle, ne fais pas ça ! C'est une très bonne chose qu'il ne t'ait pas reconnue ! Comme ça, tu vas pouvoir déambuler tranquillement dans sa suite sans éveiller les soupçons.

Jessica répéta, sidérée :

— Eveiller les soupçons ? Non mais tu me prends pour qui ? James Bond ?

— Je t'assure que si je pouvais m'en charger moi-même, je

n'hésiterais pas à le faire, lui rétorqua Erin. Mais il vaut mieux que ce soit toi, parce qu'il t'a déjà vue faire le ménage.

Perplexe, Jessica plissa les yeux.

— Oui, et alors, en quoi est-ce pertinent, je te prie ?

Erin prit une grande inspiration.

— Parce que tu peux te balader dans l'hôtel sans qu'on te remarque, expliqua-t-elle d'un ton conciliant en serrant les mains de Jessica dans les siennes. Tu sais comment sont les types de la trempe de Bajoran...

A son air, on voyait bien toute la haine qu'inspirait ce nom à Erin.

— Ce sont des gars riches, imbus de leur petite personne, complètement indifférent au monde qui les entoure tant qu'il ne tourne pas autour d'eux. Pour lui, tu n'es qu'une banale femme de chambre, tu passes donc parfaitement inaperçue. Comme si tu faisais partie des meubles !

Jessica s'efforça de ne pas prendre ombrage des remarques de sa cousine. Après tout, Erin était en colère et elle la comprenait. Vraiment, sincèrement. Cinquante ans plus tôt, le grand-père et le grand-oncle d'Alexander Bajoran avaient lancé la marque de joaillerie Bajoran Designs. Peu de temps après, ils s'étaient associés aux grands-pères de Jessica et d'Erin, propriétaires pour leur part de Taylor Fine Jewels. Les deux entreprises, basées à Seattle, dans l'Etat de Washington, avaient été à l'origine des bijoux les plus précieux et les plus prestigieux du monde. Des colliers à plusieurs millions de dollars, des bracelets et des boucles d'oreilles portés par les plus grands de ce monde, célébrités du show business comme têtes couronnées...

Le partenariat Taylor-Bajoran avait duré des décennies, assurant aux deux familles une fortune extravagante. Jusqu'à ce jour sinistre, environ cinq ans auparavant, où Alexander avait succédé à son père à la tête de Bajoran Designs. Et où sa première décision de P-DG avait été de déposséder *leur* famille.

Oui, sans crier gare, l'héritier Bajoran avait racheté la majorité des parts de Taylor Fine Jewels, obligeant les pères d'Erin et de

Jessica à quitter comme des malpropres son conseil d'administration. Ensuite, Alexander avait eu toute latitude pour absorber l'entreprise et se poser en maître absolu de la joaillerie haut de gamme. Pour ainsi dire, il avait réussi à accaparer le marché des bijoux précieux.

Cette perfide manœuvre avait causé la faillite des Taylor, et la famille avait été obligée de quitter Seattle quasiment du jour au lendemain. Aujourd'hui, ils étaient certes loin d'être à la rue, mais cela ne changeait pas grand-chose : les Taylor n'avaient *jamais* été habitués à vivre avec parcimonie, et leur revers de fortune avait de douloureuses conséquences pour eux. La mère de Jessica, par exemple, enrageait quotidiennement contre son nouveau train de vie. Mais c'était incontestablement Erin et sa famille qui souffraient le plus...

Jessica, elle, ne s'en sortait pas trop mal. Est-ce qu'elle *aimait* travailler comme femme de chambre dans un établissement qu'elle avait l'habitude de fréquenter en tant que cliente ? En nettoyer ses suites à trois mille dollars la nuit ? Etre l'employée d'un hôtel que sa famille, à l'époque, aurait pu s'offrir en claquant des doigts ? Non, bien sûr, ce n'était pas toujours évident. Mais, quand même. Etre femme de chambre, avoir un travail normal et être une personne normale lui procurait un sentiment de liberté nouveau.

Jamais elle n'avait éprouvé cela du temps où elle fréquentait la haute société, où elle était cette richissime personnalité mondaine connue de tous. Jamais elle n'aurait pu se permettre ces mèches multicolores et ces piercings quand elle était l'héritière de *ces* Taylor-*là*. Quand elle déjeunait tous les jours au country club avec sa mère et qu'elle apparaissait régulièrement dans les magazines mondains, quand sa simple présence faisait crépiter les appareils des paparazzis régionaux et nationaux.

Pour sûr, l'argent lui avait permis de mener la grande vie sans jamais se soucier du lendemain mais, aujourd'hui, son nouvel anonymat était loin de lui déplaire.

Contrairement à sa cousine, dont l'amertume ne désarmait pas.

— Coucou, tu me réponds ?

La voix d'Erin la tira de ses pensées.

— Ah oui… Passer inaperçue… Mais pourquoi ? demanda-t-elle. J'ai eu de la chance qu'il ne me reconnaisse pas. Je devrais peut-être éviter de tenter le diable et changer d'étage avec une de mes collègues.

Erin explosa.

— Mais non ! Pas question ! Tu ne comprends pas ? Tu ne vois pas qu'on tient là notre chance ? Qu'on va enfin pouvoir se venger de ce salaud et lui rendre la monnaie de sa pièce !

— Bon sang, de quoi parles-tu ? demanda Jessica, décidément abasourdie. Comment pourrions-nous lui rendre la monnaie de sa pièce ? Il est millionnaire. Milliardaire, même, je te signale ! C'est le P-DG d'une entreprise qui génère des profits astronomiques. Et nous, nous ne sommes personne. Nous n'avons rien. Pas d'argent, pas de pouvoir et aucun moyen de pression.

— Tu as raison, répondit Erin d'une voix blanche. Nous sommes des rien-du-tout. Sauf que ces profits astronomiques étaient *les nôtres*. Et qu'ils pourraient peut-être enfin nous revenir.

Avant que Jessica ait la moindre chance de répliquer, Erin continua, bille en tête.

— Il est là pour des raisons professionnelles, ou je me trompe ? Il a des affaires à faire ? Ce qui veut dire qu'il a, quelque part dans ses papiers, des informations commerciales… Des dossiers, des documents, des contrats de la plus haute importance que nous pourrions utiliser pour remettre Taylor Fine Jewels sur pied…

— Mais Erin, lança Jessica, plus que désolée, même ce nom n'existe plus. La marque a été absorbée par Bajoran Designs !

— Et alors ? murmura sa cousine avec un léger haussement d'épaules. Elle peut toujours se faire « désabsorber », que je sache.

Manifestement, elle n'allait pas renoncer facilement. Jessica soupira. Elle était sur la corde raide : tenir tête à sa cousine ne serait pas facile ; d'un autre côté, par quel miracle le plan d'Erin pouvait-il fonctionner ? – elle n'en avait pas la moindre idée.

— Je ne vais quand même pas me balader dans sa suite

et trifouiller dans ses affaires ! reprit-elle, un brin paniquée. Primo, c'est immoral ; deuzio, c'est dangereux : c'est ce qu'on appelle de l'espionnage industriel ; et tertio, c'est formellement interdit par le contrat que j'ai signé avec Mountain View. Je pourrais perdre mon boulot !

Sa cousine leva les yeux au ciel, au comble de l'exaspération.

— C'est ce qu'on appelle de l'« espionnage industriel » quand tu travailles pour une entreprise concurrente. Et ce n'est pas le cas, car Alexander Bajoran a *volé* notre compagnie et nous a tous mis sur la paille ! Et alors oui, quoi, tu pourrais perdre ton boulot débile ? La belle affaire ! Je suppose que des tas d'autres hôtels hors de prix seraient ravis que tu ailles récurer leurs toilettes...

Quel mépris ! Médusée par tout ce venin, Jessica eut un mouvement de recul. Oui, elle récurait des toilettes, oui, elle aspirait des moquettes et, oui, elle changeait des draps, quand sa cousine, elle, rangeait des foulards de soie et habillait les mannequins en porcelaine d'une boutique de luxe en centre-ville. N'empêche qu'elle n'avait pas honte de son métier. Elle aimait travailler seule, ses collègues ne la sollicitaient pas beaucoup et, avantage suprême, les généreux pourboires que les clients lui laissaient de temps en temps n'étaient pas soumis à l'impôt.

Sans oublier qu'il s'agissait d'un métier suffisamment prenant pour lui éviter de ruminer le passé ou de nourrir le même ressentiment amer que sa cousine. Si on avait proposé à Erin de tuer à mains nues Alexander Bajoran, pas sûr qu'elle aurait refusé...

— Allez, s'il te plaît, Jess, je t'en prie, supplia Erin. Tu es obligée de le faire. Pense à notre famille. Percer les secrets d'Alexander Bajoran, c'est peut-être notre chance de retrouver notre entreprise et notre vie d'avant.

Jessica hésita. Elle aurait voulu refuser. Elle *aurait dû* refuser. Mais avait-elle vraiment le choix ? Elle percevait tant de chagrin et de douleur dans la voix et les yeux d'Erin... Après tout, sa cousine ne lui demandait que de fouiner un tout petit peu...

— Bon. Qu'est-ce que je dois faire ? demanda-t-elle prudemment. Qu'est-ce que je dois chercher, au juste ?

A ces mots, Erin se radoucit. Elle sentait qu'elle allait avoir gain de cause.

— Tu n'as qu'à... Je ne sais pas... Voir si tu trouves des papiers, par exemple. Sur le bureau ou dans sa mallette, si par bonheur il la laisse dans sa suite. Des notes internes ou des documents qui attesteraient d'une nouvelle sournoiserie, d'une nouvelle manigance, un truc qu'il serait en train de tramer...

Erin avait maintenant du mal à contenir son enthousiasme. Vaincue par l'obstination de sa cousine, Jessica hocha mollement la tête.

— OK, OK, je vais le faire. Mais hors de question que je prenne des risques et que je me fasse pincer. Alors, je te préviens, je me contenterai de laisser *traîner* mes yeux, ou, à la limite, de les garder grands ouverts. Et je ne vais certainement pas m'amuser à mettre ses affaires sens dessus dessous, comme un vulgaire cambrioleur ! Compris ?

— Oui, d'accord, bien sûr, je comprends parfaitement, déclara Erin, toute guillerette. Tu te contentes de regarder. Prends peut-être un peu plus ton temps pour faire son lit si jamais tu le croises et qu'il est au téléphone, laisse aussi traîner tes oreilles...

Sûrement pas. Mais, pour faire plaisir à sa cousine et en terminer avec cette éprouvante conversation, Jessica acquiesça de nouveau.

— Garde quand même la tête froide et les pieds sur terre, Erin. Toute cette histoire sent les aventures de Gaston Lagaffe à plein nez, et cela n'augure rien de bon pour la suite des événements. Et entends-moi bien : ne compte pas sur moi pour te couvrir, jamais je n'irai en prison à ta place. Et c'est toi que les journalistes prendront en chasse. Parce que, vois-tu, s'ils apprennent qu'une Taylor a des ennuis avec la justice, à côté, mon histoire d'héritière déclassée réduite à nettoyer les toilettes d'un palace, ça paraîtra bien fade...

2

Bon sang, c'était de la pure folie !

En perdant son statut de personnalité mondaine richissime et oisive, Jessica était devenue simple femme de chambre, pas une parfaite petite espionne capable de dénicher des informations top secret ! Et d'ailleurs, que devait-elle débusquer, au juste ? Erin était restée vraiment trop évasive. Sans savoir ce qu'elle devait chercher, comment savoir ce qu'elle devait trouver ?

Des informations commerciales… mais sur quoi ? Compromettantes… mais à quel sujet ? C'était un peu fort de café d'envoyer quelqu'un au front sans lui préciser l'objet de sa quête !

En attendant, Jessica avait bétonné sa mise en scène. En laissant son chariot dans le couloir, elle avait éparpillé à des endroits stratégiques de la suite tous les alibis dont elle avait besoin. Là, des draps, ici des serviettes, du papier toilette, son aspirateur… Ainsi entourée, se disait-elle, si jamais quelqu'un – au hasard, Alexander Bajoran – venait à faire irruption dans la chambre, elle n'aurait aucun mal à prétendre qu'elle était en plein travail. Ce serait difficile de mettre en cause sa bonne foi et de la soupçonner d'indiscrétion.

Pour autant, cette stratégie présentait une faille : l'ordre et la propreté de cette suite étaient *déjà* irréprochables. Jessica y avait fait le ménage tous les jours, et ce même avant l'arrivée de Bajoran. Au Mountain View, on ne tolérait pas la moindre négligence, car l'établissement se devait d'honorer un niveau exceptionnel de standing.

Et puis, Alexander Bajoran semblait lui-même assez maniaque. Dans sa suite, il n'avait quasiment rien laissé de personnel.

Alors, comment satisfaire la curiosité d'Erin ?

Contrairement à ce que Jessica avait laissé croire à sa cousine, il était hors de question qu'elle passe cette chambre au peigne fin. Au mieux, elle jetterait un coup d'œil sur le bureau, sous le lit, dans les tiroirs des tables de nuit et peut-être dans les armoires – mais inutile d'espérer qu'elle farfouille dans les tiroirs où Bajoran avait rangé ses sous-vêtements. Ça non, jamais de la vie.

Cela dit, difficile d'en vouloir à Erin et de ne pas comprendre son besoin de renverser la vapeur et de se venger d'un homme qui avait ravagé la fortune des Taylor et même détruit, personnellement, quelques-uns de ses membres.

Mais, sérieusement, plus de cinq ans s'étaient écoulés depuis la manœuvre hostile de Bajoran. Comment imaginer qu'il traînait encore dans ses bagages quoi que ce soit en rapport avec feu l'entreprise de bijoux familiale ? Ou même qu'il laisse à portée de main la douzaine de contrats confidentiels avec lesquels il jonglait certainement aujourd'hui, surtout s'ils n'étaient pas parfaitement en règle ?

Allez, trêve de tergiversations. Jessica avait donné sa parole à Erin, il fallait donc qu'elle la tienne.

Du côté du lit, elle avait déjà retiré les draps pour les ramasser en boule sur le sol – sa mise en scène était parfaite et Jessica donnait réellement l'impression d'être en plein ménage. Et comme la table de nuit était si proche, pourquoi ne pas en profiter pour, rapidement, silencieusement, entrouvrir ses tiroirs ?

Ses mains tremblaient, sa nervosité extrême glaçait le bout de ses doigts et, debout dans ses tennis blanches d'employée modèle, Jessica grelottait de tout son corps. Bien sûr qu'elle était seule, mais la porte principale de la suite était restée ouverte – conformément aux consignes de l'hôtel. A n'importe quel moment, quelqu'un pouvait donc entrer dans la chambre et la prendre sur le fait.

Quel pouvait être le pire des scénarios ? Se faire attraper par Alexander Bajoran... ou bien par son supérieur ? Dans le premier cas, l'hôte de marque ferait un tel scandale que Jessica serait à coup sûr renvoyée. Et dans l'autre, elle serait tout simplement licenciée sur-le-champ...

Mais pour l'heure, nul besoin de trop s'en faire : les tiroirs de cette table de nuit étaient tout bonnement vides. Pas la moindre bible et aucune trace de bottin : au Mountain View, de toute façon, ce n'était vraiment pas le *genre* de la maison. Si vous aviez besoin d'un ouvrage sacré, d'un annuaire ou de n'importe quoi d'autre – et même d'objets beaucoup plus personnels –, il suffisait d'appeler la réception qui vous les faisait porter sans attendre, et en toute discrétion.

Jessica referma donc le tiroir en soupirant, à la fois déçue et soulagée, et fit le tour du lit en dégageant d'un coup de pied la boule de draps sales qui lui barrait le chemin. Elle attrapa un drap propre et l'étendit sur le matelas. Elle borda un côté du lit, puis l'autre, et accéda ainsi à la seconde table de nuit.

Celle-ci, pour le coup, n'était pas vide.

Le cœur de Jessica se mit à battre à tout rompre : voilà, elle y était, elle allait mettre le nez dans les affaires personnelles de Bajoran – l'ennemi juré de sa famille... Impossible de faire marche arrière sans trahir l'engagement qu'elle avait pris auprès de sa cousine.

Le tiroir du bas contenait une flasque remplie d'un liquide ambré – du scotch, présuma-t-elle, même si, dans cet hôtel, ce n'était pas à elle qu'incombait le réapprovisionnement des mini-bars – accompagnée de deux verres à whisky. Dans celui du haut, Jessica trouva une épaisse pochette en cuir, sur laquelle était déposé un élégant stylo Montblanc bleu nuit.

Sa gorge se serra. Une fois qu'elle aurait écarté le stylo et ouvert le conférencier... elle serait en train de s'immiscer dans la vie privée d'Alexander Bajoran et d'enfreindre le contrat qu'elle avait signé lors de son embauche.

Jessica prit une large inspiration. Comme pour conjurer le sort, elle ferma les yeux un très bref instant et attrapa le stylo. Puis, aussi vite que possible, elle ouvrit la pochette, feuilleta les papiers qui s'y trouvaient et tenta de rassembler toute son énergie mentale pour retenir le maximum des informations qui défilaient à vive allure sous ses yeux.

Elle survola les deux premières pages : rien de particulier n'attira son attention, tout avait l'air parfaitement banal, sans importance ni irrégularité. Ensuite, Jessica reconnut une succession de planches et de dessins propres aux orfèvres joailliers : des photographies de parures terminées, assorties d'esquisses et de croquis ressemblant à des projets en cours.

Oubliant un court instant sa mission d'espionne improvisée, Jessica se laissa subjuguer. Ces bijoux étaient beaux, mais beaux... Dire qu'autrefois, c'était sa propre famille qui concevait de telles pièces ; à l'époque, elle se rêvait même directrice de collection.

Et pas pour l'argent, elle n'en avait pas besoin. Pendant son enfance et son adolescence, Jessica n'avait jamais manqué de rien. Ses parents l'avaient protégée, pourrie gâtée même, et n'avaient certainement pas d'autre ambition pour leur fille que de la voir faire un bon mariage. Devenir la femme-trophée parfaite, au bras d'un millionnaire, être une mère et une épouse dévouée, et soigner à son tour la réputation familiale.

Mais Jessica, elle, ne voulait pas se contenter de faire la belle. Son véritable désir, c'était de finir ses études de graphisme et de gagner suffisamment de galons et d'expérience pour intégrer Taylor Fine Jewels. Ou, le must, rejoindre les équipes de leur partenaire, Bajoran Designs.

Car comme n'importe quelle jeune fille, Jessica avait la passion des gemmes, des joyaux chatoyants et des métaux précieux. Mais pas uniquement pour les porter : elle voulait les concevoir et les *fabriquer*. Son amour des bijoux n'était pas que décoratif, elle voulait mettre la main à la pâte, être l'une des créatrices des parures les plus spectaculaires du monde ! Partir à la recherche des joyaux les plus raffinés de la planète, détecter la pierre brute dans laquelle se cachait le diamant le plus époustouflant… ! C'était ce genre d'aventures qui avaient peuplé ses rêves de jeune fille.

Elle s'en souvenait comme si c'était hier. Au lycée, elle passait ses journées penchée sur ses cahiers, à griffonner dans la marge des ébauches, des croquis précis et minutieux, des projets de bijoux. Et il était même arrivé que ces esquisses inspirent son père, sur des pièces dont le prix alignait six ou sept chiffres. Conscient du talent de sa fille, il l'avait remerciée lors de son seizième anniversaire en lui offrant la parure de perles fines et de diamants qui comptait parmi ses préférées. C'était peut-être l'un des plus beaux souvenirs de sa vie…

Jessica possédait toujours cette parure. Elle ne s'en était jamais dépouillée. Contre vents et marées, elle avait réussi à la conserver, même si les occasions de la porter et de parader se faisaient plus que rares, pour ne pas dire inexistantes. Mais, qui sait, le jour béni viendrait peut-être où elle pourrait de nouveau la porter ? Alors, elle l'avait bien soigneusement cachée au fond d'une de ses boîtes à bijoux, sous un tas de quincaillerie correspondant bien mieux à l'état actuel de ses finances. Des breloques sans commune mesure avec les merveilles qui s'étalaient à présent sous ses yeux, dans l'épais conférencier d'Alexander Bajoran.

Dieu que ces pièces étaient majestueuses ! Pour autant, elles n'étaient pas parfaites, Jessica pouvait le voir sur les croquis. Sur une ébauche, elle nota un déséquilibre malheureux entre le saphir central et le reste de la parure. Sur une autre, c'était le filigrane d'or qui était bien trop fin par rapport aux diamants choisis.

Que n'aurait-elle donné pour avoir un porte-mine bien taillé dans sa poche et arranger tout ça… En quelques coups de crayon, l'affaire serait réglée ! Ses doigts la démangeaient…

Subitement, elle reprit conscience du présent. Son pouls

s'accéléra. Où avait-elle la tête ? Depuis combien de temps était-elle là, rêveuse et insouciante, à faire comme si le temps s'était arrêté ? A croire qu'elle était seule au monde ? Autant s'accrocher une cible dans le dos et attendre bien sagement qu'Alexander ou même une collègue la surprenne le nez plongé dans ce portfolio !

L'imprudence n'avait que trop duré. Jessica rabattit si sèchement la chemise que celle-ci produisit un claquement. Ensuite, avant de refermer le tiroir, elle replaça le luxueux stylo dans la position exacte où elle l'avait trouvé. Du moins, c'est ce qu'elle espérait. Et enfin, elle vérifia une dernière fois les tables de nuit des yeux : rien...

Elle termina le lit, borda les draps. Pour le moment, sa cousine pouvait être fière d'elle : elle avait su concilier au mieux sa mission d'espionnage et sa tâche de femme de chambre.

Le coin salon recèlerait peut-être plus d'indices que la chambre ? Elle y passa l'aspirateur, en faisant attention à chaque centimètre carré de moquette – conformément aux consignes de sa hiérarchie –, mais en prenant largement son temps. Enhardie, elle osa même ouvrir le placard et y jeter un rapide coup d'œil. Rien. Il ne contenait que le coffre-fort de l'hôtel. Autant oublier tout de suite les trésors qu'il pouvait abriter, elle n'avait aucune chance d'y accéder.

La mission qu'Erin lui avait confiée touchait donc à sa fin : ne restait plus que le grand bureau, au fond de la suite.

Jessica fit la grimace. Au fond, elle redoutait d'y débusquer quelque chose. Le doute la saisit. De l'eau avait coulé sous les ponts et les Taylor étaient passés à autre chose. Ses proches commençaient à panser leurs plaies, à faire le deuil de leur ancienne fortune. Alors pourquoi remuer de douloureux souvenirs ? Qui sait si elle n'allait pas trouver dans ce bureau des éléments susceptibles d'aggraver la situation de sa famille ?

La réponse, elle la connaissait. La réaction d'Erin, son désir de vengeance prouvait bien que, non, justement, rien n'était digéré ni encore réglé.

Tout en gardant l'aspirateur à portée de main, Jessica envisagea rapidement le plateau du bureau. Encore une fois, rien d'anormal ou de suspect ne l'interpella. Quelques feuilles ornées de l'en-tête du Mountain View traînaient, griffonnées de notes incompréhensibles, mais, pour le reste, ce n'était que les prospectus d'usage : liste des services offerts à la clientèle, numéros utiles, menu du room service, etc.

Par contre, les tiroirs du bureau étaient beaucoup plus fournis. Ici, Jessica trouva un nombre conséquent de pochettes cartonnées ainsi qu'un ordinateur portable.

L'angoisse la reprit. Sa respiration se fit haletante et son rythme, bien trop rapide, se cala sur celui de son cœur, cognant à se rompre dans sa cage thoracique.

Si elle ouvrait cet ordinateur, elle dépasserait – et de loin – la promesse faite à sa cousine. Comme elle découvrirait sans doute des informations stratégiques très confidentielles, elle ne fermerait plus l'œil. Elle pouvait dire adieu à sa tranquillité d'esprit… Ensuite, le temps d'allumer l'ordinateur, d'attendre qu'il démarre et de comprendre dans quels dossiers elle devait précisément fouiner, elle se ferait certainement pincer. Vu l'heure, elle n'avait rien à faire là. Tout l'étage aurait dû être bouclé.

Alors, non, elle n'allait pas toucher à ce portable ! Et qu'importe les futures récriminations d'Erin ! Elle lui avait promis de laisser traîner ses yeux et peut-être ses oreilles, pas de fureter dans le PC de Bajoran.

Elle se contenta donc d'ouvrir les pochettes cartonnées et de feuilleter leur contenu le plus rapidement possible – cette fois-ci, sans se laisser distraire. Rien d'étrange ou d'inhabituel ne lui sauta aux yeux. Pas la moindre mention de Taylor Fine Jewels, et rien pour mettre son sixième sens de détective du dimanche en éveil. Tout n'était que pur jargon commercial.

Jessica sourit. Elle n'avait jamais mis les pieds dans une école de commerce ; devant ces dossiers, elle se sentait comme une poule devant un couteau.

Mi-déçue mi-soulagée de conclure sa mission sur un échec, elle replaça les dossiers dans leur tiroir en soupirant.

Elle allait refermer le tiroir quand elle entendit…

Le parquet ! Le parquet venait de craquer derrière elle. Cette fois, c'était certain, quelqu'un était entré dans la suite. Aiguillonnée par l'adrénaline, elle ferma le tiroir aussi naturellement que possible, histoire de donner le change et d'avoir l'air sereine.

Puis, elle attrapa vivement le chiffon qu'elle avait laissé sur le dessus du bureau et se mit à épousseter énergiquement. Après tout, c'était ce qu'elle était censée faire, non ?

Bon Dieu, reste calme. Inspire, expire. Voilà, tout va bien, fais comme si de rien n'était.

Elle avait beau savoir que quelqu'un se tenait derrière elle – admirant sans doute combien ses formes étaient mises en valeur par son uniforme gris brouillard —, elle s'évertua à rester impassible. Elle ne faisait que son travail, voilà, comme d'habitude, il n'y avait aucune raison de sursauter. Il fallait au contraire qu'elle prenne le temps de se retourner et qu'elle *feigne* la surprise. Qu'elle fasse l'étonnée, du genre : « Oh ! Mais je ne vous avais pas entendu entrer… »

Surtout, il fallait qu'elle calme sa respiration – *Tout va bien, fais comme si de rien n'était* –, en espérant que ses joues ne soient pas trop empourprées.

Heureusement, la chance était de son côté : alors qu'elle allait terminer son époussetage et attraper son aspirateur, la mystérieuse personne qui se tenait derrière elle, celle-là même qui la surveillait en silence depuis de longues secondes, toussota pour signaler sa présence.

A son timbre de voix, grave et pénétrant, elle devina qu'il s'agissait d'un homme. Alexander Bajoran, lui-même ? Jessica sentit une froide terreur la saisir. Le souffle lui manqua.

Se ressaisissant, elle prit appui sur son aspirateur et se retourna le plus naturellement qu'elle put.

— Oh ! laissa-t-elle échapper, en écarquillant les yeux, et en priant pour que ses airs de tragédienne appliquée n'éveillent pas les soupçons de Bajoran. Rebonjour.

— Bonjour, vous, rétorqua Alexander Bajoran, soulevant ses lèvres d'un petit sourire en coin.

Le pouls de Jessica s'emballa et elle sentit une douce chaleur lui monter au visage. Les nerfs, voilà, c'était les nerfs. Une pure réaction nerveuse, rien de plus.

Mais la vérité, c'était que cet homme était diaboliquement séduisant. Ennemi ou pas, il aurait fait de l'effet à n'importe quelle femme.

Ses cheveux de jais étaient savamment décoiffés, assez pour lui donner un air décontracté et désinvolte. Ses yeux bleu glacier semblaient d'autant plus vifs qu'il avait la peau mate, chose inhabituelle chez un habitant du Pacific Northwest. Et son hâle n'était pas dû à de longues heures passées en cabines à UV, ni à l'application méticuleuse d'autobronzant. Non, c'était là la marque de fabrique de toute la famille Bajoran : des cheveux aussi noirs que la nuit, des peaux aussi brunes que le cuivre, et des tempéraments aussi froids que la glace.

Voilà ce que Jessica ne devait pas oublier : froids comme la glace.

Qu'importait son élégance. Qu'importait qu'il ait l'air tout droit sorti d'une couverture de *GQ* – ou plutôt de *Forbes*, grâce à ses millions bien mal acquis. Et surtout qu'importait l'effet qu'il lui faisait. Il ne fallait pas qu'elle se laisse captiver. Bajoran était un homme redoutable. Un carnassier.

— Visiblement, nous avons des emplois du temps conflictuels, cette semaine, lança-t-il d'un ton badin et terriblement sûr de lui.

Bien malgré elle, elle se sentit traversée d'un frisson de désir.

— Ou peut-être qu'ils concordent parfaitement, en réalité..., ajouta-t-il, en accentuant son sourire aguicheur.

Puis il darda son regard sur elle. Voilà, on y était. Bajoran la regardait comme tant d'hommes l'avaient regardée depuis qu'elle était devenue femme. Un regard qu'elle ne connaissait que trop bien et repérait tout de suite. Celui de dizaines de clients du Mountain View – cadres sup' en voyage d'affaires, maris en quête d'aventure, ou fils à papa persuadés d'avoir le monde à leurs pieds. Certains avaient tenté de la séduire en lui pinçant les fesses, en lui glissant un billet de cent dollars comme pourboire ou en la flattant par de belles paroles ; elle ne s'était jamais laissé faire. Mais là...

La voix de Bajoran, sensuelle et suggestive, ne la laissait pas indifférente.

Oh non, non non non... Il ne fallait pas qu'elle tombe dans le piège, qu'elle se laisse envahir par cette chaleur douce et caressante comme un soleil de fin d'été, qu'elle frissonne tandis qu'une subtile et délicieuse décharge électrique lui parcourait tout le corps. Les types comme lui, elle les connaissait mieux que personne – et Bajoran était peut-être le plus dangereux d'entre tous.

Elle était face à l'homme qui avait usurpé l'entreprise de sa famille, l'homme qu'elle était censée espionner et dont sa cousine voulait se venger...

Bajoran fit un pas vers elle. Elle se crispa et s'accrocha à son aspirateur. Tout son corps se raidit. Qu'allait-il faire ? Allait-il la toucher, l'embrasser... ? En un dixième de seconde, des pensées plus folles les unes que les autres se précipitèrent dans son esprit.

Mais non. Il la frôla à peine et s'installa sur le sofa, garni d'une multitude de coussins, devant la table basse du coin salon. Là, il ouvrit son attaché-case, ou plutôt la besace en cuir souple qui lui servait d'attaché-case, et en tira une liasse de documents qu'il se mit à consulter d'un air très concentré.

Soulagée, Jessica put enfin souffler. Elle débrancha l'aspirateur et commença à enrouler le fil de l'appareil. Le plus tôt elle quitterait cette chambre, le mieux ce serait.

— Je vous laisse, si vous devez travailler, dit-elle.

Installé devant la table basse de verre, sa besace ouverte et déversant tout un tas de documents, Bajoran secoua à peine la tête.

— Non, non, allez-y, faites ce que vous avez à faire, répondit-il distraitement. J'ai juste deux ou trois trucs à vérifier et votre bruit de fond ne me dérange pas. Au contraire.

Alors là, c'était bien sa veine, songea Jessica. Comment réussir à déguerpir si le chant de l'aspirateur seyait à Monsieur ? Visiblement, elle ne pourrait pas s'éclipser tout de suite.

Résignée, elle brancha donc l'aspirateur et le passa rapidement dans le vestibule. Ensuite, elle déposa l'appareil près de son chariot, dans le couloir extérieur, attrapa une pile de serviettes propres et prit la direction de la salle de bains dont elle ne s'était pas encore occupée.

Au moins, là, à l'écart, elle serait à l'abri du pouvoir de séduction d'Alexander Bajoran. Et lui, éprouvait-il la même tension ? Probablement pas. Après tout, ce n'était pas lui qui jouait les espions déguisés en femme de chambre et se bagarrait contre une attirance inappropriée.

Oui, il l'attirait ; alors qu'elle aurait dû le détester...

Elle s'attarda aussi longtemps que possible dans la salle de bains – à vérifier dix fois l'alignement des serviettes, les doses de shampoing, de gel douche –, peu pressée de retourner dans la chambre. L'idée d'avoir à approcher Alexander Bajoran, d'avoir à lui sourire et peut-être même à lui parler la mettait dans tous ses états.

Et si elle se contentait de le saluer de loin ?

Elle n'eut pas le loisir de mettre son plan à exécution. Alors qu'elle s'apprêtait à quitter son refuge de marbre et de dorures, elle se heurta à Bajoran. Nonchalamment appuyé dans l'embrasure de la porte, il semblait l'attendre.

Jessica poussa un petit cri et recula si vivement qu'elle faillit trébucher.

— Désolé, s'excusa-t-il en lui tendant les bras pour l'aider à reprendre son équilibre. Je ne voulais pas vous faire peur, juste vous attraper avant votre départ.

Comment ça, l'*attraper* ? S'il y avait un mot que Jessica ne voulait pas entendre, c'était bien celui-ci. Bajoran l'avait-il *attrapée*… la main dans le sac ? Avait-il remarqué des objets déplacés, la soupçonnait-il d'avoir lorgné ses dossiers ?

— Je sais que cela va peut-être vous sembler déplacé, commença-t-il en s'adossant de nouveau au chambranle, mais… je me demandais si vous accepteriez de dîner avec moi, un de ces soirs ?

A ces mots, le cœur de Jessica s'emballa. Elle s'était attendue à tout – notamment à des récriminations justifiées –, mais certainement pas à des avances !

— Je suis ici pour affaires, poursuivit-il. Une fois ma journée et mes rendez-vous terminés, les soirées me paraissent bien mornes.

Il avait tombé la veste, remarqua Jessica. A travers l'étoffe de sa chemise blanche, on voyait se dessiner ses muscles. Une transparence extrêmement sexy…

Fascinée, elle sentit ses hormones s'emballer. Humectant ses lèvres sèches, elle se chercha une contenance. Pourvu qu'Alexander ne devine pas le trouble qui bouillonnait en elle ! Elle sentait le feu de ses joues. Elle devait avoir l'air d'un clown.

— Hum… Je vous remercie, dit-elle enfin au prix d'un énorme effort. C'est contraire aux consignes de l'hôtel de sympathiser avec la clientèle.

Bravo, belle repartie. Parfaite. Professionnelle.

Alexander leva un sourcil circonspect.

— Vraiment ? Pardon, mais j'ai du mal à croire qu'une jeune femme aux cheveux bleus ait ce genre de scrupules.

Un point pour lui, cette fois. Jessica tortilla ses cheveux :

— Juste quelques mèches, rectifia-t-elle.

— Mais suffisamment pour montrer au monde que vous êtes une rebelle, c'est ça ?

Il lui décocha le sourire le plus enjôleur qu'elle ait jamais vu dans sa vie. Pas de doute, il savait y faire, et ce n'était pas le genre d'homme à se satisfaire d'un refus… Mais, elle, elle n'était pas idiote. Rebelle, sûre d'elle, libre, oui, mais pas idiote. Piquée au vif, elle lui fit froidement remarquer :

— A ce jeu-là, je pourrais perdre mon boulot, vous savez.

— Non, vous ne le perdrez pas, déclara-t-il tout aussi fermement.

Puis, après une courte pause, il ajouta :

— Je m'en porte garant. Etes-vous rassurée ?

Face à n'importe qui d'autre, Jessica aurait pouffé. Mais face au puissant Alexander Bajoran, elle prit la chose au sérieux. Bajoran était de ceux qui obtiennent toujours ce qu'ils désirent.

— Ça ne rognerait pas sur votre temps de travail, précisa-t-il encore, comme pour porter l'estocade. Et je vous laisserai le choix des armes : soit nous faisons appel au room service, soit nous dînons en ville...

Dire non, c'est ce qu'aurait fait toute personne sensée, car cette histoire sentait le danger, le danger avec un D majuscule. Mais Jessica devait l'admettre : la proposition de Bajoran l'excitait. Bien sûr, ce n'était pas la première fois qu'un client l'invitait à dîner, seulement avec Bajoran, les choses s'annonçaient... différentes. Aucune lueur grivoise ne brillait dans ses yeux, aucun geste déplacé n'avait terni son élégance. Et cela ajoutait encore au trouble qu'éprouvait Jessica.

Pourquoi voulait-il l'inviter à dîner ? Voyait-il en elle une conquête facile ? Avait-il simplement envie de s'amuser ? Ou bien... soupçonnait-il ses indiscrétions ? Pire, avait-il reconnu la Jessica Taylor devenue femme de chambre et qui avait de drôles d'idées en tête ?

Evidemment qu'elle en avait, de drôles d'idées en tête. Et elle brûlait de savoir si Bajoran en avait aussi...

Alors, et ce même si elle savait pertinemment que la seule chose à faire, c'était de courir à cent kilomètres à l'heure dans la direction opposée, Jessica ouvrit la bouche et commit la plus grosse erreur de sa vie :

— C'est d'accord, dit-elle. J'accepte votre invitation.

— A part ça, je pourrais perdre mon bonnet, vous savez.
— Non. Vous ne le perdrez pas, déclara-t-il tout aussi calmement.

[illegible]

— Je [illegible] ?

[illegible] Mais [illegible]

[illegible]

[illegible] pour [illegible] qu'elle ne [illegible]

[illegible]

Pour [illegible]

[illegible]

[illegible] et [illegible] par la [illegible] ?

[illegible]

[illegible] pas [illegible]

D'ailleurs, elle [illegible]

plutôt que [illegible] ville ou [illegible]

3

Ces derniers temps, Jessica n'avait guère eu d'occasions de se faire belle. Mais ce soir, elle allait dîner avec un homme aussi fortuné que séduisant et, même si c'était la plus mauvaise idée du monde, elle était bien décidée à en profiter. Il y avait si longtemps qu'elle n'était pas sortie, qu'elle n'avait pas joué à la reine d'un soir, qu'elle ne s'était ni maquillée ni coiffée avec soin. Sans oublier les hauts talons rehaussant sa silhouette. Au placard les vieilles tennis élimées !

Pour sa tenue, elle avait opté pour une jupe classique noire assortie d'un chemisier de soie blanche. Un collier multi-rangs parait son cou et elle avait ajouté des créoles dorées à ses oreilles. Sans oublier quelques gouttes de *Fanta C*, son parfum préféré à trois cents dollars le petit flacon. Alexander Bajoran ne les valait peut-être pas mais, elle, elle les valait bien, non ?

Pourtant, une fois arrivée dans le couloir qui menait à la suite de Bajoran, elle fut prise d'un affreux doute. Sa jupe n'était-elle pas trop courte ? Son chemisier trop décolleté ? Son collier n'allait-il pas attirer l'attention d'Alexander sur ses seins ? Ou, pire, avec autant de boucles d'oreilles, n'allait-il pas passer la soirée à la dévisager… et finir par la reconnaître ?

Flirter avec cet homme – et même avec le danger — d'accord, mais risquer de se faire démasquer par l'ennemi de sa famille, non, ce n'était pas dans ses plans.

D'ailleurs, elle avait choisi de dîner ici, au Mountain View, plutôt qu'en centre-ville où elle aurait couru le risque de se faire appeler par son nom – ou qu'on les reconnaisse, elle et Bajoran. Elle, surtout. Oui, elle préférait encore qu'un collègue la trouve dans la chambre d'un client après son service, plutôt que d'être surprise par sa famille ou un de ses proches en plein rendez-vous galant avec Alexander… Jamais les Taylor ne le lui pardonneraient !

Avant de toquer à la lourde porte de chêne, Jessica prit une profonde respiration. Elle ajusta pour la millième fois sa tenue et s'assura que son sac contenait bien son tube de rouge à lèvres, son téléphone portable et quelques billets, au cas où.

Puis, quand elle n'eut plus rien à vérifier, elle dut se rendre à l'inévitable. Il fallait y aller. Encore une dernière et profonde inspiration – comme pour prendre son courage à deux mains – et elle frappa à la porte d'Alexander Bajoran.

Une seconde… Cinq secondes… La nervosité qu'elle avait si difficilement réussi à calmer recommença à la tourmenter. Le sang lui montait aux tempes, son esprit s'échauffait quand, enfin, la porte de la suite s'ouvrit.

Alexander se dressa dans l'encadrement. Un mètre quatre-vingt et des poussières d'une silhouette racée et d'un charme à se pâmer. Avec sa chemise d'un subtil bleu lavande entrouverte sur son torse et les manches remontées sur ses avant-bras, il n'était pas moins élégant qu'en costume-cravate. Quant à son pantalon, il n'avait pas pris un pli depuis le matin.

Et quel sourire… Jessica sentit une boule se former dans sa gorge. Une peur soudaine et irrationnelle l'envahit. A l'idée de passer la soirée avec un homme si séduisant… Bon sang, il ne s'agissait que d'un dîner ! Alors pourquoi s'en faisait-elle un tel cinéma ?

— Bonsoir, vous, lui lança Alexander, de sa voix terriblement virile, en s'effaçant pour la laisser entrer.

Elle aurait dû s'enfuir. Prétexter n'importe quoi, inventer un impromptu qui la forçait à rentrer chez elle, sur-le-champ…

Oh, oui ! C'est ce qu'elle aurait dû faire…

Mais elle ne bougea pas et entendit même une voix intérieure lui chuchoter : *Allons, qu'est-ce qui pourrait bien t'arriver ?* Un repas exquis, des plats à plus de cinquante dollars l'assiette qu'elle avait souvent lorgnés sans pouvoir jamais les goûter, le tout en compagnie d'un homme extrêmement séduisant, bien plus séduisant que tous ceux qu'elle pouvait croiser depuis la déchéance de sa famille... Pourquoi s'affoler ? Pourquoi prendre les jambes à son cou ? Bajoran était un gentleman. Tout allait bien se passer.

— Merci, murmura-t-elle.

Oups ! Etait-ce bien sa voix qu'elle venait d'entendre ? se demanda-t-elle, surprise. Une voix assurée et beaucoup plus sexy qu'elle ne l'aurait souhaité.

Elle pénétra dans la suite et reconnut le cliquetis familier de la porte quand Alexander la referma. C'est qu'elle connaissait ces chambres par cœur, elle aurait pu s'y diriger les yeux fermés. Mais elle les garda bien ouverts et avisa la magnifique table qui l'attendait, parée d'une nappe immaculée et d'argenterie fine.

— J'espère que vous ne m'en voudrez pas, lui dit Alexander, un pas derrière elle. J'ai pris la liberté de commander. Pour nous épargner l'attente...

Et il avait bien fait. Même dans un établissement aussi prestigieux que le Mountain View, le room service avait ses aléas. Souvent, les clients devaient patienter plus longtemps que prévu pour déguster leur commande, surtout le soir, au moment du coup de feu.

Alexander prit délicatement Jessica par le bras et, en contournant la table, il tira sa chaise pour l'inviter à s'asseoir. Cette main, sa chaleur... Elle s'ordonna de se calmer. Hélas, son cœur ne lui obéissait déjà plus.

Une fois qu'elle fut installée, il alla s'asseoir en face d'elle. Puis il souleva les cloches argentées qui gardaient les plats au chaud. A mesure qu'il les découvrait, de délicieux fumets s'élevaient. Tout avait l'air divin... Le Mountain View employait les meilleurs chefs et sa cuisine était une des plus savoureuses de la côte ouest.

En guise de hors-d'œuvre, il avait fait monter un gaspacho de melon d'eau à la tomate, une salade de concombre et de bourrache, une bisque de fruits de mer, des ravioles aux aubergines...

Pour les plats principaux, son choix s'était porté sur du faisan au chou vert, des poires au porto agrémentées de copeaux de truffe et... Oh ! Quelque chose qui la faisait fondre chaque fois : des crabes farcis. Au Mountain View, la recette consistait en d'épais morceaux de crabe royal et quelques bouchées de homard, dans une farce de maïs et d'orge perlé légèrement saisie à la poêle.

Comment pouvait-il savoir qu'il s'agissait là de son plat préféré ? Le hasard, sans doute. Les crabes farcis, très appréciés de la clientèle internationale, étaient le fleuron de la carte de l'hôtel.

Jessica n'en pouvait plus. L'eau lui venait à la bouche. Pour un peu, elle en aurait oublié la présence de Bajoran.

— J'espère que vous trouverez quelque chose à votre goût, lui lança-t-il, avec une ironie mêlée de gentillesse.

A son *goût* ? Il voulait rire, oui : elle aurait pu se déshabiller et plonger dans ces plats ! Se rouler sur cette table, puis se lécher soigneusement comme un chat gourmand, jusqu'à ce qu'il ne reste plus une miette.

— J'ai aussi commandé des desserts, poursuivit-il avec un petit sourire, mais peut-être les douceurs peuvent-elles attendre... ?

Chut, qu'il se taise ! Sur les desserts du Mountain View, elle avait aussi entendu tellement de merveilles...

— Bon, je vous sers les crabes farcis avant que vous ne fassiez un malheur ?

Jessica releva la tête. Bon sang, elle avait les yeux rivés sur les crabes et Bajoran se moquait d'elle !

— Pardon, maugréa-t-elle, c'est qu'ils sentent tellement bon !

Il répondit par un large sourire et la servit.

— Les voilà, ils sont tout à vous. En échange, j'espère que vous me laisserez le faisan !

Oh ! Elle en aurait bien goûté un petit morceau, mais les crabes valaient bien un petit sacrifice...

Ensuite, il saisit la bouteille de vin qui trônait au centre de la table et la déboucha. Pendant ce temps, Jessica déplia sa serviette, puis elle regarda Alexander leur verser un verre d'un capiteux nectar couleur rubis.

Elle le remercia timidement et porta le verre à son nez pour en humer le bouquet. *Mmm.* Depuis quand n'avait-elle pas dégusté un vin aussi exquis... et onéreux ? Celui-ci était parfaitement charpenté, avec des arômes de fruits, d'épices et une subtile touche de chocolat.

Mais elle s'était promis de faire attention. Un verre de vin, pourquoi pas, mais pas question de se laisser griser... Il fallait qu'elle garde la tête sur les épaules, hors de question de risquer de se trahir en parlant trop.

— J'ai dû vous paraître grossier, lui dit alors Alexander en dépliant à son tour sa serviette, je crois que je vous ai invitée sans vous demander votre nom. Ni même d'ailleurs me présenter.

Jessica venait tout juste de piquer dans le crabe farci. Elle suspendit son geste et prit le temps de réfléchir. Hum, hum, attention, terrain glissant. Alexander se trompait : elle savait pertinemment *qui* il était. En revanche, c'est elle qui n'avait pas du tout l'intention de lui révéler son identité...

Comment allait-elle s'en sortir ? Il valait mieux trouver une réponse vite fait, sinon, elle allait éveiller ses soupçons.

Pour gagner un peu de temps, elle porta sa fourchette à sa bouche. Ses papilles explosèrent de joie. Quelle saveur ! Quelle chair délicieuse ! Elle n'en avait jamais connu d'aussi succulente. Ces crabes valaient tout le stress et tous les mensonges du monde...

— Je m'appelle Jessica. Jessica Madison, lui répondit-elle enfin.

Madison était son deuxième prénom. Si d'aventure Bajoran posait des questions à ses collègues – ce qu'il ne ferait sans doute pas —, impossible de savoir qu'elle lui cachait son nom de famille.

Il lui adressa un sourire et lui tendit la main en disant :

— Bonsoir Jessica, moi c'est Alexander Bajoran. Mais vous pouvez m'appeler Alex.

Jessica lui serra la main, à la fois stupéfaite et ravie. Une telle simplicité, une telle intimité, et si vite... Soudain, le rose lui montait aux joues. Et puis, Alexander avaient les mains si douces, si tièdes... C'était délicieux.

Décidément, cet homme avait tout pour lui : le charme, l'humour, l'assurance... Cerise sur le gâteau, il était riche. Zut, que n'aurait-elle donné, à ce moment précis, pour n'avoir jamais rien promis à Erin, et pour n'être pas née Taylor ! Ainsi, elle aurait eu le droit de se sentir flattée par l'intérêt évident qu'il lui manifestait, et aussi d'être excitée comme une puce...

Oui, sans la promesse faite à Erin, elle aurait minaudé toute la soirée dans l'espoir d'un deuxième rendez-vous, se serait imaginée dans son lit au troisième – ou même avant, vu l'effet dévastateur qu'il lui faisait. Hélas, elle devait garder la tête froide et les pieds sur terre : ce soir, elle n'était qu'une simple femme de chambre, face à un millionnaire. Et si, jadis, leurs familles avaient appartenu au même monde, ce n'était plus le cas aujourd'hui.

Mais assez de nostalgie ! Jessica dissipa ses rêveries douces-amères et reporta son attention sur son assiette. En face d'elle, Alexander – Alex – semblait aux anges. Rien ne l'assombrissait.

— Alors, lança-t-il d'un air parfaitement désinvolte, en savourant son faisan rôti. Parlez-moi de vous. Vous êtes née à Portland ? Vous avez grandi ici ? D'où vient votre famille ?

De nouveau, Jessica pesa ses mots – chacune de ces questions pouvait la faire chuter – et, Dieu merci, elle s'en sortit habilement. Si bien qu'à la fin du dîner, une agréable conversation s'était installée entre eux deux. A la grande surprise de Jessica, ils étaient comme deux nouveaux amis qui apprennent à se connaître et espèrent même, peut-être, dépasser le stade de l'amitié...

4

Alex servit du vin à Jessica et versa les dernières gouttes de la bouteille dans son propre verre. Puis, sans quitter des yeux la jeune femme, il se cala contre le dossier de sa chaise et se laissa envahir par le bouquet du breuvage et la grâce du spectacle qu'il avait devant lui.

Quelle fille incroyable...

Quand avait-il pris tant de plaisir lors d'un dîner ? Impossible de se le rappeler. Il passait tellement de temps en repas d'affaires, à négocier des contrats, à peaufiner des campagnes publicitaires et à rire aux mauvaises blagues de ses clients ! Même lors des repas de famille, on avait tendance à parler business. Il ne se passait quasiment plus rien de personnel.

Tandis qu'avec Jessica... C'était un rayon de soleil, une bouffée d'air frais. Même ses mèches bleues et ses piercings ajoutaient, finalement, à son pouvoir de séduction. Une touche d'originalité apportée à sa beauté classique. Oui, décidément, cette femme était... magnifique.

Et pour ne rien gâcher, intelligente, élégante – plus qu'il n'aurait pu en attendre d'une femme de chambre. D'ailleurs, pour être honnête, il ne s'était « attendu » à rien : en invitant Jessica, il avait répondu à une impulsion.

En tout cas, après plusieurs heures passées en sa compagnie, il pouvait l'affirmer : Jessica était un pur bonheur. Non seulement elle l'avait régalé de ses anecdotes, mais il avait littéralement bu sa voix chaude et douce comme un whisky. Et il aurait pu continuer toute la nuit. Et pourquoi pas demain matin aussi, au petit déjeuner ?

Un grand éclat de rire le tira de sa torpeur. Que venait-elle de dire ? Il n'en avait pas la moindre idée. Il était entièrement absorbé par ses lèvres roses délicatement ourlées, la nacre naturelle de ses ongles, les reflets de miel et d'or de ses cheveux. Quand elle replaça l'une de ces délicieuses mèches bleues derrière son oreille et passa divinement la langue sur ses lèvres, il faillit bondir de sa chaise pour la prendre dans ses bras et l'embrasser à perdre haleine.

Sa bonne éducation le maintint sagement sur sa chaise, et au prix d'un gros effort, il finit par calmer le feu de ses reins. Et quand il fut certain d'avoir repris ses esprits, il se leva et offrit sa main à Jessica pour l'inviter à quitter la table. Avec une pointe de regret, il s'aperçut alors qu'elle prenait bien garde à ne pas le frôler. C'était bien dommage... Il aurait volontiers senti ses seins l'effleurer, sa chaleur l'envelopper, ne serait-ce que fugitivement.

Et son odeur aussi. Quand il l'avait surprise en train de refaire son lit, de subtils effluves citronnés s'étaient faufilés jusqu'à ses narines, trop délicats pour venir d'un produit de ménage. Non, cette fragrance émanait tout simplement d'elle, de son corps. Son shampoing ? Son parfum ? Les deux, peut-être... Un mélange d'agrumes et de notes florales tout à fait inédit et qui semblait juste fait pour elle. Car, comme son parfum, Jessica était à la fois acidulée, suave... et d'une sensualité redoutable.

Il prit une large inspiration pour s'en gorger à pleins poumons, puis attrapa leurs verres.

— Venez, lui demanda-t-il le plus tendrement possible, afin de lui donner le choix de le suivre – ou non – vers la grande porte vitrée qui menait au balcon.

Et Dieu merci, elle le suivit, apparemment sans hésitation. Il ouvrit en grand les fenêtres.

Comme le temps avait filé en sa compagnie, songea-t-il en découvrant le ciel. Tout à l'heure, quand Jessica avait toqué à la porte de sa chambre, le soleil était encore haut. A présent, il avait disparu – et depuis longtemps – derrière la ligne d'horizon. La nuit était bien avancée, constellée d'étoiles et suffisamment douce malgré la brise. Tout invitait à savourer le clair de lune.

S'avançant vers la balustrade de pierre, Alex posa les verres puis se tourna, s'adossa et croisa les bras, l'esprit serein : le balcon de sa suite était tout à fait privé et, ici, personne ne pourrait troubler leur intimité – ni le personnel ni aucun des nombreux clients de l'hôtel, qui pourtant affichait complet.

Une pergola feuillue et en fleurs leur faisait une protection naturelle contre les oreilles et les regards indiscrets. Ils étaient comme seuls au monde.

Jessica était assez près pour qu'il l'enlace, mais il préféra se montrer patient, et lui tendit son verre.

— Votre vin, lui dit-il.

Elle y plongea les lèvres et, pendant de longues minutes, ils restèrent tous les deux parfaitement silencieux. Puis elle alla s'asseoir sur la méridienne qui semblait justement l'attendre.

Quand elle se baissa, sa jupe remonta sur sa peau. Une peau si veloutée, des cuisses si galbées… Comment aurait-il pu deviner qu'elle cachait des jambes aussi superbes sous son morne uniforme gris ? Longues, fuselées, d'un délicieux ton de pêche. Irrésistibles.

Soudain, l'envie le prit d'aller s'asseoir à côté d'elle et de laisser courir sa main le long de ces cuisses satinées. Même au travers de ses bas, il voulait sentir la rondeur de ses genoux, le creux, si sensible, derrière, et l'intérieur de sa cuisse, dangereusement près de…

Il en perdit presque le souffle.

Depuis quand n'avait-il pas été aussi attiré par une femme ? Et même, l'avait-il jamais autant été ?

Bien sûr, il avait eu quelques liaisons durables. Une fois, il avait envisagé d'épouser la femme qu'il voyait régulièrement à l'époque. Honnêtement, il n'était pas éperdument amoureux d'elle, mais le mariage lui semblait l'issue la plus sensée, la plus raisonnable à leur relation…

Evidemment, il n'était pas non plus insensible au sexe pour le sexe et il avait eu aussi ce genre d'histoires.

Mais, il avait beau solliciter sa mémoire, il ne se souvenait pas d'avoir rencontré quelqu'un qui, comme Jessica, stimule *à la fois* sa libido et son esprit.

D'accord, ensemble, ils n'avaient pas échangé des considérations hautement philosophiques. Mais justement : par le passé, quand il avait eu ce genre de conversation profonde avec des femmes, cela n'avait encore jamais touché la corde sensuelle en lui ; et d'un autre côté, celles avec qui il avait passé des journées entières à exulter au lit n'avaient pas su faire pétiller la moindre étincelle de complicité intellectuelle entre eux.

Tandis qu'avec Jessica, Jessica Madison, cette femme de chambre qu'il connaissait à peine, les choses étaient bien différentes. Elle avait cette assurance, cette détermination… et ses mèches bleues et ses piercings n'en étaient que les symboles les plus visibles. Dans tous ses gestes et ses attitudes, elle se révélait aussi en femme divinement libre et indifférente à ce que le monde pouvait penser d'elle. C'était une femme qui savait ce qu'elle voulait, et cela ne la rendait que plus outrageusement attirante. Jamais une femme ne l'avait autant troublé.

Et ses yeux quand elle avait aperçu les crabes farcis ! Une véritable lionne à l'affût : rien ni personne n'aurait pu détourner son attention. Quand il lui avait dit qu'elle pouvait les prendre, sans partage, elle s'était attelée à les déguster avec autant de passion qu'un artiste en pleine bouffée d'inspiration. Ses manières étaient irréprochables, mais elle avait su apprécier ce plat avec une ardeur… qui n'était pas sans lui rappeler le sexe – l'amour qui brûle et que l'on fait vite, sachant qu'il n'aura pas de lendemain.

Bon sang, il ne pouvait s'en empêcher : d'où qu'ils partent, ses fantasmes sur Jessica arrivaient toujours au même point : le *sexe*. Cette femme le mettait en feu.

Et cela n'allait pas s'arranger : Jessica avait maintenant allongé ses jambes sur la méridienne et s'étirait langoureusement. Une vierge antique se préparant au sacrifice...

Alexander sentait la fièvre monter en lui. Le sang pulsait dans ses veines, brûlant, et son cœur battait fort. Comme si tout son corps lui dictait la marche à suivre : *Vas-y, vas-y*.

Mais que devait-il faire ? La toucher ? L'embrasser ? La mettre tout de suite dans son lit ?

Il regarda Jessica plonger ses lèvres dans son verre de vin, croiser les jambes – ces jambes irrésistibles – puis reposer la tête sur l'assise de la méridienne.

— Je suis désolée, lança-t-elle dans un souffle. Je crois que j'ai accaparé la conversation !

Et Alexander ne s'en était pas trouvé le moins du monde gêné : il voulait la découvrir, boire ses paroles. Sa propre vie, il la connaissait déjà par cœur.

Il resta silencieux et lui sourit, en portant à son tour son verre à sa bouche.

— Mais vous alors ? poursuivit-elle. Dites-m'en plus sur vous... Que faites-vous dans la vie ? Pourquoi êtes-vous en ville ? Quand repartez-vous ?

— Vous voulez dire : jusqu'à quand serez-vous obligée de refaire mon lit et de réapprovisionner mon mini-bar ? rétorqua-t-il, d'un ton qu'il voulut légèrement sarcastique.

Elle pouffa. Un petit rire cristallin, extrêmement sexy...

— Votre mini-bar, ce n'est pas moi qui m'en occupe, répondit-elle avec une moue délicieuse. Mountain View ne fait pas confiance à ses femmes de chambre. Je crois qu'ils ont peur qu'on leur vole leurs précieuses liqueurs, ou qu'on se soûle sur place.

Il éclata de rire.

— Je comprends, moi aussi je serais tenté de boire, poursuivit-il sur le ton de la boutade, si je devais faire ce boulot. Surtout dans ce genre d'établissement, où les clients doivent se croire tout permis.

Son humour n'eut pas l'effet escompté. Jessica haussa les épaules :

— Il y a pire comme job, vous savez. En général, je suis seule et je n'ai à supporter les caprices de personne. De toute façon, j'aime bien mes collègues. L'hôtel est superbe, depuis les balcons des chambres, la vue est magnifique... Si je dois me plaindre, à la limite, c'est de la pingrerie de certains pourboires...

Alexander hocha la tête. Sans avoir l'air d'y toucher, elle venait de le remettre à sa place...

— D'accord, j'ai saisi le message. La prochaine fois, je ferai attention à mes pourboires...

— Et pas seulement le jour de votre départ : tous les jours, quand vous quittez votre chambre. Les équipes changent. Ce n'est pas toujours la même personne qui s'occupe de votre chambre.

Il réprima difficilement un sourire. Elle défendait sacrément bien ses camarades...

— C'est noté, capitaine, lui lança-t-il. Mais dites-moi, demanda-t-il, aussi amusé que curieux, mes pourboires à moi, ils ont été suffisamment généreux ?

Elle pencha la tête et fit mine de réfléchir.

— Pour l'instant, ça va... Et avec le dîner de ce soir, vous êtes pardonné de n'avoir pas donné plus.

Ah ! Elle savait elle aussi jouer de l'ironie.

— Je suis heureux de l'entendre, rétorqua-t-il.

Il y eut un moment de silence. Dans la chaleur de la nuit, on entendait le chant des criquets et, au loin, les voix assourdies des clients de l'hôtel, flânant au clair de lune dans les allées des jardins.

— Par contre, vous n'avez pas répondu à ma question, reprit Jessica.

— Laquelle ?

— En fait, toutes, répondit-elle en décroisant les jambes.

La température ambiante monta encore de quelques degrés. Il était définitivement conquis.

Alexander se décida : il quitta la balustrade, attrapa une chaise et vint s'asseoir face à Jessica.

— Ma famille est dans les bijoux et la confection joaillière, commença-t-il. Mais vous en avez peut-être déjà entendu parler : Bajoran Designs ?

A ces mots, les yeux de Jessica devinrent ronds comme des billes.

— Non ! Ne me dites pas que vous êtes *le* Bajoran... !

— Disons que je suis l'un d'eux. Même si je voudrais parfois qu'il en soit autrement, c'est une entreprise familiale, et nos décisions sont collectives.

— Incroyable ! lança Jessica d'une voix extasiée de petite fille le soir de Noël. Vos bijoux sont si merveilleux !

— Vous les connaissez ?

— Et comment ! Qui ne les connaît pas ? dit-elle, toute excitée. On les voit partout, dans tous les magazines ! Et c'est bien vous qui venez de dessiner un bracelet pour la reine d'Angleterre ?

— Pas *moi* personnellement, non. Mais notre entreprise, oui.

— Whaou..., répéta-t-elle, subjuguée. Vous n'auriez pas quelques échantillons sur vous, par le plus grand des hasards ?

Quelle adorable plaisanterie, quel éclat malicieux dans ses yeux. Il aurait voulu la prendre au mot et la couvrir de diamants, d'émeraudes, l'orner d'or et de platine... des colliers, des boucles d'oreilles... et pourquoi pas ceindre son front et sa délicieuse blondeur d'une tiare fine, piquetée de pierres précieuses.

Oui, elle aurait été stupéfiante, surtout avec les vêtements qu'elle portait ce soir ! Mais il l'imaginait encore mieux nue. Nue, dans son lit. Le contraste de sa peau d'albâtre et des draps sombres, ses cheveux tombant délicatement sur ses épaules. Ses chevilles, ses poignets, ceints de *ses* bijoux, *ses* créations. Bref, son *empreinte* marquée sur le corps chaud de Jessica.

Ce fantasme semblait si réel, si charnel, qu'il faillit bien tendre le bras et la toucher, certain qu'elle ne le repousserait pas, qu'elle n'attendait que cela...

Il n'en pouvait plus. Il se sentait tendu comme un arc, la main crispée si fort autour de son verre qu'il redouta de le briser, et tous ses muscles durs comme l'airain. Sans parler de cette partie de son anatomie qui… Très bientôt, il lui serait difficile de camoufler physiquement ses pensées secrètes.

Jessica ne l'avait pas quitté des yeux. Soudain, elle parut moins gaie, une ombre passa sur son visage.

Peut-être percevait-elle la tension qui l'animait et craignait-elle qu'il lui saute dessus, comme un Dr Jekyll sur le point de se transformer en Mr Hyde ? Ou bien avait-elle peur de l'avoir insulté ? De passer pour une femme intéressée ? Leur différence de statut social sautait aux yeux, et, même portés par le charme envoûtant de cette soirée, il leur était impossible de l'oublier…

Il fallait qu'il se décrispe. *Tout doux, respire, évite de l'effrayer… ne gâche pas tes chances de la séduire.*

Ça oui, il voulait la séduire. Il avait été conquis dès la première rencontre : en d'autres termes, il s'était imaginé au lit avec elle déjà un millier de fois. Mais décider de s'approcher d'elle et de l'embrasser, l'amener à faire l'amour avec lui, c'était une autre histoire. Comment allait-il s'y prendre ? Elle lui faisait perdre tous ses moyens, lui que personne n'avait jamais impressionné. Face à elle, il se sentait… prudent, presque timide. Elle faisait de lui un homme qu'il ne connaissait pas…

Le plus calmement qu'il put, il déposa son verre sur la petite table en fer forgé qui le séparait de la méridienne.

— Désolé, murmura-t-il en espérant que ses excuses suffiraient à la rassurer. Non, je n'ai pas d'« échantillons ». Sinon, vous pensez bien que j'aurais un garde du corps avec moi vingt-quatre heures sur vingt-quatre… Et, avouez, la situation actuelle serait moins agréable.

A ces mots, elle sembla se détendre. Son merveilleux sourire lui revint aux lèvres. Ouf, il pouvait se détendre lui aussi. L'orage était visiblement passé.

— Par contre, si cela vous intéresse, poursuivit-il, vous pourriez venir dans nos locaux, et je serais ravi de vous faire une visite guidée de nos ateliers, de vous montrer nos projets, quelques-unes de nos parures inédites. Mais c'est à Seattle. Vous avez quelques jours de congé ?

Voilà : jouer le grand jeu, l'impressionner par tous les moyens, y compris celui d'une petite escapade en sa compagnie...

Raté. Là où il attendait un : « Mais oui, c'est trop génial, partons sur-le-champ ! », Jessica se contenta de répondre timidement.

— Je ne sais pas... Et mieux vaut ne pas me tenter. Je n'ai pas les moyens de m'offrir une seule de vos créations...

Il avait sa réponse sur le bout de la langue : *Mais je vais te les offrir, ma belle.* Des diamants, des opales, des saphirs, des émeraudes, tout ce qu'elle voulait. A cet instant, tous les trésors de sa famille, il se sentait prêt à les déposer à ses pieds...

Quel étrange pouvoir avait cette femme pour lui faire un tel effet ? Jamais encore il n'avait offert de bijoux à une femme ; en tout cas, pas si vite, pas si facilement. A croire qu'il était en train de perdre la tête, ce qui ne lui plaisait pas beaucoup. D'habitude, il aurait été sur ses gardes avec une parfaite inconnue. Après tout, que pouvait lui vouloir cette fille qui le menait déjà par le bout du nez ?

La prudence dictait de raccompagner Jessica vers la porte de sa suite et de la remercier pour cette délicieuse soirée.

Au lieu de cela – ses gestes répondaient-ils à du désir ou de l'inconscience pure et simple ? –, il lui prit son verre, le posa sur la table, puis lui tendit la main. A sa grande surprise, elle lui donna spontanément la sienne.

Leurs doigts s'entremêlèrent. Ceux de Jessica étaient tièdes, délicats. Il en savoura le contact et, d'une légère pression, l'incita à se lever et à s'approcher de lui, tout près...

Jessica vint se blottir dans ses bras comme s'ils avaient toujours été liés. Elle se pressa contre lui, exactement comme il en rêvait depuis des heures.

Le soyeux de son chemisier sous ses mains, sa jupe frôlant son pantalon, ses seins délicatement pressés contre son torse... Des idées brûlantes le firent de nouveau bouillir. Pourtant, plutôt que de précipiter les choses, il savoura le plaisir de la tenir simplement contre lui, tout en lui caressant le dos.

Elle soupira d'aise. Comme si elle suivait le mouvement de ses envies.

Alors, pleinement confiant, Alexander posa la main sur sa joue et effleura du pouce ses lèvres entrouvertes.

— J'adorerais vous embrasser, lui murmura-t-il, mais je ne voudrais pas… aller trop vite, vous effrayer.

Oui, il avait peur d'aller trop vite, et de lui faire prendre la fuite. Mais il avait aussi peur d'être submergé par le désir puissant qu'il éprouvait pour elle. Car ce désir dépassait, et de loin, tout ce qu'il ressentait d'habitude avec une conquête d'un soir. Etait-ce bien normal ?

— Mes cheveux, vous avez remarqué mes cheveux ? lui demanda-t-elle tout bas, en enroulant une mèche bleue entre ses doigts.

Alexander haussa les sourcils. Quel rapport avec le moment qu'ils étaient en train de partager ? Il répondit tout de même par l'affirmative.

— Et mes oreilles, et mon sourcil ? poursuivit-elle en indiquant ses piercings d'un gracieux mouvement.

— Oui, aussi, répondit-il, perplexe.

— Eh bien, ai-je l'air d'une fille qu'on *effraye* facilement ?

Il retint son souffle. Le temps de laisser cheminer en lui les paroles de Jessica. Puis il sentit monter un sourire sur ses lèvres et murmura :

— Non, en effet.

Et il approcha sa bouche de la sienne.

5

A la seconde où les lèvres d'Alex effleurèrent les siennes, Jessica sut qu'elle était perdue.

C'était une bêtise monumentale. Depuis le début. Dès l'instant où elle avait franchi la porte de cette suite, où elle avait baissé la garde en buvant plus que de raison… dès qu'elle avait accepté cet intermède au clair de lune sur le balcon, elle avait mis un pied puis les deux dans l'erreur. Et peut-être même avant, quand elle avait reconnu Alexander et cédé aux pressions ridicules de sa cousine, au lieu de partir en courant.

Bon sang, qu'avait-elle fait ? Déjà, il n'avait pas été facile de jouer tranquillement la comédie, face à lui, pendant tout le dîner ; mais, en plus, l'entendre parler de lui, de son travail, et découvrir qu'il n'était pas du tout l'être implacable, arrogant et hâbleur qu'elle avait imaginé… quelle épreuve ! Oui, il avait dépossédé sa famille mais, contre toute attente, Alex ne fanfaronnait pas. En parlant des succès de Bajoran Designs, il s'était montré humble, il ne s'était pas mis en avant. Il avait célébré le travail de son équipe, comme s'il n'était qu'un simple maillon de la chaîne.

L'humilité d'Alex, voilà ce qui avait fait craquer Jessica. Et une attraction torride l'avait poussée dans ses bras. *Arrête de l'embrasser*, s'ordonna-t-elle. *Tu ne devrais pas le laisser faire*. En vain. C'était plus fort qu'elle. Depuis qu'ils s'étaient réfugiés sur le balcon pour parler, elle mourait d'envie de poser les mains sur lui. Etait-il aussi fort qu'elle l'imaginait ? Aussi musclé ? Embrassait-il bien ?

Oh, ça oui… terriblement. Avec douceur, fermeté, assurance. Et sa bouche avait encore le goût exquis du vin qu'ils avaient partagé.

La mauvaise nouvelle, c'est que tout cela lui donnait l'envie d'aller beaucoup, beaucoup plus loin avec lui.

Elle laissa échapper un soupir et se pressa encore un peu plus fort dans ses bras. Il l'étreignit, l'emportant avec lui dans la passion. *C'est un baiser, un simple baiser*, s'efforça-t-elle de se répéter, *et il ne sait même pas qui tu es*. Alors, quel mal y avait-il à fondre dans ses bras ?

Refusant de penser davantage, Jessica succomba. Ce soir, elle voulait vivre, juste vivre et se moquer des conséquences. Personne ne saurait la vérité. Erin croirait qu'elle avait fouillé la suite sans rien trouver d'intéressant ; Alex croirait à sa bonne fortune avec une anonyme petite femme de chambre. Ils ne se reverraient plus jamais.

Juste une nuit. Une nuit unique. Brève et intense.

Alex la possédait de sa bouche. Et comme il était bon de se laisser posséder ! Jessica enfouit ses doigts dans les cheveux d'Alex. Elle caressa sa nuque et sentit avec délice ses mains courir sur sa taille, ses hanches, ses cuisses… Ivre de désir, elle n'avait qu'une seule envie : être libre, sauvage et tout oublier entre ses bras.

Quittant un moment ses lèvres, Alex la porta jusqu'à la chambre. Là, il la déposa sur le lit avec davantage de délicatesse qu'elle n'aurait pu en rêver et plongea ses yeux dans les siens. Toute son attention semblait concentrée sur elle, et elle seule. Et pour Jessica, plus rien non plus ne comptait.

Les mains en coupe autour de son visage, il s'approcha de nouveau pour déposer un baiser sur ses lèvres, avant d'embrasser ses paupières. Ses gestes étaient empreints de passion, mais aussi de tendresse, de respect…

Jessica lâcha prise, comme hypnotisée.

Les mains d'Alex continuèrent leur course. Elle les sentit glisser sur son cou, caresser la naissance de sa gorge et suivre le contour de ses clavicules. Ensuite, elles frôlèrent ses seins et commencèrent à déboutonner son chemisier. Un frisson la parcourut. Cet homme l'électrisait.

Jamais personne ne l'avait déshabillée de manière aussi torride. Alex était subtil. Il aimait ça. Il la dénudait comme on déballe un cadeau ou une boîte de chocolats. Voulait-il la torturer ? Qu'il continue après tout... ! Des supplices aussi exquis, elle en redemandait. Elle adorait cette lente montée en puissance.

Cela dit, elle n'allait pas non plus rester passive toute la nuit et rester la seule à être nue. A elle, maintenant. Elle calqua le mouvement de ses mains sur les caresses d'Alex, qui défaisait la fermeture Eclair de sa jupe. Elle alla chercher la boucle de sa ceinture pour l'ouvrir et descendit, le plus lentement possible, le zip de son pantalon.

La respiration d'Alex se fit plus haletante à mesure qu'elle effleurait ses hanches, caressait doucement le bas de son dos, empoignait la rondeur ferme de ses fesses, qu'elle griffa doucement. Contre son ventre, elle sentait pulser son sexe plein de désir.

Mais comme s'il voulait reprendre l'initiative, il l'attira de nouveau contre son torse et fit glisser sa jupe. Elle lui enleva alors ses chaussures et son pantalon. A présent, il ne lui restait plus que sa chemise. Il l'ôta d'un mouvement d'épaules terriblement viril.

Voilà, il était complètement nu. Il était si mâle, si puissant... Quant au feu de ses yeux, il lui disait qu'il avait atteint le point de non-retour.

— Recule-toi, lui dit-il dans un souffle.

Elle s'exécuta et remonta lentement vers la tête du lit. Alex lui attrapa les jambes.

— Tu es encore trop couverte, chuchota-t-il à son oreille, tout en faufilant le pouce sous l'élastique de sa petite culotte.

Il la fit glisser jusqu'à ses chevilles. Jessica se cambra pour accompagner le mouvement, puis le laissa, enfin, dégrafer son soutien-gorge. Elle palpitait sous ses mains irrésistiblement chaudes.

Pendant de longues secondes, Alex plongea son regard dans le sien. Un regard si brûlant... Et le résultat était là : elle fondait comme neige au soleil. Tout son être vibrait et cédait à la puissance d'un désir irrépressible.

Et quand Alex se coucha sur elle, la température monta en flèche.

Il ne cessait de dévorer sa bouche, comme s'il s'agissait d'un fruit succulent. Leurs langues se pourchassaient langoureusement. Elle sentait la chaleur de ses mains parcourir son corps, comme s'il essayait d'en apprendre les contours et les courbes et de chercher les points les plus sensibles. De haut en bas... tout en bas.

Sous le frôlement de ses paumes, la pointe des seins de Jessica se mit à durcir. Alex s'attarda. Le jeu de ses mains se fit tour à tour tendre et gentiment cruel, avant que sa bouche ne prenne le relais. Comme il savait y faire ! Elle en tressaillait.

Lentement, elle invita Alex en elle. Il ne se fit pas prier et sut trouver d'instinct le rythme qu'elle aimait.

Ils devinrent alors sauvages. Les murs de la chambre résonnaient de leurs gémissements rauques. Leurs corps se répondaient, emmêlés.

Jessica planta ses ongles dans le dos puissant d'Alex. Elle ne voulait plus le perdre, jamais. Elle aurait voulu que leurs corps ne fassent plus qu'un pour toujours. Que ce moment d'extase devienne une éternité. Elle se mordit la lèvre.

Mais à son tour de le faire mourir de plaisir. Aussi savamment – et peut-être même davantage – que toutes les héritières qui se pâmaient pour lui.

Elle agrippa ses épaules et le poussa en arrière pour le faire rouler sur le côté et le chevaucher, en sentant un petit sourire se dessiner sur sa bouche.

— Mademoiselle a du caractère, murmura Alex. J'aime ça.

Et cela ne faisait que commencer... Elle se voulait courtisane, envoûtante, peut-être un brin dominatrice, pour mettre Alex à ses genoux.

— Oui, prends-moi, ma belle, lui dit-il en agrippant sa taille, le souffle coupé. Montre-moi ce que tu veux.

Il bascula la tête en arrière. Tout son corps était tendu comme un arc : sous elle, Jessica sentait ses cuisses dures et musclées. La sensation était prodigieuse.

Allait-elle pouvoir résister longtemps ? Sans doute pas. Elle était au bord de l'explosion. Des vagues d'intense plaisir montaient en elle. Son cœur battait à mille à l'heure. Elle cherchait son souffle.

Pour tâcher de rependre ses esprits, elle calma leurs jeux et se blottit au creux de l'épaule d'Alex. Il murmura à son oreille, pantelant :

— Fais attention, je suis à deux doigts de reprendre l'avantage pour te donner le coup de grâce. Que ça te plaise ou pas.

Comment pouvait-elle résister ? En quelques mots, il était capable de la rendre folle.

— Mon pauvre chou, minauda-t-elle. J'y vais trop fort pour toi ?

Elle ondula de nouveau, et il gémit, retenant à grand-peine son plaisir. S'ils s'étaient rencontrés cinq ans plus tôt, elle lui aurait fait l'amour de cette façon et c'est *lui* qui aurait déposé à ses pieds les clés – et l'acte de propriété – de Bajoran Designs...

Vite, elle chassa ces pensées trop sombres. Alex glissa sa main entre les cuisses de Jessica pour la caresser. Elle ferma les yeux. Là, à coup sûr, il allait lui faire perdre tout contrôle.

Quant à Alex, il était en train de perdre la tête. Jamais il n'avait vu une femme plus belle, plus sexy que Jessica. Sa peau était aussi douce que la soie. Sa bouche était voluptueuse et savoureuse.

Et le reste... il n'avait même pas de mots pour le décrire. Le feu de ses reins, la nacre de sa peau, ses seins... Et cette détermination mêlée d'une profonde générosité qui émanait de toute sa personne !

Il aurait voulu la dévorer et tomber à ses pieds tout à la fois. Il la fit basculer sur le lit.

C'était bien plus que l'histoire d'une nuit. C'était bien plus puissant, plus solide.

Plus durable ?

Le cri de Jessica l'empêcha de réfléchir davantage. Elle venait de se cambrer sous lui. Alors, à son tour, il s'abandonna entièrement à sa jouissance et ils basculèrent ensemble dans un gouffre étoilé.

— Encore meilleur qu'un dessert, pas vrai ? lui murmura-t-elle quand le calme fut un peu revenu.

Il la serra tout contre lui et fit courir ses doigts sur sa nuque, à la lisière de ses cheveux trempés de sueur. Puis il l'embrassa, d'un long et doux baiser. Avant de lui répondre et de sentir un large sourire lui monter aux lèvres :

— Et pourquoi ne pas avoir les deux ?

6

On ne lui avait pas menti : la carte des desserts du Mountain View était somptueuse. Mais pas *aussi* somptueuse que la nuit qu'elle était en train de passer avec Alex. Une nuit torride et magique, où ils manifestaient tous deux un appétit sexuel insatiable.

C'était bien simple : un champ magnétique semblait les attirer l'un vers l'autre. A peine le temps de prendre une douche et ils s'étaient de nouveau jetés l'un sur l'autre, roulant dans la moiteur des draps défaits.

Au bout d'une petite heure, Alex avait recouvré suffisamment de forces pour appeler le room service et faire monter un chariot de douceurs – les cuisines avaient déjà pris sa commande et n'attendaient plus que son signal. Qu'importe que Jessica insiste – non, non, elle n'avait vraiment plus faim, du moins, pas de nourriture –, il se montra implacable : pas de dîner romantique sans desserts !

Soit. Même si leurs ébats constituaient déjà en eux-mêmes une farandole de desserts...

Encore une fois, Alex avait raison. Toutes ces crèmes, délicates et parfumées, tous ces coulis et toutes ces génoises fruitées étaient à tomber à la renverse ! Surtout quand il les posait à même sa peau, pour les lui faire lécher. Jessica était au septième ciel.

Après cet intermède gourmand, ils terminèrent leur nuit de plaisirs sur le sofa du salon, sans oublier un passage rapide, mais *caliente*, sur le solide bureau. Qu'il était loin le temps où ce meuble renfermait d'éventuels secrets industriels, capables de nourrir la vendetta de sa cousine…

D'ailleurs, Jessica n'avait même pas assez d'énergie pour se souvenir de sa matinée d'apprentie espionne. Elle était tout bonnement exténuée de jouissance, et Dieu merci, Alex la porta au lit.

Là, elle se pelotonna contre lui et se laissa bercer par le rythme de sa respiration, en sécurité dans le creux de son épaule. Puis, pendant un court instant, elle se prit à rêver.

Que cette soirée avait signifié quelque chose.

Qu'elle ne lui avait pas menti, et qu'il n'avait pas ruiné la vie de sa famille…

Que ce qu'ils venaient de partager connaîtrait d'heureux lendemains et qu'Alex ne la jetterait pas au petit matin comme une bouteille de lait pasteurisé dont la date de péremption est dépassée.

Hélas, bien trop vite, elle se réveilla, rattrapée par le cours de la réalité comme on prend une gifle en pleine face. Alex dormait à côté d'elle. Il fallait se glisser hors du lit, et ramasser d'un geste ses vêtements, se rhabiller le plus vite et le plus silencieusement possible, et chasser, d'un même mouvement, les espoirs insensés que cette nuit de passion avait fait naître en elle.

Sur la pointe des pieds, Jessica quitta la chambre et se dirigea vers le salon. Mais où avait-elle bien pu laisser son sac ? Il fallait qu'elle le retrouve fissa et quitte cette suite. Impossible de supporter l'embarras du petit matin. Alors qu'elle balayait la pièce du regard, ses yeux s'arrêtèrent sur la serviette de cuir d'Alex. Grande ouverte. Sur la table basse.

Son sang ne fit qu'un tour. Que faire ? Ignorer cette provocation – flagrante – à une ultime indiscrétion ? Faire comme si de rien n'était et passer son chemin ?

Elle était tentée, si tentée… comme si au bout de semaines

de régime on lui avait tendu une assiette remplie de moelleux au chocolat.

Elle jeta un rapide coup d'œil derrière elle : la voie était libre, Alex dormait toujours à poings fermés. Alors, à la vitesse de l'éclair, elle feuilleta les papiers et les dossiers que contenait la serviette. Rien de bien intéressant... Des mémos, des notes de service, quelques remarques sur des contrats en cours. Mais soudain... Tout au fond de la serviette elle aperçut une grande enveloppe kraft, barrée de lettres rouges :

« CONFIDENTIEL ».

Jessica en perdit le souffle. L'enveloppe était scellée par une ficelle, enroulée autour d'une attache parisienne. Un dossier sans doute uniquement destiné à Alex ou, à la limite, à quelques cadres supérieurs de Bajoran Designs, triés sur le volet.

Elle tendit l'oreille. Le rythme de la respiration qui lui parvenait de la chambre était aussi paisible que celui d'un nouveau-né. Jessica détacha donc d'un seul geste la petite cordelette et examina le contenu de l'enveloppe.

Quelle découverte ! Il s'agissait d'une succession de planches, surmontées de la mention « Maquette gamme Princesse ». Des croquis de boucles d'oreilles, des bagues et des colliers, tous assortis selon une charte graphique identique. Extraordinaire. Sublime.

A n'en pas douter, c'était une toute nouvelle ligne de bijoux que Bajoran Designs s'apprêtait à lancer dans un futur proche. Une nouvelle idée somptueuse, et qui chiffrait certainement à plusieurs millions de dollars. Un coup de maître, assuré de faire grand bruit dans le monde de la joaillerie.

Comme hypnotisée, Jessica rangea les planches dans l'enveloppe et la cala sous son bras. Elle allait faire un saut chez elle et prendre le temps d'admirer ces croquis avant de repartir travailler. Allait-elle les remettre à sa cousine ? Rien n'était moins sûr. Peut-être replacerait-elle sagement l'enveloppe où elle l'avait trouvée en prenant son service de la matinée, ni vu ni connu. Impossible qu'Alex ait le temps de s'en apercevoir.

Jessica attrapa son sac et sortit de la suite sans un bruit. Dans la chambre, Alex dormait toujours, inconscient du drame qui venait de se jouer à deux pas de lui. Et qui risquait de changer sa vie à tout jamais si Jessica le décidait.

7

Un an plus tard

Le nez fourré dans le bilan financier de Bajoran Designs, Alexander prit la direction de son bureau. Bien, bien, se dit-il en parcourant chiffres et tableaux, l'année n'aurait finalement pas été si mauvaise ! Surtout pour une période où tous les indicateurs économiques du pays avaient fait bien pâle figure. Evidemment, les bénéfices auraient été encore plus élevés si quelqu'un ne lui avait pas fait le coup retors de lui dérober sa gamme Princesse...

Bon sang, la traîtresse... Il ne pouvait pas s'empêcher d'y penser, et il n'était pas près d'oublier la tromperie dont il avait été victime – et, avec lui, toute son entreprise. Intérieurement, il fulminait, surtout depuis qu'il avait compris *qui* était derrière ce coup pendable. Il s'était peut-être creusé la tête un certain temps avant de trouver le coupable mais, aujourd'hui, l'identité du voleur ne faisait plus aucun doute. Il en était certain, aussi sûr que sa vengeance allait être impitoyable.

Alors qu'il passait devant la grande salle de réunion de l'étage, Alexander fut distrait par un bruit inhabituel. Il s'arrêta, tendit l'oreille : le son reprit de plus belle. Oui, il venait bien de cette pièce. Il fit alors quelques pas en arrière et passa la tête dans l'entrebâillement de la porte.

Mais qu'est-ce que... ? Les bras lui en tombèrent, littéralement :

dans une envolée de papiers, tous les documents qu'il avait en main s'éparpillèrent au sol.

Il n'en croyait pas ses yeux. Bien sûr, il savait pertinemment ce qu'il voyait, mais une partie de son cerveau semblait refuser de l'admettre. Une hallucination ? Non, ce qu'il avait devant les yeux était bien réel. C'était…

Un bébé.

Là.

Dans sa salle de réunion.

Au centre de l'immense table de conférence, théâtre des meetings stratégiques de Bajoran Designs, il était là. Niché dans un couffin blanc décoré d'une ribambelle de petits animaux colorés. Il gigotait. Et c'étaient ses babillages qu'Alexander avait entendus en passant dans le couloir.

D'un coup d'œil rapide, Alexander balaya le reste de la pièce. Elle était vide. Pas trace d'une maman, d'une nounou, d'une mamie – pas le moindre papa en vue non plus. D'un bond, il se précipita dans le couloir. Lui aussi parfaitement désert.

En temps normal, ce calme aurait été tout à fait normal. Alex tenait à ce que *son* étage soit feutré ; en bon capitaine d'industrie, il avait besoin de toute la quiétude et de toute la concentration du monde pour mener sa barque au mieux, et il préférait voir ses employés et ses collaborateurs s'affairer dans les open spaces des niveaux inférieurs plutôt qu'ici.

Mais aujourd'hui était différent. Où était le propriétaire légitime de cet enfant ?

Peu probable que ce bébé soit celui d'un employé, songea-t-il. Pouvait-il être celui d'un visiteur ? Quelqu'un qui aurait laissé son instinct parental au vestiaire, vu la manière dont il traitait sa progéniture…

— Rose ! hurla-t-il. Rose !

Au bout de quelques secondes, sa secrétaire apparut au bout du couloir et se dirigea vers lui d'un pas vif.

— Je suis là, monsieur, que se passe-t-il, j'appelle les pompiers ?

Son intonation trahissait une grinçante ironie, mais mieux

valait ne pas en tenir compte. Cette femme, de vingt ans son aînée et qui l'épaulait depuis des années, le connaissait mieux que personne. Elle savait qu'il pouvait avoir ses humeurs, qu'il perdait facilement patience. Quant à lui, il savait pouvoir compter sur son flegme. Rose gardait toujours la tête froide et s'y entendait à faire retomber la tension. Bref, ils se complétaient à merveille, peut-être encore mieux qu'un vieux couple marié.

— Pardon, mais qu'est-ce que c'est que... *ça* ? s'écria-t-il, pointant le couffin du doigt.

— Ça, monsieur, c'est un bébé, répondit Rose, les deux mains sur les hanches, pas le moins du monde décontenancée par le spectacle qui s'offrait à elle.

— Oui, ça je *sais*, merci. Mais que fait-il *là* ? rétorqua-t-il, sans arriver à dissimuler son exaspération.

Rose leva les yeux au ciel.

— En tout cas, ce n'est pas *moi* qui l'ai posé là, je vous l'assure.

Il s'approcha du couffin et contempla le bébé. Fille ou garçon ? Mignon, mais ni plus ni moins que tous ceux qu'il avait pu croiser. Ces petites créatures ne lui faisaient pas beaucoup d'effet. A ses yeux, c'était plutôt des choses bruyantes, bavantes et bien souvent malodorantes, et il n'avait jamais compris pourquoi tant de gens rêvaient d'en avoir.

Ce qui ne lui disait pas non plus pourquoi on avait décidé de déposer *celui-là* dans sa salle de réunion...

L'enfant lui souriait. Et en agitant les pieds et les bras de plus belle, il fit se froisser une feuille de papier pliée en quatre, coincée entre son petit corps et le bord du couffin.

Alexander s'en empara délicatement – *Autant que faire se peut, éviter de toucher le bébé* –, puis la déplia. Il s'agissait d'une courte lettre :

« Alex,

» J'imagine que cette nouvelle va te laisser sans voix, mais Henry est ton fils. Je suis désolée de ne pas te l'avoir dit plus tôt ; s'il te plaît, ne lui en tiens pas rigueur.

» J'ai beau l'aimer de tout mon cœur, je ne peux plus le garder avec moi. Mon petit ange mérite beaucoup plus que tout ce que je peux lui offrir en ce moment.

» Je t'en prie, prends soin de lui. Et qu'importe ta rancœur à mon égard, dis-lui bien que je l'aime, que je suis déchirée, et que je ne me serais jamais séparée de lui si j'avais pu faire autrement.

Jessica »

Jessica ? Madison ? La Jessica Madison du Mountain View ?

Alex fit un rapide calcul. Oui, la chose était tout à fait concevable, il devait l'admettre. Toute une année s'était écoulée depuis la nuit qu'ils avaient passée ensemble, mais il se rappelait parfaitement la date. Le souvenir de cette traîtresse qui avait quitté sa suite et son lit sans un mot au petit matin était encore cuisant, terriblement cuisant.

Qu'elle s'évanouisse de son existence, sans une explication, avait été déjà assez difficile à avaler. Mais ce n'était rien en comparaison du reste. Quand il avait découvert qu'elle était partie avec les plans de la gamme Princesse sous le bras, qu'elle était en réalité une sorte d'espionne industrielle, pour son propre compte ou celui d'un concurrent…

Et quel sale quart d'heure il avait passé devant le conseil d'administration de Bajoran Designs. Lui ! Le P-DG de l'entreprise familiale, à devoir s'excuser comme un gamin pour s'être fait voler tout un projet… Là, sous son nez, dans sa chambre d'hôtel.

Bien sûr, il n'avait pas dit *toute* la vérité, à savoir qu'il était tombé dans les griffes d'une Mata Hari de la joaillerie. Qu'il s'était laissé séduire et berner, comme un bleu… Mais ce demi-mensonge avait aussi des raisons stratégiques : il voulait faire toute la lumière sur cette affaire avant d'engager des poursuites ou d'avertir les assurances.

Il avait donc rongé son frein, pendant des mois, à devoir supporter la déception patente de ses employés et les rumeurs bruissant dans l'entreprise. A n'en pas douter, il était tombé de son piédestal. Il ne suscitait plus la même déférence, le même respect qu'auparavant, même si personne n'avait jamais osé le lui dire en face – il fallait être un fou pour oser critiquer Alexander Bajoran, et rien de mieux que la peur du chômage pour souder les rangs d'une compagnie, obligée d'oublier bien vite les errements de son patron et de tourner la page.

Au fond de lui, Alexander ne savait pas ce qui avait été le plus douloureux. Perdre du chiffre d'affaires ? Ou bien être le jouet d'un stratagème honteux ?

Et voilà qu'au moment même où il commençait à se remettre de cette histoire, Mlle Jessica, la prétendue femme de chambre, alias Jessica la diabolique, refaisait surface. Cette fois-ci avec un bébé ! Son fils à *lui*, prétendait-elle !

A condition que ce soit bien Jessica qui ait écrit cette lettre, et que cet enfant soit bien leur fils.

Alexander observa le visage du bébé. Reconnaissait-il ses propres traits dans ce petit bout d'homme ? Ceux de Jessica ?

Son sens des réalités reprit le dessus.

— Appelez la sécurité ! ordonna-t-il à Rose. Dites-leur de fouiller le bâtiment et d'appréhender toute personne suspecte, et surtout si c'est une femme seule !

Une femme seule, avec quelques mèches bleues perdues dans une épaisse chevelure blonde, et des yeux aussi somptueux que du quartz gris...

— Qu'on m'apporte aussi toutes les bandes des caméras de surveillance de l'étage, ajouta-t-il. Je serai dans mon bureau.

Puis il attrapa ensuite le couffin et alla s'enfermer.

Bon sang, qu'allait-il faire avec un enfant ?

Alexander faisait les cent pas. S'il continuait à ce rythme, il n'allait pas tarder à creuser une rigole dans la moquette. Et, pour couronner le tout, voilà que le bébé s'était mis à pleurer. Qu'il le berce, qu'il le laisse dans le couffin ou qu'il le prenne à bout de bras, rien n'y faisait, le petit monstre continuait à hurler à pleins poumons.

Les équipes de sécurité avaient passé sans succès le bâtiment au peigne fin : tous ses occupants étaient en règle. Par contre, en visionnant les cassettes de la vidéo-surveillance, Alexander avait aperçu une femme qui correspondait parfaitement à la description qu'il avait faite de Jessica. Elle avait franchi une première fois les tourniquets de l'entrée un couffin dans les bras, pour les repasser quelques minutes plus tard les mains vides...

Certes, elle portait des lunettes noires, une casquette vissée sur sa tête et le col de sa veste en jean lui masquait une bonne partie du visage. Cependant, son camouflage n'était pas parfait : quelques mèches blondes dépassaient de la casquette, ses lunettes n'étaient pas assez larges pour dissimuler ses pommettes racées, et son col pas assez haut pour qu'on ne voie pas sa bouche délicieuse. Autant de signes qui éveillaient en Alexander de torrides souvenirs.

Mais le moment ne se prêtait pas aux émois. La question demeurait entière : que faire, maintenant tout de suite, de cet enfant ?

Rose lui conseilla d'aller acheter des couches et du lait maternisé, et surtout de rentrer chez lui et d'emmener le bébé – ses vagissements commençaient à lui porter sur les nerfs. Etait-il en position de discuter ? Non. Il s'exécuta et appela son chauffeur pour que celui-ci le dépose à la pharmacie la plus proche.

En temps normal, il serait d'abord passé chez lui pour demander à sa gouvernante, Mme Sheppard, de faire ces courses à sa place, mais la situation était vraiment trop pressante. Le ventre du petit criait visiblement famine et, à en juger par l'odeur qui émanait du couffin, son derrière avait, lui aussi, besoin de soins urgents.

Une fois ces drôles d'emplettes effectuées, et les bras chargés d'une demi-douzaine de sacs bourrés de produits dont il ne connaissait même pas l'existence une demi-heure plus tôt, Alexander fut accueilli par une énième mauvaise nouvelle. En son absence, Mme Sheppard avait appelé toutes les agences de nourrices des environs – sans succès. On lui avait toujours répondu la même chose : il fallait des autorisations, remplir des dossiers, attendre des agréments... Bref, il avait beau être riche et puissant, impossible d'embaucher une nounou sur un claquement de doigts. Décidément, ce n'était pas sa journée...

Mais peut-être que Mme Sheppard pouvait s'occuper du petit en attendant ?

— Non, m'sieur, moi j'suis pas faite pour m'occuper des p'tis bébés, lui rétorqua-t-elle, avec son accent irlandais à couper au couteau. Et j'suis pas non plus assez bien payée pour m'y mettre maint'nant.

Pas assez bien payée ? Elle exagérait un poil ! Avec ce qu'il la rémunérait, elle aurait pu s'occuper de tous les enfants passant les barrières de Disneyland un samedi après-midi de juillet. N'empêche. Il allait devoir s'adapter... Pour commencer, il envoya sa gouvernante acheter d'autres fournitures pour le bébé. Il avait paré au plus urgent, il s'agissait maintenant de préparer les prochains jours. Un cauchemar en perspective.

Car si la journée n'était pas encore terminée, Alexander, lui, était exténué. A bout de nerfs et d'énergie. Et il devait maintenant passer sa première soirée et sa première nuit à s'occuper d'un bébé – son fils, même si l'idée lui paraissait encore tout bonnement inconcevable.

Et le bébé ne cessait de hurler. Mais qu'est-ce qu'il avait donc ? Sa couche était propre, il avait aussi avalé son biberon avec une voracité impressionnante, alors pourquoi ne se calmait-il pas ?

Désemparé et démuni, Alexander regarda le petit être, secoué de hoquets et le visage inondé de larmes. Que faire ? Appeler les pompiers, le SAMU ? Au risque de passer pour l'idiot de service, le père novice qui s'affole pour un rien ? Oui, mais si la situation était vraiment grave ? Si le bébé était malade, s'il risquait de s'étouffer ?

Il composait déjà le numéro des urgences quand quelqu'un sonna à la porte. Qui cela pouvait-il être à cette heure ? Mme Sheppard qui avait oublié quelque chose ? Non, elle avait sa propre clé. Qu'importe, il fallait aller ouvrir. Avec un peu de chance, le visiteur s'y connaîtrait un peu en bébés.

Oh, Seigneur, faites que ce soit Mary Poppins ! pria-t-il en se dirigeant vers le vestibule. Puis il ouvrit.

Ce n'était pas Mary Poppins.

C'était encore plus inattendu.

Une sorte… d'apparition.

Car le mystérieux visiteur était tout simplement la mère de l'enfant.

Jessica.

En personne.

8

Son cœur battait à tout rompre. Des larmes intarissables coulaient sur ses joues. Jessica avait pleuré toute la journée, sans discontinuer. Elle avait pleuré depuis qu'elle avait quitté en hâte les bureaux d'Alex, depuis qu'elle avait déposé son cher petit au beau milieu d'une salle de conférence déserte. Avait-elle eu le choix ? Tout ce qu'elle avait pu, elle l'avait fait. Elle avait soupesé toutes les options, pour finalement réaliser qu'elle n'en avait qu'une : confier Henry à son père. Elle n'avait personne d'autre vers qui se tourner – à moins de se résigner à élever son fils dans un foyer pour sans-abri.

Ce qu'elle avait espéré, si fort, c'est qu'Alex l'accepte comme son fils, qu'il croie ses quelques mots d'explication et choisisse de le choyer et le chérir comme il le méritait.

Mais, bien vite, elle s'était aussi rendu compte qu'elle ne pouvait pas l'abandonner. Non, elle en avait été incapable. Alors, en sortant de l'immeuble de Bajoran Designs, elle s'était cachée sous le porche du bâtiment d'en face et avait attendu. Elle avait attendu et pleuré, sans pouvoir s'arrêter, et en essayant tant bien que mal de dissimuler son visage aux passants, pour que personne ne donne l'alerte. Et quand elle avait vu Alex sortir en trombe de ses bureaux, le couffin à la main, et s'engouffrer dans sa limousine, son cœur avait failli s'arrêter. Le présage était bon : il n'avait manifestement pas appelé la police ! Il ne cherchait pas à la dénoncer, ni à confier le bébé aux services sociaux !

Poussée par le chagrin et l'instinct maternel, Jessica l'avait suivi. En temps normal, elle aurait hélé un taxi, seulement voilà, il lui restait à peine de quoi prendre le bus.

Une fois sur place, cachée près de l'imposant portail en fer forgé, elle avait attendu qu'une voiture sorte de la propriété – un luxueux manoir, posé sur une dizaine d'hectares d'un parc sublime – pour se faufiler à l'intérieur du domaine. Ensuite, elle avait gravi la petite colline menant au bâtiment principal et en avait fait le tour. Et là, enfin, derrière les vitres d'un vaste bureau, elle avait aperçu Henry, dans les bras d'Alex. Son bébé hurlait : mon Dieu, son petit l'appelait à l'aide ! Elle était la seule à pouvoir le rassurer et le consoler !

Incapable d'en supporter davantage, Jessica s'était précipitée vers la porte d'entrée et avait sonné...

Et elle se retrouvait maintenant nez à nez avec l'homme qu'elle s'était pourtant juré de ne plus jamais, jamais revoir.

— Donne-le-moi ! ordonna-t-elle dans un souffle, sans même un bonjour ni rien.

A croire que les mots attendaient depuis des lustres pour jaillir de sa bouche. Bouleversée, elle lova tendrement son bébé contre elle, le couvrit de baisers et de caresses.

— Pardon, pardon, mon chéri, lui murmura-t-elle à l'oreille d'une voix chantante. Je t'aime tellement, tellement ! Si tu savais comme je m'en veux... Mais tout va s'arranger, maintenant.

Croyait-elle à ses propres paroles ? Elle n'en était pas certaine, mais il fallait qu'elle les dise à son fils. Qu'elle l'assure que sa maman était là, pour toujours. Que plus jamais ils ne seraient séparés.

Enfin, le petit se calma. Soubresauts et hoquets furent remplacés par une respiration profonde et sereine. Les pleurs de Henry s'étaient tus. Il s'était endormi.

Jessica fut alors envahie par un sentiment de quiétude et de douceur – cette sensation, elle ne pensait plus jamais la ressentir. Des larmes de joie lui embuèrent les yeux. Comme elle aurait voulu que ce moment ne finisse jamais...

Sauf que, Alex était là. Et bien là. Aux premières loges des retrouvailles. Et Jessica ne pourrait pas se cacher plus longtemps derrière son fils. Elle avait quelques explications à lui fournir...

Elle devança les questions.

— Je suis sincèrement désolée. Je n'aurais jamais dû l'abandonner.

Contre toute attente, Alex ne l'assaillit pas de récriminations. Il se contenta de la fixer d'un regard si froid qu'il lui glaça le sang.

— C'est le mien ?

— Oui, répondit-elle.

Mieux valait être simple et honnête.

— Son deuxième prénom est Alexander. Henry, c'était mon grand-père.

Elle leva les yeux. Cette information ne sembla pas le moins du monde émouvoir Alex.

— Et tu serais disposée à lui faire passer des tests sanguins pour le prouver ? poursuivit-il de la même voix tranchante.

— Oui, murmura-t-elle.

Visiblement, il ne s'était pas préparé à une telle réponse, si spontanée. Mais comment pouvait-elle refuser ? Après ce qu'elle avait fait, il était en droit d'exiger n'importe quoi. Même s'il avait voulu la faire sauter dans des cerceaux de feu pour prouver sa bonne foi, elle aurait acquiescé.

— Je prends rendez-vous demain matin, alors, à la première heure.

Elle hocha la tête. L'heure n'était pas aux négociations.

— Tu dormiras ici ce soir, poursuivit Alex. En fait, tu vas même rester chez moi jusqu'à ce que cette situation soit éclaircie et que je décide des suites à lui donner.

Quoi ? Rester ? Jessica cilla. La perspective n'était pas franchement réjouissante... Mais de quelle alternative disposait-elle ? Attraper un bus pour Portland et finir la nuit sur un banc de la gare routière ? Impossible. Allons, il fallait qu'elle garde les pieds sur terre. Alex ne cherchait pas à l'enfermer dans un donjon, après tout, il lui proposait le gîte, dans sa vaste et luxueuse demeure. Et elle était bien trop épuisée pour refuser. Cela faisait si longtemps qu'elle n'avait pas dormi dans un vrai lit...

— Suis-moi, lui intima-t-il alors, sans jeter un regard vers elle.

Elle le suivit jusqu'au deuxième étage. Henry toujours assoupi dans ses bras, elle gravit les marches d'un imposant escalier de marbre, réchauffé d'un tapis tiré au cordeau par une multitude de fines barres de laiton. A l'étage, le couloir distribuant les chambres était lui aussi richement décoré : sur de petits buffets d'acajou, des vases en cristal de Bohême accueillaient d'opulentes compositions florales. Des fleurs fraîches, que la gouvernante devait sans doute changer tous les matins...

Mais Jessica n'avait encore rien vu. En poussant la porte de la chambre où Alex entendait l'installer, elle fut accueillie par un sublime camaïeu de vert anis – une couleur ni trop masculine ni trop féminine, tout simplement parfaite pour une chambre d'amis. Tout était assorti, des tentures des murs à la parure du lit, un imposant lit à baldaquin jouxtant la porte d'une salle de bains privée dotée d'une baignoire à pattes de lion.

— Si tu essayes de partir, la prévint Alex, je t'arrêterai. Et si tu veux m'enlever cet enfant, la police et mes avocats seront à tes trousses plus vite qu'il ne faut pour le dire.

— Je ne partirai pas, Alex, répondit-elle en lui faisant face. Je suis consciente de mes erreurs, à commencer par te présenter ton fils dans de telles conditions, et je te fais mes excuses. Tu pourras me demander ce que tu veux, j'accepterai. C'est tout ce que je mérite.

Alex fronça les sourcils : la liste de ses griefs était sûrement longue, mais pour l'heure, il se contenta de lui demander :

— Dis-moi ce dont tu as besoin, pour lui.

— De tout, répondit-elle, cédant à l'abattement.

— Tu me fais une liste. Ma gouvernante est sortie faire des courses, je vais l'appeler et lui dire ce qu'il manque.

Jessica hocha de nouveau la tête et surprit le regard d'Alex. Il contemplait Henry paisiblement assoupi. Soudain, sa fermeté sembla un peu fléchir.

— Il sera bien, ici, dans cette chambre ? demanda-t-il. Je n'ai pas de berceau, ni rien de vraiment… adapté aux bébés.

La scène était vraiment attendrissante : en dépit de sa colère, Alex faisait passer en premier le bonheur et le bien-être de son fils… Qui sait, peut-être qu'un jour sa rancœur évoluerait en bienveillance ? Pourrait-il la comprendre ? Si seulement…

— Tout ira bien, répondit-elle, en cherchant à le rassurer. Henry dormira avec moi, et je lui confectionnerai un petit nid avec tous ces oreillers. Il sera bien calé et en sûreté, ne t'inquiète pas…

— Bien. Demain tu me feras aussi une liste de ses besoins au long cours.

Jessica ne savait pas vraiment ce qu'Alex entendait par là, mais elle était trop fatiguée pour s'en enquérir. Demain serait un autre jour.

— Et tu sais que nous avons à parler, conclut-il.

Sur ce, il lui souhaita bonne nuit et ferma la porte de la chambre derrière lui.

Bien sûr qu'elle le savait. Elle ne le savait que trop. Demain… demain s'annonçait pour le moins éprouvant.

Quelle heure pouvait-il bien être ? Jessica ouvrit les yeux, désorientée. Dans la nuit, Henry l'avait tirée plusieurs fois de son sommeil pour un biberon ou un change, mais il s'était rendormi comme de juste, chamboulé lui aussi par les événements de la journée.

Elle s'étira, puis tourna la tête. A côté d'elle, son bébé était aux anges, suçotant sa tétine, agitant bras et jambes comme pour lui dire bonjour.

— Bonjour, mon petit chéri, lui dit-elle, en déposant un baiser sur sa joue toute rose.

Elle regarda sa montre : 10 h 30. Plus tard que son heure de réveil habituelle, mais moins qu'elle ne le pensait, au vu du franc soleil qui baignait déjà la chambre. Elle alla changer

Henry dans la salle de bains, puis tendit l'oreille : on s'affairait dans le couloir.

Etait-ce la gouvernante ? Hier soir, juste avant qu'elle s'endorme, Mme Sheppard était arrivée les bras chargés de sacs remplis de lait maternisé, de biberons, de couches, de tétines, de lotion, de shampoing, de talc… tout, absolument tout pour s'occuper d'un nourrisson, et ce pendant des semaines ! Mais ce matin les bruits derrière la porte semblaient plutôt venir d'une équipe d'ouvriers. A croire qu'Alex faisait construire une nurserie – voire une crèche tout entière.

Elle n'était pas tombée loin. En ouvrant la porte, le petit Henry calé contre sa hanche, elle vit Alex guider deux hommes qui portaient un énorme paquet.

— Vous me mettez ça là, ordonna-t-il aux livreurs, en désignant la chambre voisine.

— Que se passe-t-il ? demanda Jessica en sortant dans le couloir.

Le berceau à moitié monté et la table à langer posée là lui donnaient tout de même une petite idée.

— J'installe une nurserie entre nos deux chambres, répondit Alex, en parfait maître des opérations. Comme ça, nous serons à égale distance de Henry s'il a besoin de quelque chose pendant la nuit.

Jessica ne sut quoi dire. Et d'ailleurs, par où commencer ? Elle venait d'apprendre d'un coup que, primo, elle avait dormi à deux portes d'Alex et, deuzio que son séjour dans cette maison, avec Henry, allait visiblement durer si longtemps que l'installation d'une nurserie semblait indispensable…

Bien sûr, elle devait à Alex des explications, et il avait tous les droits de vouloir son fils près de lui, mais devaient-ils pour autant envisager d'habiter sous le même toit ?

Alex ne lui laissa pas le temps d'objecter quoi que ce soit.

— Et j'ai appelé l'agence Parfaites au pair, poursuivit-il, c'est la meilleure agence de nourrices de la ville. Elle nous envoie quelqu'un dans les prochains jours pour un entretien. Tu pourras être présente si tu veux.

Bouche bée, Jessica était tout simplement bouche bée.

— Mais Henry n'a pas besoin d'une nourrice ! Je suis sa mère, je peux très bien m'occuper de lui toute seule, articula-t-elle enfin.

— Ah bon ? Les événements des derniers jours nous prouvent à l'évidence le contraire, rétorqua sèchement Alex.

A ces mots, si durs, Jessica sentit son cœur se serrer. Bien sûr, il avait raison, ils le savaient tous les deux. Mais, tout de même, elle avait fait machine arrière, non ? Et sans tarder ! Elle était revenue, elle avait sonné à sa porte... elle était là ! Bien là ! Sans aucune intention d'abandonner de nouveau son bébé... et encore moins à une parfaite inconnue.

— Les choses ont changé, depuis hier, répondit-elle sur le ton le plus ferme possible. Aujourd'hui, je me sens parfaitement capable de m'occuper de mon fils. Je n'ai pas *besoin* d'une nourrice !

Redressant le menton, elle se prépara pour une dispute. Pire, à une pluie d'insultes. Mais Alex ne se départit pas un instant de son flegme glacial et se contenta de hausser les épaules.

— Fais-moi plaisir, tu veux ? Je suis simplement rassuré à l'idée qu'une professionnelle diplômée et expérimentée soit dans les parages pour s'occuper de mon fils, si jamais nous ne sommes pas disponibles, toi ou moi.

— Mais, moi, je le serai toujours ! lança Jessica. Comment pourrais-je ne pas être disponible pour mon fils ?

— Parce que nous avons beaucoup de temps à rattraper, répliqua Alex, d'un ton qui ne lui disait rien qui vaille.

Où voulait-il en venir ?

— Tu as loupé le petit déjeuner, poursuivit-il, sautant d'un sujet à l'autre. Mme Sheppard pourra sans doute te préparer une bricole. Nourris ton fils, descends dans la cuisine pour avaler quelque chose et, ensuite, rejoins-moi. On a des choses à se dire.

« Des choses à se dire », hum… Cela ressemblait déjà à un procès, songea Jessica.

9

Un oscar. Alex était vraiment convaincu de mériter l'oscar du meilleur acteur pour sa performance d'hier soir. Car, à la minute où Jessica avait passé sa porte, il n'avait eu qu'une idée en tête : la secouer comme un prunier et lui déverser toute sa rage dans les oreilles.

Mais il le savait mieux que quiconque : on n'attire pas les mouches avec du vinaigre. Dans quasiment toutes les situations, le calme et la fermeté valaient mieux que l'emportement. Le principal, c'était de garder son sang-froid. Sinon, Jessica risquait de s'enfuir encore une fois, et qui plus est d'emmener *son* fils avec elle.

Bien sûr, il allait y avoir des tests ADN pour attester – ou contester – sa paternité ; mais, en attendant, Alex était décidé à considérer Henry comme son enfant. Mieux valait prévenir que guérir : s'il était vraiment le père, alors il ne voulait plus perdre une seconde de la toute jeune existence du bébé.

Il avait déjà manqué tant de choses ! La grossesse, la naissance, ainsi qu'un nombre incalculable de premières fois. La première tétée, la première couche, le premier réveil en pleine nuit, la première chanson pour l'endormir et le voir sombrer, bienheureux, dans un sommeil paisible…

Alex eut comme un goût amer en bouche : décidément, la liste de ses griefs contre Jessica ne cessait de s'allonger.

Mais chaque chose en son temps… Dans la cuisine, il demanda à Mme Sheppard de faire en sorte que Jessica et le petit Henry ne manquent absolument de rien. Il fallait qu'elle s'en assure car, de son côté, il avait encore beaucoup de détails à régler.

Une demi-heure plus tard – trente-deux minutes, très exactement –, Alex n'y tenait plus : les explications qu'il attendait de Jessica, il les voulait *maintenant*, tout de suite. Sans plus attendre, il retourna à grandes enjambées dans la cuisine. Elle était là, assise près de la fenêtre, devant une assiette d'œufs brouillés et de tartines grillées à peine entamée. Confortablement installé dans ses bras, Henry tétait goulûment son biberon.

— Je peux savoir pourquoi Henry n'est pas dans sa chaise haute ? lança Alex.

Il vit sursauter Jessica et le petit. Seigneur, il n'avait pas eu l'intention de les effrayer mais, vu la fortune qu'il avait déboursée pour cette chaise, il était quand même en droit de savoir pourquoi son fils n'y était pas installé.

— Il n'a que trois mois, il est encore trop petit pour l'utiliser, répliqua Jessica, en posant le biberon vide sur la table.

Trois mois... Bon, il pouvait donc rayer un des points de sa liste : si Henry avait bien trois mois, les dates concordaient. En revanche, il fallait qu'il ajoute immédiatement un nouveau point à cette même liste : s'acheter des livres de puériculture. Ce que *son* enfant pouvait faire et ce dont il avait besoin, Alex voulait l'apprendre par lui-même et non par Jessica.

— Bon, quand tu auras terminé, viens me voir dans mon bureau, nous avons des choses à régler, dit-il à Jessica avant de tourner les talons, avec un air qu'il voulait plus sévère que jamais.

En réalité, il cherchait surtout à se donner une contenance. Car, franchement, il n'avait pas l'habitude qu'on le mouche...

Jessica avait la gorge serrée et le pas lourd. L'impression qu'elle avait, c'était d'être une lycéenne turbulente en route vers le bureau du directeur, prête à recevoir sa volée de bois vert. Et cette pesanteur contrastait avec la légèreté qui ne l'avait pas quittée depuis ses retrouvailles avec son cher petit Henry. Depuis qu'elle l'avait ôté des bras d'Alex, il était calme, il gazouillait... Adorable ! Pouvait-elle rêver plus belle preuve de ses aptitudes maternelles ? Du lien, si fort, qui l'unissait à son fils ?

Sans doute... mais une ombre obscurcissait cette belle plénitude : si elle avait eu plus d'une année pour tisser ce lien, avant la naissance et depuis, Alex, lui, ne connaissait son fils que depuis quelques heures. Sans compter que leur rencontre ne s'était pas faite dans les meilleures conditions. Ce bébé était arrivé dans sa vie sans prévenir !

Alors, Alex avait sans doute le droit de jouer les fiers-à-bras. Il était en colère – pour de bonnes raisons. Et elle se sentait coupable – pour de mauvaises.

Elle soupira. Voilà, elle était arrivée devant le bureau d'Alex. La porte était ouverte et elle la poussa. De l'autre côté, Alex était en pleine conversation avec un homme – plus vieux et presque chauve –, assis en face de lui.

— Entre, Jessica, lui dit-il en se levant, je te présente le Dr Crandall. Docteur Crandall, voici la jeune femme dont je vous ai parlé.

Avant d'ajouter après une courte pause :

— Jessica, le Dr Crandall est ici pour le test de paternité.

Elle serra la main du médecin en le gratifiant des politesses d'usage.

— Je vous rassure tout de suite, lui lança le Dr Crandall, nous allons procéder à un prélèvement buccal. C'est tout aussi efficace qu'un test sanguin et parfaitement indolore.

— Bonne idée, je vous remercie, répliqua Jessica, rassurée.

Bien sûr, Henry avait survécu à bien pire qu'une petite prise de sang, mais tout ce qui évitait des désagréments à son bébé était bon à prendre.

— Le Dr Crandall m'a confirmé que les prélèvements buccaux étaient tout aussi fiables que les tests sanguins, renchérit Alex, comme s'il cherchait lui aussi à apaiser d'éventuelles angoisses. Dans le pire des cas, la prise de sang ne sera nécessaire que si les résultats sont ambigus, ou problématiques.

Jessica hocha la tête.

Dix minutes plus tard, Alex raccompagnait le Dr Crandall. Les tests avaient été effectués sans problème, les tubes étiquetés et rangés dans sa sacoche, prêts à être portés au laboratoire pour analyse. Dans quelques heures, les résultats seraient révélés…

En revenant dans son bureau, Alex trouva Jessica en train de jouer avec Henry à califourchon sur sa cuisse. Le bébé était aux anges.

Le cœur serré, il prit un moment pour les regarder. Pour savourer, simplement, le tableau de cette femme qui lui avait laissé les souvenirs les plus intenses de toute son existence, en compagnie d'un petit être qui promettait de lui en créer de tout aussi merveilleux.

Bien sûr qu'il était furieux. Elle l'avait utilisé, elle lui avait menti, elle l'avait volé, trahi ! Mais, au fond de lui, il n'avait qu'une envie : se précipiter vers ce fauteuil, mettre un genou à terre et les enlacer tous les deux pour les serrer dans ses bras. Les chérir, comme une famille se doit d'être chérie.

Et il se prit à rêver : que se serait-il passé si Jessica n'avait pas filé de sa chambre d'hôtel au petit matin ? Si elle était restée dans son lit, si elle avait pris le petit déjeuner en sa compagnie… si leur relation n'avait pas été cassée nette, étouffée avant même de s'épanouir ? Aurait-il eu envie de la revoir ?

Bien évidemment…

Parce qu'il n'était pas un cœur d'artichaut, et que quand il s'était réveillé, ce matin-là, après cette nuit exceptionnelle, il avait compris : Jessica était unique ; il venait de rencontrer son âme sœur.

Une vraie, une belle histoire d'amour aurait pu naître entre eux deux. Ils seraient sortis ensemble un moment, avant de se fiancer et de se marier bien vite. Le petit Henry ne serait peut-être pas arrivé tout de suite, mais un jour, oui, Alex aurait voulu former une famille avec Jessica, son cœur le lui disait.

La réalité en avait décidé autrement. Le destin avait tout chamboulé : aujourd'hui, il se retrouvait père avant même d'avoir été fiancé ou marié… Que devait-il faire ? Que *fallait*-il faire ? Il n'en avait pas la moindre idée.

En s'éclaircissant la gorge – et les idées –, Alex alla fermer la porte et s'asseoir dans son fauteuil, de l'autre côté de l'imposant bureau qui le séparait de Jessica. Il était sans doute étrange d'établir une telle distance entre eux, mais cela lui convenait. Et si Jessica s'en sentait pour sa part intimidée, eh bien, tant mieux ! Vu ce qu'il avait à lui dire, un peu de solennité ne nuirait pas.

— J'ai besoin de quelques éclaircissements, commença-t-il, d'un ton qu'il voulait le plus neutre et le moins accusateur possible. Déjà, pourquoi es-tu partie comme une voleuse, cette nuit-là ? Et si Henry est bien mon fils, pourquoi ne m'as-tu pas contacté quand tu as su que tu étais enceinte ?

Il la regardait droit dans les yeux, attentif au moindre frémissement, au moindre signe de nervosité. Face à lui, Jessica avait bien du mal à maîtriser son anxiété.

— C'était une aventure sans lendemain. Une histoire d'un soir, murmura-t-elle en baissant la tête. Pour moi, tu n'allais pas vouloir me voir dans ton lit en te réveillant. Et quand je suis revenue dans la matinée pour faire ta chambre, tu avais déjà quitté l'hôtel.

— Oui, mes affaires à Portland se sont terminées plus tôt que prévu, expliqua-t-il. Mais j'ai voulu demander après toi et même te laisser un mot à la réception. Puis je me suis résigné. J'avais peur de te mettre dans l'embarras auprès de tes collègues et de ta hiérarchie.

Il ménageait ses effets. Hors de question de mentionner tout de suite le portfolio de la gamme Princesse dérobé dans sa sacoche… Cette question viendrait en temps voulu, mais pas avant qu'il sache si Henry était bien son fils. Pour le moment, sa paternité était son unique priorité.

Jessica hocha la tête.

— Oui, tu as bien fait, approuva-t-elle, j'aurais certainement pu me faire renvoyer.

La bonne excuse…

— Un peu plus tard, j'ai quand même appelé l'hôtel, poursuivit-il pour lui montrer combien elle avait, réellement, compté pour lui. Figure-toi que personne ne connaissait de Jessica Madison. On m'a répondu qu'il n'y avait qu'une Jessica, mais qu'elle ne faisait plus partie du personnel depuis déjà une bonne semaine...

— Je venais de faire mon test de grossesse...

— Et tu as démissionné pour *ça* ?

Elle baissa de nouveau les yeux avant de répondre.

— Oui, j'étais bien obligée. J'allais bientôt être incapable de travailler normalement. Et puis, avec tous les produits chimiques qu'on nous fait manipuler pour les ménages, pour une grossesse, ce n'est pas l'idéal... Sans compter que les propriétaires du Mountain View n'auraient pas sauté de joie à l'idée d'avoir une femme enceinte *et* célibataire dans leur équipe. Ça fait mauvais genre...

Alex haussa les sourcils, stupéfait. Qu'un hôtel qui fermait les yeux sur un cortège d'aventures extra-conjugales se pique de morale quand il s'agissait de ses employées... c'était un peu fort de café ! Mais il y avait plus urgent à comprendre...

— N'empêche, reprit-il. Quand tu as su que tu étais enceinte, pourquoi ne pas m'avoir contacté, à ce moment-*là* ? Tu savais qui j'étais, je n'étais pas difficile à trouver !

Rose savait jouer les parfaits chiens de garde, mais si Jessica lui avait laissé un message avec son nom et un léger indice du motif de son appel, il l'aurait rappelée. Il en était certain à cent pour cent.

Comment aurait-il accueilli la nouvelle ? Sans doute comme aujourd'hui : avec une bonne dose d'appréhension et de scepticisme. Mais, comme aujourd'hui, jamais il n'aurait cherché à fuir ses responsabilités.

Alors il la jouait peut-être sur le mode de la prudence, avec les tests ADN et autres, mais si Henry était réellement son fils, alors il ne se limiterait pas à installer une nurserie. Il allait reconnaître son enfant, et aussi lui donner son nom. Et faire tout son possible pour l'avoir auprès de lui. Que cela plaise ou non à Jessica.

Pourquoi ne pas lui avoir dit qu'elle était enceinte ?

Jessica en aurait pleuré. C'était la question qu'elle redoutait le plus, depuis le début. Depuis qu'elle avait choisi de *ne pas* avouer à Alex qu'elle attendait un enfant de lui.

Non, ce n'était vraiment pas la bonne décision à prendre et c'était même la pire chose à faire. Mais elle était seule et morte de trouille… sans compter tout ce qu'elle préférait ne pas révéler pour le moment. Alors elle chercha juste à se justifier du mieux qu'elle pouvait.

— J'ai pensé que tu ne voulais pas savoir, lança-t-elle en désespoir de cause. C'est ce qu'auraient souhaité la plupart des hommes dans ce genre de situation.

— Je ne suis pas la plupart des hommes ! objecta Alex en appuyant distinctement sur chacun de ses mots. Je ne me serais pas débiné. Apprendre que j'allais être père… mais bien sûr que j'aurais voulu le savoir !

— Je suis désolée, murmura Jessica, acculée.

Que pouvait-elle dire d'autre, sans en dire trop ? Sans mentionner son véritable nom de famille, les plans de sa cousine ? Sans lui dire qu'avant de passer la nuit avec lui, elle avait fouillé toute sa suite à la recherche de documents compromettants ? Il fallait aussi qu'elle le lui dise, mais pas maintenant. Non, ce n'était vraiment pas le moment.

Elle garda la bouche fermée et la tête baissée. Mais Alex ne désarmait pas.

— Et si tu ne voulais pas que je sache, pourquoi décider de déposer Henry à mon bureau ? Pourquoi cette lettre ? Pourquoi cet abandon ?

Jessica se mordit la lèvre. Des coups de poignard dans le cœur, voilà ce qu'Alex était en train de lui infliger. Et même si elle n'était pas fière d'elle, c'était si dur…

— Je te le répète, j'avais l'impression de ne pas avoir le choix. C'était devenu tellement, tellement difficile. Pour trouver un travail, je devais faire garder Henry, mais je n'en avais pas les moyens sans trouver de travail ! La situation était bouchée, j'étais au bout du rouleau.

— Tu n'as pas de parents ? Pas d'amis vers qui te tourner ? continua Alex, implacable.

Voulait-il la version courte ? Elle était une Taylor enceinte d'un Bajoran et elle avait préféré fuir. Quitte à prendre le risque de vivre dans la rue.

Bien sûr qu'elle avait souvent pensé à appeler ses parents, à tout leur expliquer. Mais comment survivre à la profonde déception qu'elle allait lire dans leurs yeux, une fois qu'ils auraient su la vérité ?

— Non, personne, répondit-elle, le plus posément possible.

Elle leva les yeux. Les traits d'Alex semblaient s'être un peu détendus. Il prit un moment – pour assimiler tout ce qu'il venait d'entendre ? – puis déclara :

— Eh bien, tu aurais pu venir me voir tout de suite. Et en personne. Sans avoir à te faufiler chez Bajoran Designs comme une voleuse !

— Au moins, je suis partie en laissant quelque chose, et sans rien dérober, s'amusa Jessica, croyant que l'atmosphère commençait à se réchauffer.

— Je ne suis pas certain que les forces de l'ordre seraient du même avis, répliqua sèchement Alex.

Encore une phrase poignard. Mieux valait effacer tout de suite le petit sourire qu'elle sentait flotter sur ses lèvres.

— D'ailleurs, bravo, poursuivit-il, tu as réussi à entrer et sortir sans te faire remarquer. Comment as-tu fait ?

— J'ai eu de la chance, je suppose, répondit-elle d'une voix blanche.

De la chance… La chance d'avoir quasiment grandi dans ce bâtiment et d'en connaître les moindres recoins. La chance de savoir où étaient les caméras et leurs angles morts, d'être au fait du système de sécurité ou, du moins, de savoir comment il fonctionnait voici encore quelques années…

Alex fronça les sourcils. Il était certainement loin d'en avoir fini avec elle, le réquisitoire ne faisait que commencer, elle en avait bien conscience. Mais combien de temps allait-elle pouvoir tenir et réussir à garder son secret ?

Dieu merci, à cet instant, comme si les cieux avaient entendu ses prières, on sonna à la porte. Sauvée par le gong ! Elle entendit Mme Sheppard se diriger vers la porte d'entrée, puis des bribes de conversation entre la gouvernante et le visiteur – qui semblait être une visiteuse. Quelques minutes plus tard, Mme Sheppard toqua à la porte du bureau.

— Entrez, lui lança Alex.

— C'est une des candidates de Parfaites au pair, précisa la gouvernante, en passant la tête dans l'embrasure de la porte.

— Très bien, donnez-nous deux minutes et faites-la entrer, lui intima Alex. Et préparez-nous du thé et du café, s'il vous plaît.

La gouvernante hocha la tête et tourna les talons en fermant doucement la porte derrière elle.

— Ce n'est qu'un premier entretien, d'une première candidate, dit Alex d'un ton docte. Tu préfères prendre Henry et vaquer à tes occupations, ou bien assister à l'entrevue ?

Quelle question ! Evidemment, elle allait rester ! Une inconnue débarquait pour avoir le privilège de s'occuper de son bébé ! Cette embauche, elle allait s'en occuper. Pas question de laisser la décision à qui que ce soit d'autre, pas même au père de son enfant.

10

Debout dans le vestibule, son bébé dans les bras, Jessica n'en pouvait plus d'attendre. Qu'est-ce qui pouvait bien encore retenir Alex et l'ultime candidate ?

La journée entière, ils s'étaient entretenus avec une douzaine de personnes. La plus jeune devait avoir tout juste dix-huit ans et la plus âgée aux alentours des cinquante-cinq. Les profils, aussi, étaient pour le moins variés. Certaines postulantes étaient encore des étudiantes qui cherchaient un logement et un peu d'argent de poche, quand d'autres étaient des professionnelles aguerries de la puériculture, bardées de références et de CV longs comme le bras. Et toutes pouvaient se targuer d'un agrément officiel de Parfaites au pair.

Mais, malgré tout le sérieux et même parfois le charme manifeste de ces femmes, Jessica ne pouvait se résoudre à l'idée d'engager une nourrice. Une étrangère pour s'occuper de son bébé ? Qui resterait seule avec lui ? Non, non, non. C'était bien simple, aucune ne pouvait convenir. Son bébé avait besoin d'elle, sa mère, et de personne d'autre.

Elle soupira, nerveuse et agacée. Cet entretien n'en finissait plus ! Elle avait dû sortir du bureau tant elle s'impatientait. Sans compter que Henry, fatigué, avait commencé à ronchonner. Il avait manqué l'heure de sa sieste et virait franchement grognon…

Soudain, la porte du bureau s'ouvrit. Enfin !

Alex raccompagna la candidate. Puis il revint vers elle.

— Alors, Jessica… qu'en dis-tu ? lui demanda-t-il.

Rien. Elle n'en disait rien. Hausser les épaules, c'était encore la meilleure réponse. En retour, Alex lui décocha un petit sourire en coin. Oh, ce sourire... Celui de son pire ennemi ! Comment pouvait-elle encore se laisser troubler ? Et lui, comment pouvait-il jouer les séducteurs alors qu'il ne ressentait à l'évidence que de la rancœur à son égard ?

— Allez, allez, poursuivit-il d'une voix chantante, en faisant courir son pouce sur la joue de Henry, l'autre main posée, visiblement sans y penser, sur l'avant-bras de Jessica, qui en eut la chair de poule.

— Il y a forcément une candidate qui a trouvé grâce à tes yeux ! Tu ne peux pas rester avec Henry toute la sainte journée... Tous les bébés ont besoin d'une baby-sitter à un moment ou à un autre. Si tu devais te décider, là, maintenant, laquelle choisirais-tu ?

Prendre une profonde inspiration. Passer mentalement en revue toutes les candidates... Une semblait en effet se détacher du lot.

— Wendy, lança-t-elle, les yeux rivés à ceux d'Alex.

— Pourquoi ? lui demanda-t-il, visiblement surpris, en fronçant légèrement les sourcils.

— Parce qu'elle est très intelligente, et sympathique. Et elle s'est tout de suite intéressée à Henry. Dès qu'elle s'est assise, elle lui a souri, parlé, elle a joué avec lui... et elle a parfaitement su diviser son attention entre toi, moi et le bébé. J'ai trouvé que les autres cherchaient davantage à t'impressionner, qu'elles jouaient la carte du professionnalisme pour augmenter leurs chances de se faire engager.

Alex parut réfléchir. Puis il hocha la tête, visiblement soulagé.

— Je pense exactement la même chose, dit-il.

— Sans rire ?

— Oui, tout à fait. Je ne suis pas un expert des bébés, mais je suis en mesure de comprendre qu'une nounou qui passera quatre-vingt-dix pour cent de son temps avec un enfant doit faire bonne impression à cet enfant, plutôt que de chercher à épater son père.

Sur ces mots, il décocha un franc sourire à Henry. Le bébé lui sourit en retour, en agitant ses petits bras et ses petites jambes. Jessica sentit les larmes lui monter aux yeux : le père comme le fils étaient aux anges...

— Et puis, j'ai remarqué les mêmes choses que toi, poursuivit Alex en chatouillant les pieds nus du bébé. Comme si le courant était immédiatement passé entre eux. Et quand elle a ramassé sa girafe en plastique et qu'elle a sorti de son sac une lingette pour l'essuyer avant de la lui remettre dans les mains, là, je crois que j'ai été conquis. Surtout qu'elle l'a fait si naturellement, sans perdre une miette de la conversation...

— Oui, oui, moi aussi, elle m'a plu, dut admettre Jessica.

En réalité, elle avait tout simplement adoré la prévenance de Wendy, qui n'avait pourtant aucune garantie d'être engagée...

— Nous la mettrons donc en tête de liste, déclara Alex, reprenant son ton de maître des opérations et invitant Jessica à le suivre dans l'escalier. Avant de prendre une décision définitive, nous avons encore deux ou trois entretiens demain. Mais je crois que nous pouvons d'ores et déjà rayer Donna de la liste. Cette pauvre femme était tout bonnement effrayante !

Jessica ne put s'empêcher de pouffer. Il avait tellement raison !

— Oui, totalement ! Elle aurait davantage sa place dans un goulag !

Alex éclata de rire.

— Je devrais peut-être faire part de tes observations à l'agence, lui lança-t-il, goguenard.

— Oh ! Tu n'as pas intérêt ! rétorqua Jessica, en lui donnant une petite tape sur la poitrine, d'un revers de main.

Elle s'en voulut aussitôt. Mais quel réflexe idiot ! Où avait-elle la tête ? Elle était là, à plaisanter et à se chamailler avec Alex, comme s'ils étaient deux vieux copains. Comme s'il ne tenait pas son avenir entre ses mains. Comme s'il n'avait pas la possibilité de se venger d'un million de façons différentes, en une seconde !

Mortifiée, elle voulut s'excuser, mais les mots restèrent coincés dans sa gorge nouée. A tout hasard, elle jeta un coup d'œil du côté d'Alex tandis qu'ils arrivaient à l'étage des chambres. Ma foi, il ne semblait pas le moins du monde affecté ou gêné par leur complicité incongrue. Il avait même l'air... sincèrement diverti par cette petite passe d'armes ; et, dans ses yeux, elle crut reconnaître une lueur qu'elle n'avait pas vue depuis leur magnifique soirée au Mountain View...

Son imagination l'emportait-elle ? Mieux valait jouer la prudence et s'en tenir à des rapports neutres.

— Pourquoi sommes-nous montés ? demanda-t-elle en s'efforçant de garder un ton aussi détaché que possible.

Alex s'avança de quelques pas et entra dans la future chambre de Henry.

— Parce que la nurserie est terminée, répondit-il, en désignant la pièce d'un ample geste du bras. J'ai pensé que tu voudrais voir le résultat final.

Jessica passa à son tour la porte et embrassa du regard la pièce. Globalement, celle-ci n'avait pas changé d'allure : de hauts murs jaune clair, de grandes fenêtres réchauffées d'épais rideaux blancs et un sol couvert d'un riche parquet ciré. Mais du côté du mobilier, par contre... tous les meubles de designer avaient été remplacés par un ensemble pour bébé de la plus belle facture.

Il y avait là un berceau aux armatures de chêne, une table à langer, près d'une commode renfermant à n'en pas douter tout le nécessaire pour s'occuper d'un nourrisson. Et dans le coin, près de la porte, un magnifique rocking-chair semblait lui tendre les bras...

— Ça te plaît ? lui demanda Alex, un pas derrière elle.

— C'est magnifique, répondit Jessica, ébahie.

En vérité, cette pièce était devenue un véritable palais pour bébé. Pour bébé né avec une cuillère en argent dans la bouche.

— Et le plus incroyable, c'est que cela n'a pris qu'une journée, ajouta-t-elle.

— Tu sais, quand tu as de l'argent et que tu connais les bonnes personnes, cela n'a rien d'un exploit, précisa Alex, comme s'il cherchait à tempérer son enthousiasme.

Jessica éprouva une pointe de ressentiment. Avoir tout à portée de main, pouvoir satisfaire le moindre de ses caprices, c'était aussi son quotidien, quelques années plus tôt. Au bon vieux temps. Avant qu'Alex ne détruise sa famille.

— Si tu as besoin de quoi que ce soit, ou si tu vois que Henry manque de quelque chose, tu me le dis, poursuivit ce dernier. Je veux que tout soit *parfait*. Et pour le moment, tu es la seule à pouvoir me conseiller.

Voilà, non seulement il prenait tout en charge, mais il était prêt à tout pour assurer le bien-être de Henry. Du coup, Jessica se sentait encore plus coupable, le cœur lourd. Sans compter qu'elle n'aimait pas du tout ce qu'elle croyait comprendre : Alex avait-il l'intention d'élever seul Henry ?

— Pourquoi fais-tu tout cela ? osa-t-elle enfin lui demander, les dents serrées. Tu n'es même pas sûr que Henry soit réellement ton fils.

— J'anticipe, rétorqua Alex, d'un ton subitement plus sombre.

— On va rester chez toi, c'est ça ? C'est ça que tu veux ?

— Pour le moment, oui, répondit Alex, glacial.

Sur ces mots, il tendit les bras vers Henry pour le prendre. L'ambiance s'était peut-être refroidie entre Jessica et lui, mais il restait tendre avec le petit. Et il fallait bien qu'elle l'admette : il savait parfaitement s'y prendre avec ce petit être. Un autre aurait craint que le bébé ne froisse ou ne salisse son costume hors de prix. Pas Alex. Et Jessica ne put qu'admirer son aisance, ses gestes assurés.

Et elle, dans tout ça ? Soudain, elle se sentait dépossédée. Elle ne savait plus quoi faire de ses mains. Quel sentiment étrange de ne plus tenir son enfant. Quel vide, quelle inutilité pour elle qui avait été la seule, ou presque, à le porter depuis sa naissance.

Mais que pouvait-elle faire ? Rien. Alex était le père, il avait tous les droits de vouloir, lui aussi, profiter de son fils.

D'un geste maladroit, elle fourra donc ses mains dans les poches de son jean, espérant ainsi calmer son envie irrépressible de récupérer Henry des bras d'Alex.

— Tu t'y prends vraiment bien, admit-elle.

— Je t'ai observée, répondit Alex en faisant sautiller un Henry aux anges. Et puis, il faut bien que je dépasse mes blocages, surtout si je deviens responsable de ce petit bonhomme.

De nouveau, elle frémit. L'avertissait-il qu'il voulait lui prendre Henry ? L'éjecter de la vie de son bébé – comme elle l'avait elle-même exclu, lui, pendant la grossesse et les trois premiers mois ? Etait-ce là son plan ? *Calme-toi*, s'ordonna-t-elle. Il ne devait s'agir que d'un simple rappel : Alex était le père de ce bébé et comptait bien agir comme tel. Il fallait qu'elle s'en persuade...

Au fond d'elle, elle était admirative : beaucoup d'hommes auraient bien mal réagi à la nouvelle de leur paternité. Au contraire, Alex s'était immédiatement adapté à son nouveau rôle. Les deux pieds en avant, il n'avait pas hésité, ou si peu.

Mais si jamais il avait en tête de lui enlever Henry... Elle serra les poings malgré elle. Elle n'allait pas se laisser faire. Elle allait se battre. Même contre quelqu'un comme Alex, contre son pouvoir et son armée d'avocats !

Elle le regarda. Henry semblait s'habituer parfaitement à son papa. Dans les bras d'Alex, il était confiant et serein. Ses petites mains s'agrippaient à sa cravate de soie, il posait la joue contre son épaule, commençait à doucement s'endormir...

— Je crois qu'il a sommeil, dit-elle, le cœur serré de voir son fils si paisible dans les bras de quelqu'un d'autre qu'elle. Il n'a pas eu sa sieste. Il vaudrait mieux le coucher maintenant, après un biberon, sinon il va s'énerver et nous tenir éveillés la moitié de la nuit.

— Seulement la moitié ? demanda Alex.

Il chercha son regard et, de nouveau, elle crut voir s'allumer une lueur qui réchauffa le bleu glacier de ses yeux.

— Si nous avons de la chance, répondit-elle, osant un léger sourire.

Mais l'embellie fut de courte durée. Peut-être se faisait-elle réellement des idées, après tout.

— Tu veux bien descendre et aller chercher un biberon pendant que je reste ici avec lui ? demanda Alex en renouant avec son ton sec. Et dis aussi à Mme Sheppard de servir le dîner d'ici à une demi-heure. Tu peux le prendre avec moi si tu le désires.

Si elle s'attendait à ça... Les mots d'Alex la prirent complètement au dépourvu.

— Parce que tu me laisses peut-être le choix ? lança-t-elle, exaspérée par cette requête inattendue.

— Bien sûr que tu l'as, répondit-il, sans détourner la tête de Henry.

— Quel choix ? Le choix d'un copieux et succulent dîner en ta compagnie contre un quignon de pain sec avalé avec un peu d'eau toute seule dans ma chambre ?

Alex laissa échapper un petit rire.

— Ma maison n'est pas une geôle, et tu n'es pas ma prisonnière. Et quand je pense à ton mode de vie habituel, être l'hôte de cette demeure pourrait te changer un peu les idées. Tu pourrais simplement te détendre et choisir d'en profiter, non ?

Cette assurance, cette morgue... Il avait vraiment réponse à tout. Mais qu'importent le luxe, le confort et l'espace qui s'étalaient autour d'elle, elle se sentait réellement prisonnière, enfermée à double tour dans une prison dorée ! D'autant qu'Alex ne lui disait pas vraiment qu'elle était libre de partir à tout moment.

— Tu ne peux pas me refuser ça, continua Alex. Si Henry est mon fils, alors j'ai déjà manqué trois mois de sa vie. Les trois *premiers* mois de sa vie. Ce n'est pas rien ! Tout ce que je veux, c'est passer un peu de temps avec lui.

Et voilà, il se décidait enfin à la lancer, la bombe de la culpabilité. Quand toutes les autres stratégies ont échoué, celle-ci était garantie ! Oh oui, bien sûr, s'il ne voulait *que* passer du temps avec son fils, elle n'avait rien à dire...

Faisant contre mauvaise fortune bon cœur, Jessica s'exécuta. Elle caressa la tête duveteuse de son fils pour lui dire au revoir et le laissa en compagnie d'Alex. Et tandis qu'elle sortait de la nurserie pour descendre dans la cuisine, elle entendit Alex lui lancer dans un éclat de rire :

— Mais si tu préfères, demande à Mme Sheppard du pain sec et de l'eau !

Malgré toutes les appréhensions de Jessica, le dîner fut des plus agréables. Elle avait eu si peur qu'un déluge de questions gênantes s'abatte sur elle... Mais non. Alex ne parla quasiment que du bébé. Avec aussi quelques questions sur le déroulement de sa grossesse, mais toujours avec prévenance et pudeur. Où avait-elle habité ? Quels petits boulots avait-elle trouvés ? La naissance de Henry n'avait-elle pas été trop difficile ? Ce genre de choses.

Ce tête-à-tête si redouté s'était tellement bien passé qu'à de nombreuses reprises Jessica avait laissé vagabonder son esprit, sa mémoire, ses souvenirs... Elle s'était prise à penser à cette autre soirée qu'ils avaient partagée. Cette nuit où elle s'était laissé guider par son cœur et son corps...

Au moment du dessert – une tarte aux fruits succulente de simplicité –, elle se sentait tellement à son aise en compagnie d'Alex qu'elle aurait pu lui offrir sa vie sur un plateau. Ce sentiment de sécurité avait beau être illusoire, il n'en était pas moins délicieux.

Et quand le repas toucha à sa fin, et qu'Alex lui annonça qu'il avait du travail, Jessica éprouva même une pointe de frustration : il n'allait donc pas l'accompagner dans sa chambre pour lui souhaiter bonne nuit... Mais qu'attendait-elle, au juste ? Que la soirée du Mountain View se répète, comme dans ses souvenirs ? Elle rêvait debout !

Résignée, elle prit le chemin de sa chambre et passa par la nurserie. Henry était toujours profondément endormi dans le moelleux de son berceau. Un ange… Seulement voilà, depuis sa naissance, elle n'avait encore jamais passé de nuit séparée de son bébé. Alors l'angoisse était trop forte. Il fallait qu'elle le rapatrie près d'elle ! C'était ça ou risquer de se retourner toute la nuit dans son lit ou de faire les cent pas en pyjama. Restait à espérer qu'Alex ne remarque pas son manège ou, du moins, qu'il ne lui en tienne pas rigueur.

Ses prières furent exaucées. Alex n'avait pas déboulé en pleine nuit pour la sommer de remettre Henry dans son berceau, et il ne faisait pas non plus le pied de grue devant la porte de sa chambre, les yeux pleins de reproches. Quand elle passa la tête dans le couloir, au matin, il n'y avait personne, la voie était parfaitement libre.

Elle retourna donc dans la nurserie, Henry dans les bras, pour lui faire sa toilette, changer sa couche et le vêtir d'un des mignons petits bodys qu'Alex avait achetés. Et il ne s'était pas contenté de refaire la garde-robe du petit, Jessica en avait aussi pour son compte ! De nouveaux habits, des produits de toilette, et même quelques magazines et autres mots croisés pour tromper son ennui. Cette dernière attention était charmante, mais inutile : elle ne s'ennuyait jamais en compagnie de son fils.

Pourquoi tant de générosité à son égard ? Pourvoir aux besoins de son fils, bien sûr, c'était compréhensible : prévoir un stock de couches, de layettes, de lait maternisé, de lotions suffisant pour tenir un siège faisait sans doute partie de sa manière de rattraper le temps perdu. Mais elle ? Il aurait très bien pu vider la chambre d'amis de toutes ses fioritures, lui offrir un confort spartiate… les représailles auraient été justifiées, vu tous ses mensonges.

Alex était décidément un gentleman. Un homme beaucoup plus attentionné, beaucoup plus prévenant que tout ce qu'elle aurait pu imaginer. Pour combien de temps ? Quand il aurait la confirmation que Henry était bien son fils, allait-il la couvrir de roses, ou bien lui intimer de prendre ses cliques et ses claques et d'abandonner tout espoir de revoir un jour son fils ?

Assez ! A quoi bon ces mauvaises pensées ? Respirant un grand coup, elle descendit dans la cuisine pour aller préparer le biberon de Henry et prendre son petit déjeuner par la même occasion. Il était encore tôt, le soleil venait tout juste de poindre à l'horizon. Elle pouvait sans doute se permettre ce joyeux intermède avant d'aller s'enquérir auprès d'Alex du plan de la journée. Combien de nounous leur restait-il à rencontrer, déjà ?

Une demi-heure plus tard, Mme Sheppard faisait irruption dans la cuisine pour s'affairer, parfaitement indifférente aux gazouillis de Henry. Comment cette femme pouvait-elle être aussi insensible ? Pour sa part, chaque petit coup de pied, chaque petit poing en l'air, chaque sourire de Henry suffisait à lui faire fondre le cœur de bonheur, jour après jour.

Soudain, Henry eut un sursaut et agita bras et jambes. Prise de court, Jessica laissa tomber la cuillère qu'elle avait dans la main. En se relevant, elle tourna la tête : Alex se tenait debout dans l'embrasure de la porte. C'était donc lui la cause de la joie subite de son fils ! Lui dans son costume gris foncé rehaussé d'une cravate bleu électrique, terriblement bien assortie à la couleur de ses yeux...

— Pfiou, tu m'as fait peur, lança-t-elle.

Alex resta silencieux. Alors, Jessica ne put s'empêcher de remarquer ses lèvres serrées et l'orage qui couvait dans son regard.

— Quelque chose ne va pas ? osa-t-elle demander, en essuyant la bouche de Henry.

Bon sang, elle n'avait jamais vu Alex si tendu – comme s'il venait d'apprendre la mort d'un proche, ou pire ! Sa gorge se noua. Tout cela ne lui disait rien qui vaille. Vraiment rien.

— Il faut qu'on parle, annonça-t-il enfin d'une voix aussi tranchante qu'une lame de rasoir.

Indifférent à cette froideur, Henry continua de gazouiller.

Ses petits pieds brassaient l'air et ses menottes s'agrippaient de toutes leurs forces au biberon.

— Madame Sheppard, pouvez-vous surveiller Henry un moment ? ordonna Alex à sa gouvernante. J'ai deux ou trois choses à dire à Jessica.

Jessica aurait voulu se fondre dans le décor ou bien creuser un trou et ne plus jamais en sortir. La tornade qu'elle redoutait depuis son arrivée dans cette demeure était visiblement prête à éclater. En silence, elle se leva et suivit Alex dans le vestibule, vers son bureau.

Il ferma la porte derrière elle comme on ferme un tombeau et il ne prit pas la peine d'aller s'asseoir en face d'elle. Le temps n'était plus à la cordialité, semblait-il. Il se campa à quelques centimètres d'elle, les bras croisés et le regard acéré. Avant de lui lancer sans le moindre préambule :

— Tu es une Taylor.

Jessica crut que son cœur allait lâcher. Ainsi, il savait.

— Ne fais pas la maline, ajouta-t-il. Je sais tout. Tu ne t'appelles pas Jessica Madison mais Jessica Madison *Taylor*.

[illegible]

de [illegible]

— [illegible]

[illegible]

[illegible]

[illegible] Le [illegible]

[illegible]

[illegible] ADN [illegible]

[illegible]

[illegible] Caitlin [illegible]

[illegible]

Alex [illegible]

La [illegible]

les [illegible]

[illegible]

— [illegible] que son ADN [illegible]

j'ai fait tester, déclare Alex [illegible]

[illegible]

[illegible]

la personne [illegible]

Taylor [illegible]

[illegible]

Son [illegible]

[illegible]

elle [illegible]

[illegible]

[illegible]

[illegible]

[illegible]

— [illegible]

[illegible]

[illegible]

11

Ce fut comme si le sol se dérobait sous ses pieds. Comme si toutes ses forces la quittaient. Par peur de s'évanouir, Jessica s'agrippa au dossier d'un fauteuil. Elle s'appuya de tout son poids et laissa ses ongles s'enfoncer dans le cuir. Face à elle, Alex la fusillait du regard.

La gorge nouée, elle eut toutes les peines du monde à articuler les seuls mots qui lui venaient encore à l'esprit :

— Comment as-tu su ?

— Figure-toi que ton ADN n'est pas la seule chose que j'ai fait tester, déclara Alex, les yeux noirs de rage. J'ai aussi transmis tes empreintes digitales à un policier de mes amis. Résultat, tu n'as pas de casier judiciaire, bravo, mais tu n'es pas la personne que tu prétends être : tu t'appelles Jessica Madison Taylor, ancienne employée de l'hôtel Mountain View, certes, mais surtout du joaillier Bajoran Designs.

Non, pas de Bajoran Designs mais de Taylor Fine Jewels, à l'époque où ils existaient encore ! Elle aurait voulu le crier, mais elle resta muette, tout simplement muette. Séchée sur place.

Vraiment, elle ne s'attendait pas à être découverte si vite. Si seulement elle avait eu le temps de s'expliquer, de trouver les mots et surtout le bon moment... Malheureusement, Alex l'avait gagnée de vitesse.

— Et quel était exactement ton plan ? poursuivit-il, plein d'amertume. Me séduire pour récupérer des secrets que tu aurais ensuite vendus au plus offrant ? Ou bien est-ce que depuis le début tu voulais me faire un enfant et exécuter ton odieux chantage sur le dos d'un héritier ?

A ces mots, Jessica redressa la tête, horrifiée. Comment pouvait-il envisager pareille ignominie ! Henry n'était pas une stratégie !

— Mais de quoi tu parles ? dit-elle, les dents serrées et soudain pleine d'une énergie nouvelle.

La colère la faisait trembler de tout son corps et elle luttait tant bien que mal contre le tourbillon d'émotions qui l'emportait. Non, je n'ai pas fait *exprès* de tomber enceinte, figure-toi, affirma-t-elle haut et fort. Et je n'ai rien vendu ! A personne.

Au regard d'Alex, elle comprit qu'il n'en croyait pas un mot.

— Bien sûr ! s'écria-t-il, d'un ton empreint d'une ironie cruelle. Je suis tombé sur une femme de chambre qui n'avait pas froid aux yeux et, *comme par hasard*, il s'agissait de la fille et de la petite-fille de Donald et de Henry Taylor, les anciens partenaires de Bajoran Designs...

— Oui, ce sont bien mon père et mon grand-père, admit-elle, après quelques secondes de silence.

— Et de même, par le plus grand des hasards, tu étais dans *mon* hôtel, à nettoyer *ma* suite. Tu parles d'une coïncidence !

— Oui, aussi.

Mais Alex ne semblait toujours pas convaincu. Pourtant, elle n'avait pas menti sur tout !

— Téléphone au Mountain View si tu veux ! lui lança-t-elle avec défi. Donne-leur mon vrai nom et ils te diront que j'étais leur employée bien avant ton arrivée à l'hôtel. Et que ta suite faisait partie des chambres dont je m'occupais habituellement !

— Quelle chance, vraiment, que j'atterrisse dans cet établissement, alors, railla encore Alex.

— Je n'appellerais pas vraiment ça de la *chance*. Surtout pour moi...

En réalité, l'arrivée d'Alex au Mountain View avait même coïncidé avec le début de sa descente aux enfers. Exception faite de Henry.

— Peut-être, concéda Alex, sans se départir de sa sévérité. Mais tu as quand même saisi ta *chance* avec une petite combine d'espionnage industriel, n'est-ce pas ?

L'espionnage industriel : la même formule qu'elle avait employée avec Erin. La preuve de sa culpabilité...

— Oui, je crois qu'on peut dire ça, admit-elle. Je t'ai reconnu dès que je t'ai vu, Alex. Après son éviction de Bajoran Designs, ma famille a été dévastée. Moi, je me suis assez bien accommodée de ma vie de femme de chambre et de ma nouvelle indépendance, mais... tous mes proches n'ont pas aussi bien vécu cet effroyable revers de fortune.

Mauvais souvenirs... Elle prit une profonde inspiration, et s'assit. Au moins, de cette manière, elle ne faisait plus face à Alex et ne prenait plus de front sa colère. On aurait dit que le ressentiment émanait littéralement de sa personne, emplissant la pièce comme un gaz toxique.

— Quand j'ai dit à ma cousine que tu logeais à l'hôtel, elle a réussi à me convaincre de fouiner dans ta chambre. Je sais, s'empressa-t-elle d'ajouter avec un geste conciliant, cela ne m'excuse pas. C'était une idée stupide, j'ai eu tort d'accepter - seulement voilà, je l'ai fait. Erin voulait te causer du tort, à toi ou à Bajoran Designs. Pour se venger. Et pour ressusciter Taylor Fine Jewels.

— Comme la maquette de la gamme Princesse...

Donc pour ça aussi, il savait. Là encore, il lui avait coupé l'herbe sous le pied.

— Oui, et je suis désolée. Vraiment désolée.

— Si je résume, tu m'as séduit pour pouvoir vendre mon projet à la concurrence, c'est ça ?

Cette nouvelle accusation la heurta de plein fouet. Que voulait-il dire ? Non ! Ce n'était pas la vérité !

— Non, non, insista-t-elle en secouant la tête désespérément. J'ai pris le dossier, oui, mais je ne l'ai *pas* vendu, à personne !

— Mais tu ne nies pas la manœuvre de séduction ? poursuivit Alex, sardonique.

— Bien sûr que je la nie. Je n'ai pas fait ça ! Je ne suis pas une prostituée. Je n'use pas de mon corps pour obtenir des informations. Ni quoi que ce soit, d'ailleurs.

Autant y aller franchement, pensa-t-elle avant de poursuivre.

— J'ai couché avec toi parce que j'en avais envie, et c'est tout.

— Je ne te crois pas, rétorqua Alex en allant s'asseoir devant son ordinateur.

Il frappa quelques mots sur son clavier puis retourna l'écran vers Jessica.

— Séduction intéressée ou pas, comment expliques-tu cela, je te prie ?

Elle n'en crut pas ses yeux.

— Je... je ne comprends pas, réussit-elle simplement à murmurer.

Sur l'écran s'étalaient les pièces de la gamme Princesse. Bien qu'elle ne les ait pas vues depuis des mois, elle se les rappelait parfaitement – un projet aussi superbe n'était pas facile à oublier. Cependant, il lui semblait que la gamme avait été légèrement remaniée, et surtout... elle apparaissait désormais au catalogue d'un autre grand nom de la joaillerie : Ignacio Bijoux.

— Qu'est-ce que ça veut dire ? finit-elle par demander. Tu as vendu la gamme Princesse à Ignacio ? Et puis, d'accord, le projet avait besoin d'être un peu repensé, mais tu n'aurais pas dû la modifier autant. La gamme était parfaite pour Bajoran Designs.

A ces mots, Alex la cloua sur place d'un regard plus noir que l'encre.

— Arrête tout de suite, veux-tu ? lui intima-t-il, hors de lui. Quel jeu joues-tu ? Je sais déjà qui tu es, je sais déjà ce que tu as fait, que tu as volé cette maquette de ma sacoche. Pourquoi cherches-tu encore à mentir ?

— Mais je ne mens pas ! cria Jessica. Je ne sais pas de quoi tu parles !

— De quoi *je* parle ? continua Alex. Je parle du vol de la gamme Princesse, que tu as ensuite revendue, *toi*, à Ignacio !

Jessica se prit la tête entre les mains. Absurde. Toute cette histoire était absurde. Et pour couronner le tout, un début de migraine commença à lui battre le crâne. Elle ferma les yeux et se massa les tempes. Mais bon sang, qu'est-ce qu'Alex était en train d'insinuer ?

— Je te jure, c'est de la folie ! souffla-t-elle, bouleversée.

Quand elle ouvrit les yeux, Alex lui faisait de nouveau face.

— Oui, j'ai commis une erreur en prenant ce dossier, concéda-t-elle bien volontiers, mais je n'en ai rien fait. Tu crois que je serais à la rue avec mon bébé si j'avais vendu cette maquette à quelqu'un ? Elle vaut des millions !

— Oui, je le crois ! Parce que l'autre partie de ton stratagème, c'est de te pointer ici avec un gosse dans les bras et d'essayer de me soutirer encore plus d'argent, aboya Alex. Pour ruiner les Bajoran !

Cette fois, Jessica n'en pouvait plus : des larmes inondèrent son visage.

— Je suis désolée, désolée de t'avoir menti et d'avoir dérobé ce dossier, hoqueta-t-elle. Mais je te le jure, tu peux penser tout ce que tu veux de moi, Henry est bien ton fils. Et si je suis là, c'est pour lui. Il n'y a pas de chantage, rien. Et je ne sais pas comment Ignacio Bijoux a mis la main sur cette maquette, mais je ferai tout pour le savoir…

Alex était perplexe. Furieux, mais perplexe. Toutes les émotions qui traversaient le visage de Jessica semblaient sincères, il était bien obligé de l'admettre. Et ses larmes aussi paraissaient vraies.

Mais elle le méritait, cet orage de reproches et de soupçons ! Et il ne fallait pas qu'il se laisse attendrir par son regard embué.

Car sa rage, à lui, avait aussi toutes les raisons d'éclater. Elle avait volé le projet phare de son entreprise et elle avait couché avec lui pour l'obtenir. Et il se demandait chaque jour laquelle de ces deux fautes était la plus grave à ses yeux !

La nuit qu'ils avaient passée ensemble ne l'avait pas laissé indemne. A cause de cela, aujourd'hui, il se sentait le roi des idiots – un costume qu'il n'avait pas l'habitude d'endosser...

Il croisa les bras et tenta de calmer la fureur qui courait dans ses veines.

— Tu vas enquêter ? Et tu comptes t'y prendre comment ? lui demanda-t-il en haussant les sourcils.

Jessica prit une grande inspiration entre deux sanglots. Elle lui faisait l'effet d'un poisson hors de l'eau...

— Je... J'ai laissé le dossier chez mes parents, avec mes affaires, finit-elle par dire, en larmes. Il doit toujours y être.

— Et qui me dit que tu n'en as pas fait une copie pour le vendre à la concurrence ?

— Pourquoi j'aurais fait ça ? demanda-t-elle en s'essuyant le visage, comme si elle commençait à reprendre ses esprits. Quelle raison j'aurais de garder ce dossier après l'avoir vendu ?

Elle avait commencé sa phrase dans un murmure, pour la terminer vent debout sur une note grinçante. Quel courage... Bien malgré lui, Alex était ébahi. Jessica lui faisait face, elle osait défier son pouvoir, sa fortune, le front haut. La mine de ceux qui savent qu'ils sont dans leur bon droit. Mais l'était-elle ? Etait-elle réellement sincère ?

— Donc si je te comprends bien, reprit-il en tâchant de ne rien laisser transparaître de ses doutes, tu me dis que le dossier est chez tes parents et que cela prouve ta bonne foi ? Que tu ne nous as pas trahis, ma famille et moi ?

Il fallait vraiment qu'il en ait le cœur net...

— Oui, c'est ça, affirma-t-elle fermement.

De nouveau, elle prit une profonde respiration et ses seins se soulevèrent sous son chemisier de soie. Alex se troubla. Ce chemisier faisait-il partie de la garde-robe qu'il avait achetée pour elle, ou l'avait-elle caché dans le minuscule sac de sport qui pendait à son épaule, le soir de son arrivée ? Il n'en avait pas la moindre idée. Mais le mouvement du tissu et les quelques centimètres de peau qu'il dévoilait étaient irrésistiblement sexy.

De quoi le détourner un instant de son amertume et le ramener à leur nuit du Mountain View. Une si belle nuit...

— Il faut que j'aille le chercher, poursuivit Jessica. Si je fais ça, tu me croiras, enfin ?

Encore un de ces défis dont elle avait le secret. Une attitude qui n'était pas loin de le faire chavirer...

— Je ne te promets rien, mais c'est possible.

— Voilà qui est encourageant, grommela-t-elle avec une moue délicieuse. Donc je fais quoi maintenant ? Je vais à Portland récupérer ce dossier, ou je reste ici pour que tu continues à me haïr pour des fautes imaginaires ?

Alex sentit un petit sourire monter à ses lèvres.

— Imaginaires ? s'exclama-t-il, stupéfait. Dis donc, tu n'as peut-être pas vendu ce dossier à la concurrence, mais tu as commis d'autres fautes qui sont loin d'être imaginaires.

De nouveau, jouter avec Jessica le ravissait. Il en oubliait presque sa fureur. Personne dans son entourage n'était aussi séduisant et stimulant que Jessica. Aucune négociation, si excitante soit-elle, ne lui avait jamais insufflé tant d'enthousiasme. Oui, Jessica avait décidément un petit quelque chose qu'il n'était pas près de laisser tomber.

— Nous irons ensemble, lui annonça-t-il, cherchant à tempérer son emportement et à la rassurer. Nous prendrons mon avion privé, ainsi nous serons revenus dans quelques heures.

Malheureusement, la manœuvre n'eut pas l'effet escompté ; une ombre passa sur le visage de Jessica.

— Tu changes déjà d'avis ? lui lança-t-il avec acidité. Tu veux finalement te confesser et mettre fin à cette mascarade avant de me faire gâcher un peu de kérosène pour aller chercher des preuves qui n'ont jamais existé ?

Elle secoua la tête et le fusilla du regard.

— Comme tu peux être arrogant... Si tu veux tout savoir, mes parents ne sont pas au courant, pour Henry.

Quoi ? A eux non plus elle n'avait rien dit ?

— Oh oui, ça va, c'est horrible, admit-elle. Je suis une fille indigne. Je vais leur briser le cœur quand ils comprendront que je leur ai caché l'existence d'un petit-fils.

— Mais pourquoi tu as fait ça ?

Qu'elle lui ait caché Henry, il commençait à le comprendre. Mais pourquoi mentir à ses propres parents ? Qui auraient pu de surcroît l'aider ?

— Tu t'imagines la conversation ? Salut papa, salut maman ! Alors voilà, je sais que ça va vous décevoir, mais je suis enceinte. Non, non, pas de mon petit ami, d'une histoire sans lendemain. Mais attendez de connaître la meilleure : le père, c'est votre pire ennemi, Alexander Bajoran, le type qui a ruiné Taylor Fine Jewels et nos vies. *Surprise !*

Alex fit la grimace.

— Tu y vas peut-être un peu fort avec le « pire ennemi », non ? lui fit-il remarquer.

— Non, non, pas chez les Taylor. Pour eux, tu es Lucifer.

N'était-ce pas un sentiment extrême, de la part d'anciens associés ? Surtout que la rupture entre les deux familles était consommée bien avant son arrivée dans l'entreprise. En tout cas, bien avant qu'il n'en devienne P-DG. Ou alors il ne connaissait pas le fin mot de l'histoire… C'était un aspect à creuser, mais plus tard. Pour le moment, ils avaient une visite éclair à Portland à préparer. Et un dossier à récupérer.

— Alors, quel est ton plan ? demanda-t-il à Jessica.

— Si nous y allons dimanche mes parents seront chez ma tante, à prendre le brunch. En général, ils y passent trois ou quatre heures.

Il prit quelques secondes pour réfléchir à ce qu'elle venait de proposer.

— Donc, tu vas t'introduire chez tes parents, ni vu ni connu, alors que tu ne les as pas vus depuis près d'un an ?

Elle haussa les épaules.

— Bah… je suis bien obligée. Ne t'inquiète pas, je leur dirai tout quand le moment sera venu. Mais une chose après l'autre.

J'ai cette crise avec toi à régler, c'est ça le plus important, aujourd'hui.

Pas faux. Et la stratégie de Jessica était tout à fait valable.

— Dans ce cas, dis-moi précisément à quelle heure nous devrons être chez tes parents et je m'occupe du reste. En particulier des dispositions à prendre pour faire garder le petit, lança-t-il, prêt à une nouvelle dispute.

Mais rien de tel ne vint. Jessica se contenta d'acquiescer. Sans doute parce qu'elle savait qu'on n'emmène pas un nourrisson avec soi quand on veut s'introduire en douce chez des gens.

12

A peine la porte du garage de ses parents ouverte, Jessica se précipita vers les quelques cartons qui contenaient ses affaires, des affaires qu'elle avait dû déménager en toute hâte quand le loyer de son appartement était devenu bien trop cher pour ses maigres moyens. Encore un triste souvenir...

Rien n'avait bougé : tous les cartons étaient là comme elle les avait laissés. Elle s'empara de l'un d'entre eux et retrouva immédiatement l'endroit où elle avait glissé le dossier contenant la maquette de la gamme Princesse... Elle n'en crut pas ses yeux : il avait disparu !

— Je ne comprends pas, il était pourtant là, j'en suis sûre !

Elle fit tout son possible pour ne pas laisser sa voix trahir l'état de panique intérieure qui commençait à la submerger.

Bon sang ! Elle se rappelait parfaitement l'avoir rangé dans le carton contenant sa paperasse et ses documents officiels. Elle l'avait glissé là, entre ses relevés bancaires et ses anciennes fiches de paye. La cache était idéale : si quelqu'un avait eu la mauvaise idée d'y fouiner, jamais cette chemise banale, aux dimensions tout à fait semblable à ses voisines, n'aurait pu attirer l'attention.

Et de toute façon, elle voyait mal ses parents fouiller dans ses cartons. A la limite, si Jessica lui avait annoncé qu'elle attendait un enfant d'un père inconnu, sa mère aurait peut-être mis son nez dans ses affaires en son absence. Et encore. Ce n'était vraiment pas le style de la maison : quand elle avait débarqué sans prévenir, ses cartons sous le bras, pour leur annoncer qu'elle avait démissionné, qu'elle rendait les clés de son appartement et qu'elle décidait sur un coup de tête de partir par monts et par vaux, ses parents n'avaient pas bronché, comme si cela coulait de source. Jessica avait toujours été l'originale de la famille et l'idée qu'elle veuille voir du pays ou faire les quatre cents coups ne les avait sans doute pas choqués. Surtout qu'elle avait promis d'appeler en cas de besoin. Pas de nouvelles, bonnes nouvelles ! Non, ça ne pouvait pas être eux.

— Ou alors, ce dossier ne s'est jamais trouvé là et ça fait encore partie de ton petit stratagème, lui lança Alex, resté à l'entrée du garage pour faire le guet.

Comme si l'absence de la pochette ne suffisait pas à la faire bouillir, il fallait qu'il en rajoute une couche avec son petit ton assassin.

— Ça te plaît, hein ? lui rétorqua-t-elle, sans même lui accorder un regard. Encore un bon argument pour prouver que tu mérites la garde exclusive de Henry. Qu'en plus d'être une mauvaise mère, je suis une criminelle. Tu jubiles là, non ?

Elle n'en pouvait plus. La colère, la frustration lui faisaient dire des choses qu'elle allait peut-être regretter dans la seconde, mais tant pis.

En se relevant, elle essuya son jean et poursuivit :

— Eh bien, ça ne va pas arriver, mon cher. Je ne suis pas une menteuse, ce n'est pas un stratagème. Bon sang ! Ce dossier était là ! Et je compte bien comprendre pourquoi il a disparu.

Réfléchis, réfléchis, réfléchis ! s'ordonna-t-elle intérieurement.

D'un coup, ce fut comme une illumination : elle n'était pas la seule à savoir, pour la gamme Princesse ! Elle en avait parlé à sa cousine. Oui ! Elle lui avait même montré les croquis.

Pas pour s'en servir contre Alex, mais pour lui prouver qu'elle avait réellement fouillé dans sa suite, comme promis. Et aussi parce qu'elle adorait ces maquettes. L'artiste qui sommeillait en elle n'avait pas pu résister : il avait fallu qu'elle partage son admiration avec quelqu'un qui comprenait sa passion pour les pierres précieuses. Discuter des petites améliorations possibles pour rendre ce projet encore plus sublime ! Se permettre de rêver...

Son sang ne fit qu'un tour : il n'avait été question que de *ça* quand elle avait montré le dossier à Erin. Jamais sa cousine n'avait parlé de vendre les croquis à qui que ce soit. Et Jessica ne l'aurait jamais accepté, jamais permis, qu'importe ce qu'Alex pouvait en penser !

Il ne lui restait donc qu'une chose à faire, même si c'était à contrecœur. C'était là sa dernière chance de prouver la vérité. Elle le devait bien à Alex. Et surtout : elle le devait à Henry, et elle se le devait, aussi à elle-même.

— Tu me prêtes ton téléphone ? demanda-t-elle à Alex.

Elle vit le bleu de ses iris tourner au gris orageux. Etait-ce une nouvelle marque de méfiance ?

Sans un mot, il sortit l'appareil de sa poche et le lui tendit.

Elle composa le numéro de mémoire et dut attendre trois sonneries avant d'entendre la voix de sa cousine. Une attente insupportable.

— Erin ? C'est moi, Jessica !

Comme il était étrange d'avoir sa cousine au bout du fil alors qu'Alex était à quelques centimètres d'elle, vu ce qu'elle s'apprêtait à dire.

— Erin, c'est important, insista-t-elle, coupant court aux cris de sa cousine, si heureuse d'avoir de ses nouvelles depuis tant de temps...

Erin sembla se calmer et Jessica en profita pour lui lancer sa question :

— Qu'as-tu fait du dossier que j'ai volé à Alexander Bajoran ?

Il fallait bien qu'elle appelle un chat un chat, et même si le terme lui écorchait la gorge, c'était bien celui qui convenait. Elle avait *volé* Alex, ou du moins lui avait emprunté quelque chose sans sa permission.

— Qu'est-ce que tu veux dire ? répondit Erin, d'un ton bien trop innocent et naïf pour être honnête.

— Ne fais pas l'idiote, je suis sérieuse. Tu me dis tout de suite ce que tu as fait avec la maquette de la gamme Princesse ! Je ne plaisante pas. Je sais que je l'avais rangée dans les cartons qui sont dans le garage de papa et maman à Portland et elle n'y est plus. Tu es la *seule* personne qui savait qu'elle s'y trouvait.

Un long silence se fit entendre à l'autre bout du fil. Jessica évita de croiser le regard d'Alex, tant elle redoutait de fondre en larmes. Il fallait qu'elle se contienne, coûte que coûte.

— Je l'ai vendue, finit par lui dire Erin.

Ce fut comme si son cœur s'apprêtait à la lâcher.

— Oh, Erin, murmura-t-elle en réprimant un sanglot, tu n'as pas fait ça ! S'il te plaît, dis-moi que c'est une blague !

— Bien sûr que je l'ai fait, Jessica, répondit Erin, sans le moindre accent de remords. Qu'est-ce que tu crois ? poursuivit-elle. C'était le plan depuis le début ! Rendre la monnaie de leur pièce à ces salauds de Bajoran !

— Non, hurla Jessica. Jamais ! Ce n'était pas le plan ! Je n'ai jamais accepté ça et tu ne m'en as même jamais parlé !

— Ma chérie, continua Erin avec une morgue qui donna à Jessica l'envie de lui arracher les yeux, tu crois que ta petite expédition dans sa suite, c'était pour t'amuser ?

— J'ai été la reine des idiotes ! Je t'ai laissée me convaincre que se venger des Bajoran était une bonne idée. Mais jamais, jamais je n'aurais dû accepter, jamais tu m'entends ?

Elle passa une main sur ses yeux. Le geste était vain, mais il fallait qu'elle se dérobe au regard d'Alex, elle ne pouvait plus supporter qu'il assiste à cette horrible confession.

— Tu n'avais pas le droit de fouiller dans mes affaires, Erin ! poursuivit-elle, détachant chacun de ses mots. Et tu n'avais pas le droit de prendre ce dossier, comme je n'avais pas le droit de le récupérer dans les affaires d'Alex ! Mais est-ce que tu te rends compte de ce que tu as fait ?

— Eh bien dis-le-moi, lança Erin, terriblement hautaine. Qu'est-ce que j'ai fait ? J'ai eu ma revanche contre un sale requin qui s'est servi de son argent et de son influence pour ruiner notre famille. Et tu oses me dire que je n'en avais pas le droit ?

Pas le droit de m'enrichir sur le dos des Bajoran, de puiser dans les millions qu'ils ont gagné grâce à nous ?

— Non, tu n'avais pas le droit, souffla Jessica, la gorge nouée d'angoisse et de rage. Ce que tu as fait, Erin, c'est que tu as ruiné ma vie. Tu as ruiné ma réputation et tu as ruiné l'existence de mon fils ! De mon fils, Erin ! hurla-t-elle. Tu m'entends ? Jamais je ne te pardonnerai !

A ces mots, elle appuya sur le bouton du téléphone pour mettre fin à cette insupportable conversation et, incapable de se contenir plus longtemps, elle fondit en larmes.

Mais comment Erin avait-elle pu la trahir ainsi. Pendant des mois, Jessica avait été rongée par le remords de savoir cette pochette bien mal acquise cachée dans ses affaires. Et elle avait même voulu, à plusieurs reprises, faire l'aller-retour à Seattle et la rendre à Alex. En se ravisant chaque fois, de peur qu'il n'appelle la police et engage des poursuites.

— Ça va ? lui demanda alors doucement Alex.

Cette tendresse, Jessica ne l'avait plus entendue depuis leur dîner au Mountain View. Elle sentit sa main se poser sur son épaule. Comme s'il cherchait à la réconforter. La vue brouillée par les larmes, elle se tourna vers lui, incapable du moindre mot.

— Jessica ?

— Non, ça ne va pas.

Elle se mit à ranger tout ce qu'elle avait sorti des cartons. Ses gestes étaient aussi lourds que ceux d'un automate, elle était vidée, perdue.

— Et voilà, murmura-t-elle. On y est, tu as gagné. C'est Erin qui a pris le dossier et qui l'a vendu à Ignacio. Tu avais tout bien deviné. Bravo. Je n'ai donc plus aucun moyen de prouver mon innocence, ni de te convaincre que je ne suis pas cette salope de voleuse...

— Pardon, coupa Alex, mais je n'ai jamais employé le terme de salope.

Ce petit sourire qu'il avait dans la voix l'aida tout doucement à se calmer. Et à sécher ses larmes.

— Je suis certaine que tu l'as sous-entendu, lui répondit-elle.

Il s'avança vers elle, tout près. Elle préféra garder les yeux baissés.

— Je crois que je te dois des excuses, poursuivit-il.

Quoi ? Lui ? S'excuser ? Sa surprise fut telle qu'elle en releva la tête. Jessica planta les yeux dans ceux d'Alex :

— Pardon, est-ce que j'aurais fait tomber sans m'en rendre compte un carton sur ta tête ? lui demanda-t-elle. Alexander Bajoran, c'est bien vous ? Ouh, ouh, vous me recevez ?

Certes, elle n'avait rien manigancé, elle ne l'avait pas séduit pour lui voler des informations ou pour tomber enceinte, elle n'avait pas vendu la gamme Princesse à la concurrence mais, au final, quelle importance ? Rien de tout cela ne serait arrivé si elle n'avait pas fourré son nez là où il ne fallait pas et si elle n'avait pas montré les croquis à sa cousine.

— J'ai entendu toute la conversation, répondit-il. Des deux côtés. Assez pour comprendre que l'idée de fouiller dans mes affaires est venue de ta cousine et que c'est elle qui a vendu les maquettes à Ignacio Bijoux. Pas toi. Ce qui ne veut pas dire que tu n'as aucune responsabilité dans cette affaire, conclut-il, en recouvrant un peu de sa sévérité.

— Ce que tu dis, bredouilla Jessica, c'est que tu me pardonnes ? Tout ce que je t'ai fait depuis notre rencontre ?

— Je n'irais pas jusque-là, mais on s'en rapproche. Et ce que je vais maintenant demander à mes avocats, c'est de voir s'il est possible d'incriminer Erin.

Alex s'arrêta un moment pour observer Jessica, juger de sa réaction. Il s'attendait à ce qu'elle le supplie d'épargner sa cousine, mais elle garda les lèvres serrées.

— Je suis désolé, poursuivit-il en haussant les épaules, je suis obligé. Le vol de ce projet nous a coûté plusieurs millions de dollars !

— Bien sûr, bien sûr, murmura Jessica, comme si elle ne savait pas quoi ajouter.

— Et je te crois maintenant, précisa-t-il. Ça peut te paraître bizarre, mais c'est la vérité.

Non seulement parce qu'il avait entendu sa conversation avec sa cousine, mais parce qu'il fallait bien qu'il l'admette, Jessica n'était pas la sorcière qu'il s'était imaginé.

Il s'éclaircit la voix et fourra les mains dans les poches de son pantalon. En réalité, il avait plutôt envie de prendre Jessica dans ses bras. Ou de se laisser aller à n'importe quel réflexe aussi stupide... et pas uniquement pour la consoler. Comme lui caresser la joue, jouer avec les boucles blondes qui lui encadraient le visage... en prendre une entre ses doigts et la glisser derrière son oreille. En laissant peut-être courir son autre main sur sa nuque, et qui sait...

Ses pensées commençaient à prendre une pente bien dangereuse. Décidément, il valait mieux ranger ses mains avant qu'elles ne compliquent encore la situation !

— Mais attention, lui lança-t-il, en tentant péniblement de chasser les images qui se bousculaient dans son esprit, si je te crois pour ta cousine, cela ne veut pas dire que tout est oublié.

C'était à lui-même, au fond, qu'il lançait cet avertissement, tant il craignait de se laisser envoûter par Jessica. Sa chevelure blonde – plus aucune mèche bleue n'atténuait désormais son éclat –, son teint d'albâtre, ses lèvres ourlées et rosées, tous ces détails marquant une féminité si éclatante... Et la petite touche de gris qui ternissait subtilement le brun noisette de ses yeux. Devait-il y voir la marque de l'angoisse qui l'étreignait depuis de longs mois ?

Une angoisse qu'il n'avait rien fait pour apaiser ! Quel idiot : depuis que Jessica avait passé le seuil de sa maison, il n'avait pas cessé de la harceler, comme la mouche du coche. La pauvre, elle n'avait pas eu le moindre répit.

— Dans tous les cas, je crois quand même que tu m'en dois une, déclara-t-il, en essayant d'adopter une inflexion rassurante.

Jessica leva les yeux. De si beaux yeux.

— T'en devoir une... quoi ? murmura-t-elle.

Il préféra ne pas répondre et se contenta de hausser les épaules. Avant d'oser, enfin, lui prendre la main.

— Plus tard, je t'expliquerai. Mais pour l'instant, le jet nous attend et nous devons déguerpir : tes parents ne sont sans doute plus très loin !

Elle lui attrapa le poignet – s'il s'attendait à un tel geste de familiarité ! –, malheureusement, ce n'était que pour regarder sa montre.

— Tu as raison, nous devons filer, confirma-t-elle, en actionnant l'interrupteur de la porte du garage.

Manifestement, elle s'était ressaisie, mais son visage demeurait toujours aussi triste.

— Je suis vraiment désolée, ajouta-t-elle. Nous revenons bredouilles. Je t'ai fait perdre ton temps.

— Pas grave, assura-t-il, en la suivant à l'extérieur, je sais parfaitement comment tu vas pouvoir te faire pardonner.

13

Se faire pardonner ? Mais comment ? Quelle idée pouvait-il avoir derrière la tête ? Pendant le vol du retour, Jessica lui demanda à plusieurs reprises ce qu'il entendait par là et quelles étaient ses intentions. Ce fut peine perdue : Alex était visiblement bien décidé à ne pas lui dévoiler ses projets. Et en ponctuant ses réponses évasives de petits sourires en coin, il se réjouissait de la voir mendier des éclaircissements.

Un divertissement d'enfant gâté. Peut-être qu'il voulait juste la faire tourner en bourrique ? Une chose était sûre : elle était totalement impuissante et ne pouvait qu'attendre...

Alors que l'avion amorçait sa descente sur Seattle et après une énième question laissée sans réponse, Jessica s'enfonça dans son épais siège de cuir, la tête calée contre le hublot pour bouder.

Vingt minutes plus tard, le jet privé atterrit à Seattle. Une Lexus noire les attendait au bout du tarmac. Une employée de la compagnie de location tendit les clés du véhicule à Alex, avant d'aller ouvrir la portière passager à l'intention de Jessica.

Ils roulèrent quelques kilomètres en silence, Jessica s'efforçant de chasser son agacement en pensant au bonheur de revoir bientôt son petit Henry. Mais le trajet emprunté par Alex la sortit rapidement de ses pensées : il ne prenait pas du tout la direction de sa demeure. Où pouvait-il bien la conduire ? Prenait-il un raccourci ? Un détour plutôt !

— Où allons-nous ? finit-elle par demander.

C'était la première fois depuis près d'une heure qu'elle entendait sa propre voix.

— Tu verras bien, se contenta de répondre Alex, les mains fermement posées sur le volant.

Il continuait à jouer les cachottiers. Parfait, de son côté, elle allait donc continuer à jouer le détachement total… en espérant ne pas soupirer trop fort.

Pour tenter de recueillir les indices qu'Alex ne voulait décidément pas lui donner, Jessica se redressa sur son siège et se concentra sur tous les noms de rues et de boutiques qu'elle put apercevoir.

Heureusement, au bout de quelques minutes, le circuit mystère dans les rues de Seattle toucha à sa fin : à un tournant, Alex ralentit et gara la voiture devant les vitrines d'une boutique chic, Hot Couture. Bon sang, que faisaient-ils là ?

Au risque de se répéter, elle osa un :

— Pourquoi cet arrêt ?

Mais Alex resta silencieux. Il descendit de la voiture et alla ouvrir sa portière, l'invitant d'un geste à l'accompagner dans la boutique.

Autour d'elle, tout n'était que présentoirs et mannequins taille 0, une cascade de soie, de sequins, de satin… Des tissus plus luxueux les uns que les autres et, pour certains, qu'elle eut même bien du mal à reconnaître. La preuve qu'elle avait quitté le monde du luxe depuis trop longtemps. Et même, à y réfléchir, à l'époque où ce genre de fanfreluches hors de prix étaient son pain quotidien, elle ne s'était jamais passionnée pour les chiffons.

— C'est la première étape de ta pénitence, expliqua enfin Alex sans plus de précisions, en allant à la rencontre de la vendeuse.

Une femme très distinguée, mais qui, à y regarder de plus près, était sans doute passée trop souvent sur le billard d'un chirurgien esthétique. Jessica en fut presque dégoûtée : ce genre de créatures ne lui faisaient pas regretter non plus les fastes de la jet-set…

— Bonjour, que puis-je pour vous ? lança la vendeuse, son attention entièrement rivée sur Alex.

Pff, quelle clairvoyance ! Bien sûr que c'était bien lui qui tenait les cordons de la bourse ! Avec son pauvre jean élimé et son chemisier H&M, Jessica semblait sortir tout droit de *Pretty Woman*... avant que Richard Gere fasse vivre la grande vie à Julia Roberts.

Ce remake du prince et de la bergère était ridicule et elle sentit la nervosité commencer à l'envahir.

— Ce n'est pas nécessaire, tu sais, murmura-t-elle, espérant qu'Alex soit le seul à l'entendre.

— Si, ça l'est, répliqua-t-il à pleine voix, sans le moindre souci de discrétion, avant de s'adresser à la vendeuse : Nous avons besoin d'une robe de soirée et de tous les accessoires qui vont avec, chaussures, sac, etc. Mademoiselle m'accompagne à un gala de charité très important et je veux qu'elle soit parfaite.

Jessica en eut le souffle coupé.

— Alex... non, réussit-elle péniblement à articuler, tandis que les yeux de la vendeuse s'écarquillaient, sûrement sous l'effet d'un rapide calcul mental de la commission qu'elle s'apprêtait à encaisser.

— Et je m'occupe des bijoux, coupa Alex, sur un ton qui ne laissait aucune possibilité de repartie.

Décidément, cet homme avait l'habitude d'avoir le monde à ses pieds. Au moindre soupçon de refus ou de contradiction, l'inflexible donneur d'ordres reprenait le dessus.

— Quel genre de gala ? demanda-t-elle, histoire d'obtenir un semblant d'information, avant sans doute de s'embarquer pour un après-midi d'essayages, avec des robes qui devaient valoir une année de son salaire au Mountain View.

— Les Diamants éternels.

Ce nom, Jessica le connaissait mieux que personne, c'était un célèbre organisme philanthropique rassemblant les plus prestigieux joailliers de l'Etat de Washington. L'association n'avait été créée que depuis quelques années, mais elle avait déjà réussi à récolter plusieurs centaines de milliers de dollars, et ce pour des œuvres très variées, allant de la lutte contre le cancer aux refuges pour animaux abandonnés.

— Mardi soir, poursuivit-il du même ton sentencieux, la soirée se fera sous le patronage exclusif de Bajoran Designs. On y croisera les plus grosses fortunes de Seattle, invitées à donner pour un programme d'alphabétisation en Afrique. J'avais prévu d'y aller en célibataire, mais puisque tu es là et que, comme nous en sommes convenus, tu m'en dois une...

Jessica ne sut comment réagir au clin d'œil qu'il lui lança en terminant sa phrase, ni même à ce qu'elle venait d'entendre. Etre sa cavalière ? Toute une soirée ? Rester pendue à son bras en faisant des risettes ? Et risquer de se faire reconnaître ? Que les rumeurs aillent bon train... pour finir dans les oreilles de ses parents ? Jamais ! Mais avait-elle le choix ? Toujours pas, malheureusement...

— Oui, l'alphabétisation, c'est important, répondit-elle dans un murmure.

— Tout à fait, confirma Alex, les yeux pleins de malice. Et lors de cette soirée, nous dévoilerons nos dernières créations. Celles que nous avons conçues pour remplacer la gamme Princesse.

Et hop, un énième petit coup de poignard en passant, sans avoir l'air d'y toucher. Comme si son cœur avait besoin de ça.

— Tu porteras la parure phare de cette collection, faite d'or jaune et de diamants. Ils vont avec tout, conclut-il, sûr de son effet.

Puis, se tournant vers la vendeuse :

— Trouvez-lui une robe absolument magnifique. Je veux une tenue qui sublime sa beauté naturelle.

A ces mots, son cœur s'emballa et elle sentit ses joues s'empourprer sous le compliment. Quand il le voulait, Alex était vraiment un homme délicieux, d'ailleurs, n'était-ce pas ce charme ravageur qui l'avait poussée dans ses bras l'année précédente ?

Mais il fallait qu'elle garde les pieds sur terre : aujourd'hui il ne cherchait pas à la séduire, mais à faire d'elle son meilleur atout pour sa soirée de gala. Impressionner des donateurs. Et elle allait faire tout son possible pour le satisfaire. Après tout, son père l'avait souvent amenée dans ce genre de sauteries pour jouer les faire-valoir et elle avait toujours parfaitement tenu son rôle. Elle était juste un peu rouillée, il fallait qu'elle reprenne ses marques… Le jeu mondain, c'était sûrement comme le vélo, ça ne s'oubliait pas !

Alors pourquoi sentait-elle un vent de panique souffler ?

— Bien sûr, monsieur, répliqua la vendeuse dans un large sourire, avant de se tourner vers Jessica pour lui indiquer la direction du salon d'essayage.

Quelques dizaines de robes plus tard, Jessica avait l'impression d'avoir joué dans un show transformiste en accéléré… Elle n'en pouvait plus. Quand allait-elle enfin rentrer et cajoler son fils ? Alex, lui aussi, s'était fatigué de ce petit numéro : après le premier essayage, il s'était éclipsé sous prétexte de coups de fil urgents à passer, en lui précisant qu'il lui faisait entièrement confiance sur le choix final. Elle avait carte blanche.

Dieu merci, elle avait enfin trouvé *la* robe qui s'accorderait au mieux avec les joyaux Bajoran. Quel stress ! Encore une bonne raison de ne pas regretter son ancienne vie mondaine.

— Nous prendrons celle-ci, dit-elle à la vendeuse en se rhabillant.

— Excellent choix, madame, lui répondit la femme en se dirigeant vers la caisse pour y déposer la robe enveloppée d'une housse. Je vous trouve les chaussures et la pochette qui s'accorderont parfaitement avec !

Oui, oui, c'est ça, se dit Jessica, lessivée.

Alex l'attendait près de la caisse, prêt à dégainer sa carte Gold comme si débourser pour *une seule soirée* une somme à quatre chiffres était la chose la plus naturelle qui soit. Pour sa part, le montant annoncé par la vendeuse avait manqué la faire défaillir. Pourquoi organiser un gala de charité ? Il aurait suffi que les invités donnent directement ce qu'ils comptaient dépenser pour s'habiller ce soir-là !

— Je suppose que tu as trouvé quelque chose à ton goût ? lui demanda Alex, en remontant dans la voiture, avec un petit sourire narquois.

— Oui, répondit-elle d'une voix blanche.

Qu'importe les paquets luxueux qui débordaient sur la plage arrière, tout ce qui comptait maintenant, c'était de rentrer au plus vite et de retrouver son bébé. Il lui manquait tellement, même si vingt-quatre heures ne s'étaient pas encore écoulées depuis leur départ. Et la nounou ? Comment la nounou s'était-elle débrouillée ? Pouvait-elle lui faire confiance ? Alex allait-il réellement l'embaucher à plein temps ?

Tant de questions se bousculaient dans sa tête qu'une pointe d'angoisse lui serra la poitrine. La conduite pour le moins sportive d'Alex contribuait à aggraver les choses.

— J'espère qu'elle te plaira aussi, poursuivit Jessica.

— Tout sera parfait, j'en suis sûr. Mardi, le gala débutera à 20 heures et le dîner sera servi vers 21 h 15, tu penses être prête pour 19 heures ?

— Bien sûr.

Après tout, elle n'avait pas des tonnes de choses à faire, si ce n'est passer du temps avec son fils. Il voulait qu'elle soit prête mardi soir à 19 heures ? Elle le serait. Et qu'on en finisse avec ce pensum.

Alex attendait dans le salon, un bras posé sur le manteau de la cheminée de marbre sculpté, jouant sans y penser avec les glaçons du verre de scotch qu'il tenait dans une main.

Dans quelques minutes, Jessica serait prête à l'accompagner à la soirée des Diamants éternels. Et si ce gala était loin d'occuper ses pensées, il ne pouvait pas en dire autant de cette femme… Elle l'obsédait, tout simplement.

Puisqu'elle n'était pour rien dans le vol de la gamme Princesse, que devait-il penser des autres griefs qu'il avait à son encontre ?

Pour Henry, disait-elle aussi la vérité ? Ce petit bout était-il bien son fils ? Il l'espérait, car les quelques jours qu'il venait de passer avec Jessica et Henry avaient été formidables.

Ce bébé... pas une minute ne passait maintenant sans qu'il ait envie d'aller le voir, le chatouiller, profiter de son rire cristallin et si communicatif, admirer ses petits pieds et ses petits bras. Henry était tout simplement le bébé le plus mignon du monde !

Et pour Jessica, il ressentait aujourd'hui une attirance au moins aussi forte que celle qui l'avait fait succomber voilà un peu plus d'un an. Qu'importe ce qui s'était passé depuis, qu'importent les ennuis juridiques, l'humiliation du conseil d'administration, il ne pensait qu'à elle. Il ne pouvait plus se le cacher. Dès qu'elle apparaissait, il n'avait qu'un désir : se jeter sur elle, lui ôter tous ses vêtements et savourer son corps jusqu'à plus soif.

Chez Hot Couture, dès qu'il avait vu Jessica sortir de la cabine d'essayage une fois la première robe passée, il aurait rêvé que la vendeuse les laisse seuls quelques instants... Heureusement, il s'était vite ressaisi en prétextant des appels professionnels. La vérité, c'est qu'il ne savait pas s'il allait pouvoir résister plus longtemps. Depuis, son désir n'avait pas cessé de le tirailler, surtout le soir, quand, couché dans son grand lit, il imaginait Jessica à quelques mètres de lui. Combien de fois avait-il réprimé l'envie de débarquer dans sa chambre pour lui faire l'amour jusqu'au petit matin !

Mais l'heure n'était pas aux fantasmes : avant de se rendre au gala, il avait un peu de travail. Il laissa son verre vide sur la cheminée et alla s'asseoir devant son secrétaire, où l'attendaient son ordinateur et le mail que venait de lui envoyer son service juridique. Un message contenant des documents d'archives sur l'histoire de Bajoran Designs, et surtout l'époque de la scission avec Taylor Fine Jewels.

Ce qu'il avait compris, c'est que la cousine de Jessica le tenait pour responsable de la déroute de leur famille. Pourquoi ? A sa connaissance, la scission avait été décidée d'un commun accord, par les personnes à la tête des deux entreprises. A l'époque, elles étaient dirigées par le père et l'oncle de Jessica – le père d'Erin – du côté des Taylor, et par son père et son oncle à lui du côté des Bajoran. Son père lui avait toujours assuré que les Taylor avaient mis fin à leur partenariat avec les Bajoran en bonne entente…

Et si son père s'était trompé ? Commençait-il déjà à perdre la tête ? Après tout, c'était peu avant que la maladie d'Alzheimer emporte son père qu'Alex avait été nommé P-DG de l'entreprise familiale. La fin du partenariat Taylor-Bajoran avait-elle été bien plus belliqueuse ? Pis, les Taylor avaient-ils réellement été floués ?

Non, son père n'aurait jamais pu faire ça. C'était un homme honnête et droit, dévoué quasi religieusement à la déontologie. Et son oncle non plus d'ailleurs, ils étaient faits du même bois. Alors qui ?

En parcourant les documents, il commençait à comprendre : apparemment, il y avait bien eu une manœuvre hostile à l'égard des Taylor, qui les avait dépossédés de plusieurs millions de dollars. Mais qui était le responsable de ce coup pendable ? Les archives ne le mentionnaient pas, il fallait maintenant qu'Alex tire tout cela au clair.

Pauvre Jessica ! Elle disait vrai, les Bajoran avaient réellement causé la faillite des Taylor ! C'est lui qui lui devait des excuses…

Des coups discrets frappés à la porte du salon le sortirent de ses pensées. Il ferma d'un geste son ordinateur et alla le ranger dans le coffre-fort, près de son secrétaire, avant de s'éclaircir la voix.

— Entrez, intima-t-il à la personne qui se trouvait derrière la porte.

C'était Mme Sheppard, qui passa sa tête dans l'entrebâillement.

— Mlle Taylor me prie de vous dire qu'elle est prête et qu'elle vous attend dans l'entrée.

— Merci, lui répondit Alex en attrapant un écrin à bijoux et le léger manteau de soie mélangée qu'il avait spécialement commandé à son tailleur pour Jessica.

Une petite attention qui allait en précéder bien d'autres...

En arrivant dans le vestibule, Alex sentit son cœur se mettre à battre à tout rompre. Jessica était si... Il en eut le souffle coupé.

Hot Couture ne s'était pas moqué de lui ! La robe choisie était tout bonnement sublime, sans compter que Jessica sublimait tout ce qu'elle pouvait porter... même en pyjama, elle ressemblait à un ange tout droit descendu du ciel.

Mais là... Elle avait vraiment choisi *la* robe : une longue robe bleu saphir aux reflets topaze et turquoise qui faisaient ressortir l'éclat noisette de ses yeux. Et qui auraient terriblement juré avec ses anciennes mèches bleues... Mais heureusement, sa chevelure était aujourd'hui d'une blondeur absolue, délicatement relevée dans un chignon tressé, ce qui mettait en valeur la fine ligne de sa nuque et la délicate courbure de ses épaules.

Le bustier, aussi, mettait terriblement en valeur la rondeur de ses seins, la taille resserrée de la robe soulignait les courbes de ses hanches et, à ses pieds, la robe se terminait en une majestueuse traîne, accentuant encore un peu plus la noblesse de sa silhouette. Sans oublier la haute fente qui barrait un côté de cette somptueuse toilette et qui promettait de dévoiler des jambes magnifiquement galbées. Elles non plus, elles n'avaient jamais quitté ses pensées...

Et quelle attention aussi aux détails ! La pochette que Jessica tenait délicatement dans une main aux ongles rehaussés d'une subtile manucure. A ses pieds, le décolleté de ses chaussures qui laissait entrevoir des orteils aux ongles corail. L'ombre de ses paupières, le dessin de ses yeux appuyé d'un trait de crayon taupe. Et sa bouche... perlée, comme parée de gouttes de rosée. Au diable le gala, il allait la dévorer sur place.

— Quelque chose ne va pas ? lui demanda Jessica en faisant une moue délicieuse. C'est la robe, c'est ça ? Je t'avais dit que tu aurais dû la choisir... c'est ton gala de charité, c'est toi qui...

— Non, tout va bien, assura Alex en tentant de reprendre ses esprits et d'éclaircir sa voix, et la robe va très bien, vraiment très bien.

Il la vit prendre une inspiration qui gonfla encore un peu plus le décolleté dont il avait un mal fou à détourner les yeux. Avait-elle besoin des bijoux qu'il tenait dans leur écrin de cuir, après tout ?

— Et les bijoux ? demanda-t-elle, comme si elle lisait dans ses pensées.

D'un geste de la main, il avança l'écrin vers elle et la laissa l'ouvrir.

— Oh ! fit-elle dans un murmure en tendant délicatement ses doigts vers le collier. Ils sont si beaux !

Tellement moins beaux que toi, pensa-t-il, en craignant quelques secondes de prononcer ces mots à voix haute sans s'en rendre compte.

— Viens, laisse-moi faire, dit Alex.

Il commença par le bracelet, en attrapant le fin poignet de Jessica. Ensuite, sur son autre main, il attrapa doucement son majeur pour le sertir d'une bague – sa pierre centrale était tellement grosse qu'elle débordait sur les phalanges voisines. L'éclat de ces joyaux se réverbérait dans les yeux de Jessica. Elle était aux anges.

Pour les boucles d'oreilles, il la laissa faire de peur de la blesser, mais pour le collier, le clou de la soirée, là, il devait reprendre les choses en main.

— Tourne-toi, lui demanda-t-il dans un souffle, avant d'ajuster la parure sur son cou et sa gorge, en laissant ses doigts courir sur sa nuque et ses délicates épaules.

Jessica se retourna pour lui faire face. L'éclat des diamants semblait imiter celui du majestueux chandelier suspendu dans le vestibule. Mais Alex n'avait d'yeux que pour Jessica, pour sa peau, son regard, ses lèvres. Jessica, sa pierre précieuse, sa perle rare...

— Tu le prendrais mal si je te disais que cette collection est bien plus belle que la gamme Princesse ? lui demanda-t-elle.

— Pas du tout, lui répondit Alex en riant. Il faut vraiment

que nous rattrapions l'énorme manque à gagner que nous a causé son vol !

— Ne recommence pas, rétorqua Jessica. Tu veux que je me sente encore plus mal, c'est ça ?

— Bien sûr que non. Si la gamme Princesse n'avait pas été volée, tu ne serais pas là, or je ne renoncerais à ce moment pour rien au monde.

Une autre vérité, mais qu'il garda pour lui, c'est qu'il voulait envoyer valser le gala de charité et prendre Jessica dans ses bras, là, tout de suite, pour la porter jusqu'à son lit. Un lit qu'il espérait qu'elle ne quitte plus jamais.

— Bon, c'est l'heure, il faut y aller, dit-il à regret.

Elle acquiesça par un hochement de tête. Voulait-elle, elle aussi, rester à la maison ?

— Tiens, lui dit-il en lui tendant le manteau. Il avait eu la bonne idée de le choisir noir, pour qu'il aille avec la robe de Jessica, quelle que soit sa couleur.

Elle l'enfila dans un délicat bruissement du tissu contre sa peau… Puis elle noua la ceinture du manteau autour de sa taille et accepta de prendre le bras d'Alex.

Dehors, la limousine les attendait depuis de longues minutes et, en pénétrant dans la voiture, Alex se prit encore une fois à rêver : que ce soir, Jessica était vraiment *sa* cavalière, *sa* femme.

Et qu'en rentrant, qu'importe l'heure, ils se coucheraient dans le même lit pour faire l'amour jusqu'à l'aube.

que nous [illegible] encore un peu [illegible] que vous [illegible]

— [illegible] quand [illegible] [illegible]

— [illegible] que [illegible] Princesse [illegible]

[illegible]

[illegible] de [illegible] [illegible]

[illegible]

[illegible]

[illegible] personne présente de [illegible].

[illegible] pour faire signe [illegible] que [illegible] après les présentations et les politesses. [illegible] entreprise, [illegible] au détail d'une [illegible]

Oui, la soirée se déroulait sous les meilleurs auspices. [illegible] avait [illegible] sous son nom [illegible] personne n'avait [illegible], jamais elle n'avait trouvé [illegible]

14

A peine deux heures que le gala avait commencé et Jessica avait déjà envie de rentrer. En elle-même, la soirée était plutôt agréable, mais mon Dieu que c'était épuisant ! Elle avait oublié l'énergie qu'il fallait déployer pour ce genre de pince-fesses.

Une fois le dîner terminé, avec sa vaisselle à plus de mille dollars l'assiette, l'heure avait été au bain de foule. Aux mains serrées, aux conversations légères, à la promotion discrète des projets et des entreprises et, surtout, à la levée de fonds pour la cause de la soirée.

Et il fallait bien reconnaître qu'Alex excellait à ce jeu. Bajoran Designs avait peut-être invité plus de deux cents personnes, mais Alex faisait bien attention à avoir un mot personnel pour chaque individu qu'il croisait. C'était bien simple, grâce à son charme, son bagout et une dose indéniable de confiance en lui, il pouvait faire croire à n'importe quel convive qu'il était la *seule* personne présente à des kilomètres à la ronde.

Et sa technique pour faire signer de gros chèques était plus que rodée : après les présentations et les politesses d'usage, il glissait à son invité quelques mots sur sa famille ou son entreprise, pour le convaincre de faire une copieuse donation au détour d'une phrase. La personne en charge de la tirelire globale devait être aux anges à l'heure qu'il était !

Oui, la soirée se déroulait sous les meilleurs auspices. Alex l'avait présentée sous son nom véritable, mais personne n'avait tiqué. Jamais elle n'avait croisé ce regard suspicieux et semblant dire : « Tiens, une Taylor qui retourne dans le giron d'un Bajoran, comme c'est bizarre ! » Bien sûr, les rumeurs iraient sans doute bon train dès le lendemain, mais, ce soir, personne ne semblait disposé à en faire une histoire. Quel soulagement !

Et quel infini plaisir, aussi, de se retrouver de nouveau dans le monde de la joaillerie. Comme l'univers des pierres et des métaux précieux avait pu lui manquer ! Partout où elle pouvait poser le regard, elle voyait les dernières créations de Bajoran Designs : au cou, aux bras et aux oreilles des employées et des cadres présentes ce soir, mais aussi sur d'imposants calicots dressés çà et là dans la salle de bal et aux alentours. Jessica s'arrêta devant l'un d'eux ; il présentait, sur un fond de satin rose pâle, un étincelant collier à trois rangs en platine et émeraudes.

— Ça te plaît ? lui demanda Alex en passant une main dans son dos.

Il l'avait suivie sans qu'elle s'en aperçoive.

— Oui, beaucoup, répondit-elle, en tentant d'ignorer les frissons que ce geste fit courir sur sa peau. Ton entreprise fait du très joli boulot.

— Seulement « très joli » ? releva Alex avec une petite moue. Ne rêves-tu pas du jour où tu pourras porter ce collier ?

Elle le gratifia d'un petit rire. A son cou, elle avait déjà une parure de Bajoran Designs qui devait valoir le double de celle présentée sur le calicot. Et qu'aurait-elle fait d'une telle pièce dans la vie quotidienne ?

— Hum, tu oublies que moi aussi j'ai fréquenté le monde des bijoux de luxe, finit-elle par répondre. Et au bout d'un moment, ça lasse...

Alex se pencha vers elle et lui glissa à l'oreille :

— Chut, ne dis pas ça trop fort ou tu vas nous faire perdre des clients !

Comme la caresse de son souffle sur sa nuque était délicieuse. Et même pire...

Elle ne put encore s'empêcher de rire et fut même un peu gênée par le petit gloussement involontaire qui sortit de sa gorge.

— Pardon, dit-elle, en tentant d'imiter le ton d'agent secret qu'Alex venait d'emprunter.

— Si la chose te semble banale, poursuivit Alex, pourquoi regardais-tu cette pièce avec tant d'avidité ?

Elle se mordit la lèvre. Devait-elle lui avouer la vérité ? Oh, et puis après tout, s'il voulait connaître le fond de ses pensées...

— Parce que je me disais que j'aurais peut-être fait les choses autrement, osa-t-elle enfin.

Alex prit quelques secondes pour répondre, comme s'il ne s'attendait pas du tout à entendre un soupçon de critique.

— Par exemple ? lui demanda-t-il.

— C'est que la structure du collier me paraît un peu épaisse, lui répondit-elle, en pointant du doigt les endroits où elle devenait même franchement lourde pour la taille des pierres. Tu vois, l'ensemble est un tantinet bancal. Si les fils d'or étaient plus fins, l'attention se porterait davantage sur les émeraudes et l'effet général serait bien plus saisissant.

Un ange passa. Puis deux. Elle en avait visiblement dit trop... ou pas assez.

— Globalement, j'en aurais fait quelque chose de plus délicat, poursuivit-elle. A cet endroit, la ligne est presque trop brutale pour le calibre des pierres, trop massive, précisa-t-elle en désignant le rang du milieu.

Alex resta silencieux un bon moment, avec un air qu'elle eut du mal à interpréter. De la surprise ? De l'agacement ? De l'amusement ? Elle compta jusqu'à dix et s'apprêtait à ouvrir la bouche pour retirer ce qu'elle avait dit et se confondre en excuses quand il la prit de court :

— Tu me sembles bien experte, lui lança-t-il, d'un ton indéfinissable.

— Euh, pardon, tu te souviens que je suis une Taylor des Taylor Fine Jewels ou pas ? J'ai été élevée dans ce monde. Et au moment de la scission de nos deux familles, je m'apprêtais même à rentrer dans l'entreprise de mon père, professionnellement s'entend. Sans oublier que, même avant cela, il m'avait déjà permis de retoucher quelques-uns de ses projets.

Elle se tourna vers la foule, et attendit quelques secondes avant de repérer l'exemple parfait pour sa démonstration.

— Tu vois la jeune femme là-bas ? Avec sa robe rouge trop courte ?

— Elle ne me semble pas trop courte, pouffa Alex.

— Pff, tu m'étonnes qu'elle ne te semble pas trop courte, dit-elle en le gratifiant d'un petit sourire. Ni trop serrée d'ailleurs, vu comment son bustier risque à tout moment d'exploser... Les boucles d'oreilles et le collier qu'elle porte, continua-t-elle, eh bien, ce sont les miens. Des diamants marquise sur une structure en or blanc, avec un beau rubis au milieu, tel le clou du spectacle. Figure-toi que sur cette collection, j'avais carte blanche. Mon père et son équipe étaient juste là pour vérifier que tout se passait bien. Et au final, ils n'ont rien eu à redire.

Elle sentit un large sourire éclairer son visage. Le souvenir de ces jours passés à travailler et retravailler cette gamme de bijoux faisait partie des plus heureux de son existence. A l'époque, elle rêvait d'en faire son métier...

Et pour la première fois, elle se rendit compte qu'elle avait abandonné son rêve un peu trop rapidement. Quand la déveine avait frappé sa famille, pourquoi n'était-elle pas partie dans une autre ville ? Pourquoi n'avait-elle pas postulé chez un autre joaillier ? Elle en avait pourtant les compétences... Mais sa nouvelle vie l'avait tellement prise de court qu'elle en avait presque oublié son ancienne passion. Et puis Henry était arrivé...

— Les seules fois où je t'ai vue sourire de la sorte, dit enfin Alex d'une voix posée et profonde, ses yeux bleu glacier rivés à elle, c'est quand tu joues avec Henry.

Elle sentit sa gorge se serrer et les larmes lui monter aux yeux. Il avait tellement raison...

— Pourquoi ne m'en as-tu jamais parlé ? poursuivit-il avec bienveillance.

Pour camoufler sa nervosité, Jessica se mit à jouer avec

la pochette de satin qu'elle tenait dans sa main. Comment pouvait-il sauter avec tant d'aisance d'un sujet à un autre ? Du professionnel au personnel ? Et surtout : comment pouvait-il faire naître en elle des émotions si contradictoires. Dans son cœur, l'agacement semblait jouer au gendarme et au voleur avec la tendresse, la surprise, la nostalgie... Sans oublier, dans le creux de son ventre, quelques chatouillis qui commençaient à se faire de plus en plus insistants. Des petits tiraillements de désir aussi exquis que dangereux et qu'elle ne connaissait que trop bien.

Elle s'éclaircit la voix, en tentant de dissiper par la même occasion la boule qui s'était formée dans sa gorge.

— Je suppose que mon père n'en a jamais parlé à personne. Sans doute voulait-il attendre de voir si cette collection se vendait bien avant de m'engager officiellement.

Alex s'approcha d'elle. Du bout des doigts, il lui caressa la joue. Et ce fut comme si une décharge électrique s'emparait de tout son corps.

— Nous n'avons pas fabriqué beaucoup de pièces de cette collection, précisa-t-il dans un murmure, mais elle a été un beau succès commercial.

Elle ferma les yeux pour savourer la vague de désir que ces mots, et cette voix, faisaient naître en elle.

— Un jour, j'ai même pensé qu'il fallait augmenter la production de cette gamme, poursuivit-il, mais je n'ai jamais demandé le nom du graphiste qui l'avait conçue. Pour moi, c'était évident qu'il s'agissait d'un projet collectif. Sa complexité est si subtile...

— Si tu me dis cela juste pour me faire plaisir ou pour me passer de la pommade car tu as autre chose à me demander, chuchota-t-elle, s'il te plaît, continue et ne me dis pas la vérité tout de suite.

Et elle referma les yeux, plus longtemps cette fois-ci, envahie par des sensations plus délicieuses les unes que les autres.

Elle sentit Alex s'approcher encore plus près, jusqu'à pouvoir déceler la chaleur de son souffle sur son visage, les effluves de son after-shave – un mélange enivrant d'agrumes et de bois de santal, qui transportait les torrides souvenirs de la nuit qu'ils avaient passée ensemble.

Puis il pressa ses lèvres contre les siennes. Un baiser ferme et doux. Suffisamment passionné, mais aussi suffisamment chaste pour ne pas risquer d'attirer des regards réprobateurs. Et si bref ! Elle rouvrit les yeux, ravagée par la petite frustration que ce baiser presque volé venait de faire naître en elle. Elle en aurait gémi de déception...

— Tous les mots que je viens de te dire, Jessica, je les pensais, mais j'ai quand même une question pour toi, lui dit Alex en prenant ses mains entre les siennes. Alors non, je ne te passais pas de la pommade, mais j'ai quand même quelque chose à te demander. Tu peux refuser, mais j'aimerais tellement que tu me dises oui...

Pouvait-il sentir son pouls qui s'affolait ? Oui, quoi ? Oui, veux-tu m'épouser ? Oui, veux-tu t'échapper avec moi et me laisser te faire l'amour dans un coin de pénombre ? La réponse était oui ! Toujours oui !

— D'accord, de quoi s'agit-il ? réussit-elle à articuler en essayant de reprendre ses esprits.

Quelle réponse posée et raisonnable, alors qu'à l'intérieur d'elle-même elle était aux prises avec un déluge d'émotions...

— Tu veux rentrer avec moi ?

— Je suis bien obligée, lui répondit-elle. Tu veux que je reste jusqu'aux résultats du test de paternité.

— Non, chuchota-t-il, ce que je veux dire, c'est rentrer avec moi, chez moi, ce soir, dans mon lit. Je veux passer la nuit avec toi, j'en rêve depuis que tu es revenue dans ma vie.

Elle en eut les larmes aux yeux et, au fond d'elle, sa joie explosa comme un feu d'artifice. S'il savait que, depuis qu'elle avait passé la porte de sa demeure, elle s'était couchée chaque nuit en pensant qu'il se trouvait à quelques mètres d'elle ! Toutes les nuits, il avait peuplé ses fantasmes et ses rêves !

— Et ton gala ? lui demanda-t-elle.

— Mes employés et mes associés peuvent s'en charger, précisa-t-il. Et je crains de ne plus me tenir, si nous restons plus longtemps ici.

A ces mots, il se pressa contre elle et Jessica fondit dans ses bras. S'ils avaient été seuls, ils se seraient jetés l'un sur l'autre, là, tout de suite, dans les coussins d'une banquette de la salle de bal.

— En effet, il vaudrait sans doute mieux partir, murmura-t-elle.

— C'est un oui ? lui demanda-t-il, avec une voix aussi douce que du papier de soie.

— Oui, répondit-elle sans hésiter, c'est un oui.

A ces mots, il lui décocha son plus beau sourire de playboy, une mimique qui la faisait craquer. Puis, ils se dirigèrent rapidement vers la sortie. Un pas derrière elle, Alex s'excusa poliment auprès des convives qu'ils croisèrent, prétextant un rendez-vous le lendemain aux aurores. Et ils s'engouffrèrent bien vite dans la limousine.

Le chauffeur venait à peine de démarrer qu'Alex prit Jessica dans ses bras. Certes, le volet de séparation était remonté mais Javier ne risquait-il pas tout de même de les voir, les entendre ? Peu soucieux de tels détails, Alex l'étreignait, dévorait ses lèvres. Sa main se faufila par l'échancrure de la robe et remonta le long de la cuisse de Jessica.

— Je voudrais te faire l'amour ici, lui chuchota-t-il, à bout de souffle, comme ça, dès que je serai dans cette voiture, je penserai à toi.

Elle sentit un doux pincement au cœur.

— Et qu'est-ce qui t'en empêche ?

Il planta ses yeux dans les siens.

— Pas assez de temps ma chérie, mais bientôt, très bientôt...

A ces mots, il la fit ployer dans ses bras et l'allongea sur la banquette. Puis il repoussa la soie de sa culotte, remonta sa robe sur son ventre et posa un baiser sur son nombril avant d'ouvrir délicatement ses cuisses et d'en goûter l'intérieur.

— Alex..., murmura Jessica, pantelante.

Il prenait son temps. Ses lèvres douces, fermes et humides couraient sur le ventre et les cuisses de Jessica. Comment aurait-elle pu protester ? Tout ce qu'elle pouvait faire, c'était se laisser enivrer par l'exquise torture que lui prodiguait Alex.

Soudain, elle sentit le contact de sa langue. Elle renversa la tête en arrière, s'accrocha à la banquette, et s'abandonna. Elle partait loin, loin... Plus rien au monde n'avait d'importance. Au diable les doutes, les peurs, les angoisses, les hésitations. Elle n'était plus qu'un corps frissonnant de plaisir, vaincu par la passion.

A bout de résistance, elle se concentra sur ses sensations. Les soupirs rauques d'Alex parvenaient jusqu'à elle dans un brouillard de plaisir. Son corps se cambrait vers lui. Mon Dieu, cet homme s'y entendait vraiment à lui faire perdre la tête. Les pressions de sa langue étaient tantôt fermes, tantôt moelleuses ou légères, rapides, rapprochées puis plus rares. Et ses mains ! Des mains habiles, expertes, curieuses et attentives...

Jessica réprimait ses cris de peur que Javier ne les entende. Mais bientôt, elle dut se mordre les lèvres. L'instant d'après, elle se perdait tout entière dans l'extase.

La limousine entrait dans la propriété d'Alex. Les yeux clos, Jessica reconnut les cahots caractéristiques du véhicule quand il montait la petite colline vers le bâtiment principal. Elle reprit ses esprits. La jouissance l'avait plongée dans une exquise béatitude.

Alex, assis à ses côtés, avait l'air ravi du chat qui vient d'ouvrir la cage du canari.

— Nous sommes arrivés, lui dit-il en se penchant vers elle pour passer une main dans ses cheveux et rajuster sa robe.

C'est qu'elle devait avoir l'air un peu... en désordre. A cette pensée, ses joues s'enflammèrent et Alex éclata de rire.

— Tiens, lui dit-il en soulevant du pouce et de l'index une petite chose de satin bleu.

— Rends-la moi ! lança Jessica, lèvres serrées.

— *Niet*, répliqua-t-il avec un sourire de sale gosse, avant de glisser le petit slip dans la poche de son smoking.

Puis, il ouvrit la portière, sortit de la voiture et tendit la main à Jessica :

— Vite, rentrons, avant que Javier ne voie nos têtes.

— Demanda-t-il en se caressant du pouce et de l'index la petite [illegible] dessus du [illegible].

— Rends-la-moi, lança Jessica, les lèvres pincées.

— Vite, répliqua-t-il avec un sourire [illegible] avant de glisser la petite [illegible] dans la poche de son smoking.

Puis, il ouvrit la portière côté de la voiture et tendit la main à Jessica :

— Vite, rentrons, avant que j'oublie les bonnes manières.

Jessica prit la main d'Alex et ne la lâcha qu'à l'intérieur de la maison. Hors de question de croiser le regard [illegible] du chauffeur qui [illegible] sous le porche.

Dès qu'ils furent entrés, Alex ferma la porte derrière lui et, sans attendre, il la prit dans ses bras pour l'embrasser passionnément.

Chaque courbe [illegible] de nouveau la passion l'emporter. [illegible] jamais un homme ne l'avait [illegible] comme Alex.

Accrochée à ses épaules [illegible] elle ne demandait qu'à lui appartenir [illegible] qu'à le laisser [illegible] excitant. Et que cela dure éternellement.

Les mains d'Alex [illegible] sa taille, caressèrent [illegible] enfouirent dans ses cheveux [illegible] et voluptueusement [illegible] dos [illegible] dans [illegible]

15

Jessica prit la main d'Alex et ils filèrent à l'intérieur de la maison. Hors de question de croiser le regard goguenard du chauffeur et risquer la mort par humiliation, là, directement sous le porche...

Dès qu'ils furent rentrés, Alex ferma la porte derrière eux puis, sans attendre, il la prit dans ses bras pour l'embrasser à perdre haleine.

Plaquée contre l'épaisse porte de chêne, Jessica sentit de nouveau la passion l'emporter. Elle en voulait encore, et plus. Jamais un homme ne l'avait rendue folle et insatiable comme Alex.

Accrochée à son cou, les jambes emmêlées aux siennes, elle ne demandait qu'à lui appartenir encore. Oui, elle n'aspirait qu'à le laisser se fondre en elle tant il était chaud, rassurant et excitant. Et que cela dure éternellement.

Les mains d'Alex couraient sur sa nuque, ses épaules, ses seins, sa taille, caressaient ses cuisses sous sa robe. Elles remontèrent, s'enfouirent dans ses cheveux, tandis qu'il l'embrassait avidement et voluptueusement. Enivrée, Jessica se mit à déboutonner à la hâte la veste de smoking puis la chemise d'Alex, et faufila les doigts sur sa peau nue. Sous ses mains, elle sentait les muscles durs, la peau veloutée et le cœur de son compagnon qui battait au même rythme que le sien. Un rythme de cheval au galop.

Soudain, Alex la souleva comme une plume pour l'emporter dans l'escalier, vers l'étage des chambres. Elle se nicha dans le creux accueillant de son épaule, lui mordilla délicatement le lobe de l'oreille, butina son cou. Impossible de ne pas le toucher, de renoncer à la chaleur de sa peau plus de quelques secondes.

Alex gémissait de désir ; elle ronronnait d'envie.

Arrivés dans le couloir des chambres, il la posa au sol et fit un léger signe de tête en direction de la nurserie dont la porte était entrouverte.

— Je n'ai pas envie de te lâcher, lui murmura Alex, mais si tu veux aller souhaiter bonne nuit à Henry, c'est maintenant. Ensuite, la nuit risque d'être très longue. Une fois que tu seras dans ma chambre, pas sûr que je te laisse en sortir.

Jessica sourit. Son corps avait beau brûler de passion, elle n'en restait pas moins une mère. Alors, oui, elle voulait aller embrasser son petit bonhomme.

Elle n'eut pas besoin de répondre ; Alex comprit. Sans un mot, il posa la main au creux de ses reins et l'accompagna dans la nurserie. Jessica entra sur la pointe des pieds. Wendy était là, dans un angle de la pièce, assise dans le rocking-chair. Elle lisait, doucement éclairée par une petite lampe.

— Tout s'est bien passé ? murmura Jessica en se dirigeant vers le berceau.

Henry dormait sur le dos, tel un petit ange, sous un drap aux motifs d'animaux et une couverture légère. Dommage, tout de même ; Jessica aurait bien aimé le trouver éveillé.

— Cet enfant est une merveille, répondit la nounou. Nous avons joué. Je lui ai lu une petite histoire. Puis il a pris son biberon vers 20 heures et, depuis, il dort comme un bienheureux.

— Bien, parfait, répondit Jessica.

Elle lui caressa tout doucement la joue. Il suçotait sa tétine : lui souriait-il dans son sommeil ?

— Vous pouvez aller vous coucher, Wendy. Je suis sûre qu'il sera tout à fait tranquille pour de longues heures encore.

La nounou hocha la tête et alla récupérer son livre et sa veste, posés sur l'accoudoir du rocking-chair.

— Pourriez-vous garder le Babyphone avec vous ? lui demanda

alors Alex. Nous sommes là, bien sûr, si quelque chose ne va pas, mais nous voudrions ne pas être dérangés.

— Bien sûr, monsieur.

Jessica sentit ses joues s'empourprer. La main d'Alex était posée sur sa taille et nul doute que la nounou avait parfaitement compris ce qu'ils comptaient faire « sans être dérangés »...

Alex ferma la porte de la chambre. Une pièce aux volumes impressionnants, décorée dans des tons sombres et masculins, où trônait un large lit de bois exotique.

Jessica n'eut pas vraiment le temps d'en admirer le reste du mobilier : Alex la tenait déjà contre lui, les mains en coupe autour de son visage, et l'embrassait passionnément.

— Attends, attends, chuchota-t-elle en reprenant son souffle, allume, je veux voir à quoi ressemble ta chambre, tout de même !

— *Plus tard !* grommela-t-il en faisant glisser la fermeture Eclair de sa robe.

Un sourire lui monta aux lèvres. Les mains d'Alex caressèrent son dos et, dans un froissement d'étoffe, sa robe tomba à ses pieds. Dessous, elle était tout à fait nue et ne portait plus que ses talons aiguilles et les précieux bijoux de Bajoran Designs que faisait scintiller un rayon de lune.

Un frisson la parcourut. La fenêtre était-elle entrouverte ? Les pointes de ses seins durcirent. A moins que ce ne soit l'effet du désir irrésistible de faire l'amour avec Alex jusqu'au petit matin... ?

Ce dernier recula d'un pas. La contempla. Puis ôta ses vêtements. La veste du smoking tomba à terre, les boutons de la chemise furent dégrafés en hâte, et la cravate et le gilet volèrent dans la pièce. Le cœur battant à tout rompre, Jessica s'approcha, posa les mains sur ses hanches et déboucla sa ceinture avant de faire sauter le bouton de son pantalon.

La tension habitait Alex tout entier. Ses muscles fermes étaient bandés. Jessica les parcourut à pleines mains, retrouvant les sensations de la première nuit et du sable chaud en été. Un léger duvet chatouillait ses paumes et couvrait le bas-ventre d'acier d'Alex. Il émanait de lui une chaleur enivrante et l'odeur virile des épices et du bois.

Elle glissa les doigts sous l'élastique de son caleçon et rencontra son sexe gonflé de désir. A son contact, il serra les dents et bloqua sa respiration, avant de soupirer quand elle le libéra. Puis il la poussa doucement vers le lit.

Il vint s'allonger sur elle. Prit son visage en coupe et, d'un délicat mouvement du pouce, caressa la ligne de ses joues, de son cou, tandis que ses lèvres cherchaient les siennes dans un baiser passionné. Ses gestes révélaient la fièvre qui brûlait en lui mais, aussi, un si tendre respect que Jessica en eut les larmes aux yeux.

Tout doucement, elle s'ouvrit et leurs corps s'épousèrent, en parfaite harmonie. La sensation fut si vive que Jessica enfonça les ongles dans le dos d'Alex et se cambra à sa rencontre. Aiguillonné, il plongea en elle, déclenchant une vague de frissons dans tout son corps. Voilà, le tourbillon du plaisir l'embarquait de nouveau. Loin, si loin…

Les jambes nouées autour des hanches d'Alex, Jessica se plaqua contre lui. Il avait enfoui le visage dans la vallée de son cou, suivait des lèvres les lignes du collier, descendait maintenant dans le sillon de sa gorge, de ses seins qu'il mordilla et lécha l'un après l'autre.

Quelle ivresse… Jessica perdait pied, une sensation merveilleuse accompagnée par la rumeur des soupirs et des plaintes étouffées qui montaient dans la chambre. Sous son dos, les draps de satin crissaient, déjà moites.

Quant à Alex, il vivait un rêve. Et même mieux que ça. Combien de fois l'image d'une Jessica parée des plus beaux bijoux de Bajoran Designs, nue entre ses draps de satin, avait-elle traversé ses fantasmes ? A présent, le rêve était devenu réalité. Elle était là, offerte, consentante, abandonnée sous lui.

Il vivait enfin l'étreinte qui l'obsédait depuis… Depuis leur première nuit, en fait. Le temps avait passé, ils n'étaient ni dans la même ville ni dans le même lit, ils avaient changé, mais leur désir demeurait intact et se révélait même plus intense qu'au Mountain View.

Oui, dès que leurs lèvres s'étaient de nouveau frôlées, le feu avait repris. Et le désir, irrépressible, qu'il ressentait à chaque heure, à chaque minute pour Jessica, explosait maintenant en feu d'artifice.

Cette femme avait un don : celui de lui ouvrir les yeux, tout en lui donnant le sentiment d'être un homme exceptionnel. En plus, elle lui avait peut-être donné un fils, un héritier, qui lui succéderait peut-être un jour à la tête de l'empire Bajoran et qu'il allait pouvoir chérir toute sa vie.

Alors, il voulait la traiter comme une reine. La choyer, l'aduler, déposer à ses pieds ce qu'il avait en lui de meilleur et, surtout, la garder auprès de lui.

Mais, pour l'heure, il allait la faire mourir de plaisir. A condition qu'elle ne le fasse pas craquer trop vite. Avec ses jambes somptueuses, sa douceur, sa chaleur, elle jouait avec ses nerfs sans le savoir.

Il décida de calmer leur étreinte, et faufila la main entre leurs corps pour la caresser là où elle était le plus sensible. Elle se tendit comme un arc, cherchant la délivrance qu'il retardait cruellement.

— Alex, je t'en prie, susurra-t-elle à son oreille.

Comment résister ? Après s'être enflammés dans la limousine, ni l'un ni l'autre ne pouvaient faire preuve de plus de patience. Bien sûr, Alex aurait adoré jouer des heures à des jeux raffinés et sensuels, mais il s'en sentait incapable. Il avait atteint la limite.

Alors il fondit de nouveau en elle.

— Je n'ai jamais oublié…, dit-il dans un souffle, sur le point de chavirer.

Elle lui répondit par un profond gémissement.

— Non, je n'ai jamais oublié, répéta-t-il, même si j'ai essayé, tu sais…

— Alex ?

— Hmm ?

— On parlera plus tard, d'accord ?

Il acquiesça par un petit rire, tandis que Jessica s'agrippait à ses hanches, mais son rire mourut aussitôt dans un soupir rauque. Leurs corps ne faisaient plus qu'un. Leurs souffles enflaient sur le même rythme affolé. L'issue était irrésistiblement proche.

— Alex, je t'en prie ! murmura Jessica tout contre ses lèvres.

Sa prière fut entendue. Lui aussi vacillait au bord de l'extase. Jessica se cambra. Il empoigna ses fesses, creusant plus fort ses reins et multipliant ses assauts avec urgence.

Et, enfin, la jouissance les foudroya.

16

A son réveil, Jessica fut surprise de trouver le lit vide : Alex avait déjà quitté la chambre. La chose lui parut bizarre, surtout après l'empressement qu'il avait manifesté toute la nuit. Une fois la fougue de leurs ébats calmée, il l'avait enlacée et nichée dans la chaleur de son corps, au creux de ses bras puissants et de son épaule, créant pour elle un havre propice aux rêves les plus doux. Et puis, à deux ou trois reprises, Jessica avait senti ses baisers et ses caresses la tirer du sommeil et l'emporter vers les étoiles.

Cette nuit avait tout simplement été parfaite, comme si le temps s'était arrêté, comme si Alex avait voulu la garder contre lui pour l'éternité – sauf pour un passage éclair à la salle de bains ou dans la nurserie voisine, afin de vérifier que Henry ne manquait de rien. Comme si Alex avait craint qu'elle ne s'échappe de nouveau s'il la laissait seule trop longtemps.

Sauf que, ce matin, c'est elle qui se retrouvait seule dans le grand lit d'Alex. La lumière qui filtrait à travers les rideaux lui indiqua que la matinée était déjà bien avancée. Sans doute Alex était-il tout simplement parti vaquer à ses occupations, en choisissant de ne pas la réveiller. Pas de quoi s'inquiéter.

Pourtant, Jessica sentait une vague anxiété grignoter sa douce félicité. Et si elle se trompait ? Et si Alex avait déserté, exprès ? Si cette nuit magique n'avait été qu'un mirage ?

Jessica sauta hors du lit en s'enveloppant dans un drap. Elle aperçut sa robe de soirée et ses chaussures posées sur une chaise – Alex les avait visiblement ramassées sur le sol où elles avaient atterri dans la fièvre de la nuit. Pas exactement la tenue adéquate ce matin. Elle passa donc rapidement dans sa chambre, releva ses cheveux en queue-de-cheval et enfila rapidement un jean et T-shirt. Puis, mue par un désagréable pressentiment, elle poussa la porte de la nurserie...

Elle porta la main à son cœur. Mon Dieu, le berceau de Henry était vide. Pourvu que son bébé soit bien avec la nounou.

S'efforçant de se rassurer, elle descendit l'escalier et se dirigea vers le bureau d'Alex. Son cœur battait comme un tambour et elle avait la gorge nouée. Comment allait-il la recevoir ? Qu'allait-elle lire dans ses yeux ? La lumière crue du jour ne risquait-elle pas de dissiper les chimères de la nuit ?

Ses questions demeurèrent sans réponse – Alex n'était pas dans son bureau ! La porte était grande ouverte. Personne dans l'imposant fauteuil.

Jessica s'ordonna de se calmer. Elle allait prendre un petit déjeuner, ça lui remettrait les idées en place. D'autant que Wendy et Henry seraient certainement dans la cuisine...

Oui, ils y étaient ! Depuis le couloir, elle entendait son bébé babiller et un cliquetis d'assiettes et de couverts.

Recouvrant le sourire, elle passa la tête dans l'encoignure de la porte et découvrit... Alex. Il était attablé, avec le petit Henry assis sur les genoux. Comme ils étaient mignons tous les deux ! Alex était vêtu simplement, d'une chemise de drap blanche dépassant d'un pantalon en sergé de coton. Quant à Henry, il était aux anges : il gigotait et riait à en perdre haleine. Et Alex semblait avoir toutes les peines du monde pour lui faire avaler son biberon...

Jessica enfonça les mains dans les poches de son jean. En retrouvant son bébé, le gros de ses angoisses avait disparu, mais impossible de se défaire totalement de sa nervosité. Après la nuit torride qu'elle venait de partager avec Alex, comment devait-elle se comporter ? Et surtout, comment allait-il réagir ?

— Bonjour vous deux ! osa-t-elle finalement lancer d'une voix chantante en allant s'asseoir en face d'Alex.

Il leva la tête vers elle et la gratifia d'un immense sourire. Oh, ce sourire ! En un quart de seconde, c'est comme si tout le poids qui pesait encore sur son cœur s'était envolé.

— Ah, te voilà, Jessica ! Je n'ai pas voulu te réveiller tout à l'heure, tu dormais si bien ! Et puis je me suis dit que c'était l'occasion de mieux connaître mon fils, n'est-ce pas mon trésor ?

Il pinça gentiment la joue de Henry, déclenchant un nouvel éclat de rire du petit ange.

— Oui, poursuivit-il en regardant Jessica droit dans les yeux. Le médecin a appelé ce matin, les résultats sont arrivés. Henry est bien *mon fils*.

Jessica sentit une joie immense l'envahir. Les larmes lui montèrent aux yeux. Bien sûr, elle savait qu'Alex était le père de Henry. Et depuis le début. Il ne pouvait pas en être autrement, puisqu'elle n'avait pas eu d'autre amant après lui. Mais Alex, lui, avait eu des doutes.

Elle prit un moment pour assimiler l'information et pour tenter de calmer son cœur.

— Je te l'avais bien dit, non ? dit-elle avec un sourire. Et j'ai le droit de le faire remarquer.

Alex éclata d'un grand rire communicatif. Comme il semblait loin, soudain, le temps où il jouait les hommes de marbre et cherchait à tout prix à se montrer glacial.

— Oui, tu peux, répondit-il.

Attrapant la main de Jessica, il ajouta :

— J'espère que tu me croiras si je te dis que je voulais plus que tout que Henry soit mon fils. Mais je devais en avoir la certitude, comprends-moi, je t'en prie.

Elle le comprenait. Alex pesait des millions de dollars... Des femmes intéressées et prêtes à tout pour entrer dans sa vie, il devait en avoir connu des douzaines ! D'ailleurs, de son côté, du temps où les Taylor étaient encore riches, combien de garçons aux dents longues et trop beaux pour être honnêtes son père avait-il chassés ?

— Et… et maintenant ? demanda-t-elle dans un murmure.

Alex n'eut pas le temps de répondre ; Mme Sheppard venait de surgir et posait sur la table une assiette d'œufs brouillés et de tartines grillées, accompagnée d'un grand verre de jus d'orange fraîchement pressé… Tout cela avait l'air délicieux et Jessica aurait pu se jeter sur ce petit déjeuner. Sauf que son estomac était noué. Qu'allait-il advenir… d'elle, d'Alex, de Henry ? Allaient-ils former une famille ? Le pouvaient-ils, après tout ce qui s'était passé ?

— Tu n'as pas faim ?

Elle attrapa machinalement sa fourchette et chipota dans son assiette.

— Je crois que je suis un peu chamboulée.

— Je comprends bien, poursuivit Alex.

Il vérifia que le bébé avait terminé son biberon, puis il le déposa dans les bras de Jessica.

— J'ai du travail au bureau, aujourd'hui, mais tu pourrais m'y rejoindre plus tard dans l'après-midi ? dit-il avec une tendresse infinie dans la voix. Et prends Henry avec toi, d'accord ?

— Oui, euh, bien sûr, bredouilla-t-elle.

— Dans deux heures, tu passes au bureau ? lança Alex en se levant. Vers 13 heures, OK ?

Elle hocha la tête et, en guise d'au revoir, Alex lui embrassa le front et caressa la petite tête duveteuse de Henry.

— Ne t'inquiète pas, fais-moi confiance, conclut-il en se dirigeant vers la porte.

Ce flegme, ce calme… Comme cela contrastait avec sa propre effervescence.

Deux heures plus tard, avec une exactitude parfaite, Jessica passait les portes de Bajoran Designs. Cette fois-ci, elle n'avait rien à cacher et rien à craindre des agents de sécurité et des caméras de surveillance. Alex lui avait même appelé une voiture avec chauffeur pour la conduire de chez lui à l'immeuble Bajoran. N'empêche. Elle avait le cœur serré en pensant au jour maudit où elle avait déposé son petit Henry en ces lieux. Un souvenir qu'elle voulait effacer.

Elle avait changé de tenue, troquant son jean contre une robe portefeuille bordeaux et une veste cintrée assortie. Pour Henry, elle avait choisi un mignon petit body couleur crème, imprimé de canards, et une salopette en velours côtelé. Puisque Alex lui avait demandé de prendre leur bébé avec elle, autant que son petit ange soit le plus élégant possible...

En entrant dans l'ascenseur, elle prit une profonde inspiration. Le douzième étage, elle ne le connaissait que trop bien...

Une fois arrivée en haut, surprise : la réception et le couloir étaient déserts. Bizarre pour un mercredi.

Comme le couffin commençait à peser, elle le déposa sur la table basse qui trônait dans le salon de l'accueil. Que devait-elle faire ? Rester là ou aller à la rencontre d'Alex ?

Soudain, les imposantes portes de la salle de réunion s'ouvrirent. Alex apparut, accompagné d'une demi-douzaine d'autres hommes, tous vêtus de costumes sévères et manifestement très chers. L'un d'eux – les yeux rivés au sol et la mine défaite – était escorté par deux agents de sécurité. Il n'était pas menotté, mais c'était tout comme.

Tout ce monde entra dans les ascenseurs. Quand Alex fut disponible, Jessica le rejoignit. Il avait les traits tirés. Cependant, un sourire chaleureux éclairait son visage.

— Tu es là ! lui dit-il en s'avançant vers elle pour lui déposer un doux baiser sur les lèvres, avant de caresser tendrement la tête de son fils.

— Comme tu me l'as demandé, répliqua Jessica, un peu perplexe.

— Oui. Et tu m'as fait suffisamment confiance pour venir, alors que je ne t'ai pas expliqué pourquoi !

Ce constat semblait le remplir de joie.

— J'ai une surprise pour toi, continua-t-il sur le même ton enjoué. Mais d'abord, nous devons parler.

— Très bien, fit Jessica en allant s'asseoir sur la banquette qui trônait près de la porte, comme Alex l'invitait à le faire.

Il vint s'asseoir près d'elle, et lui prit les mains.

Le cœur de Jessica battait la chamade. Que voulait lui dire Alex ? Elle se sentait comme une adolescente qui s'apprête à être invitée pour son premier bal de fin d'année... Elle en aurait perdu le souffle.

— J'ai étudié le problème, commença enfin Alex.

Elle fronça les sourcils, de quoi parlait-il ?

— L'hypothèse que la scission entre Taylor Fine Jewels et Bajoran Designs ait été une manœuvre hostile, à l'origine de la ruine de ta famille.

Ah...

— Et tu avais raison, figure-toi. Sauf que j'ai toujours ignoré ce qui s'était tramé. Quand je suis devenu P-DG, l'affaire était réglée depuis longtemps et mon père, lui non plus, ne savait rien. Tout est la faute de mon cousin George, qui a pensé s'enrichir en forçant les Taylor à vendre leurs parts. Je suis tellement désolé...

Jessica ouvrit des yeux ronds. Evidemment, elle pressentait depuis toujours que sa famille avait été sciemment flouée. Alex venait juste de lui apprendre qui était le coupable. Mais ce qui la laissait perplexe, tout en la réjouissant, c'était la réaction d'Alex.

Il l'avait crue ! Il avait fait des recherches dans les archives de sa société et démêlé le vrai du faux ! Il ne s'était pas automatiquement rangé du côté des Bajoran !

Au bout du compte, il avait découvert la vérité, et osé la lui dire, osé admettre les défaillances d'un membre de sa propre famille. Quel homme merveilleusement courageux...

— Merci, lui dit-elle dans un murmure, en sentant ses yeux s'embuer de larmes.

— Tu n'as pas à me remercier, surtout quand c'est moi qui te dois des excuses. Si mon cousin n'avait pas eu des idées malveillantes, jamais ta cousine ne t'aurait embarquée dans sa vendetta…

Jessica laissa échapper un petit rire.

— Il faut croire que nous avons tous les deux des cousins belliqueux perchés dans notre arbre généalogique.

Elle pressa les mains d'Alex avant d'ajouter :

— J'ai aussi ma part de responsabilité : je regrette profondément de t'avoir menti sur mon identité, à Portland, et d'avoir dérobé tes croquis. Quelle erreur… Si tu peux me pardonner, alors je peux te pardonner pour la ruine de ma famille, et d'autant plus que tu n'y es pour rien.

Alex lui embrassa les doigts.

— Oui, je te pardonne, murmura-t-il avec émotion. En fait, je t'ai pardonné depuis très longtemps, tu sais, sans en avoir pleinement conscience. Et je vous dois plus que des excuses, à toi et à ta famille.

Elle hocha la tête et sentit son cœur se gonfler.

— Non, tu ne me dois rien…

Le baiser d'Alex l'empêcha d'achever.

— Tss, tss, c'est déjà fait, déclara-t-il en plantant les yeux dans les siens, tout sourire. Laisse-moi juste t'expliquer.

Et que pouvait-elle faire d'autre sinon l'écouter ?

Elle lui fit signe qu'il pouvait continuer.

— L'homme que tu as vu, avec les vigiles, c'est mon cousin George. Les autres, ce sont les membres de mon conseil d'administration. Je les ai convoqués pour une session d'urgence. Quand je leur ai expliqué les agissements de George, ils ont accepté de le licencier sur-le-champ, et sans aucune indemnité.

Elle en eut le souffle coupé.

— Et s'il s'est montré si coopératif, poursuivit Alex, c'est parce que j'ai décidé que l'histoire ne sortirait pas d'ici. Je ne veux pas que la police s'en mêle.

— Alex, murmura Jessica, tu as viré ton propre cousin ?

— Il a de la chance que je ne l'ai pas étranglé. Sur ce point, je réfléchis encore, lança-t-il avec un petit rire.

Jamais Jessica n'aurait cru qu'il serait allé jusque-là...

— Mais bon, l'étrangler ne serait pas d'un grand secours pour ta famille, Jessica. Or, ce que je voulais aussi te dire, c'est que je m'apprête à associer de nouveau tes parents à notre business. Tu crois qu'ils vont être partants ?

— Alex, souffla-t-elle, rayonnante. Tu es un homme merveilleux, je ne sais pas quoi dire ! Ils vont sans doute exprimer quelques appréhensions, mais je suis sûre que tu sauras les convaincre du sérieux et de l'honnêteté de tes intentions.

Il la prit dans ses bras et elle posa la tête contre son torse. Contre sa joue, elle sentait battre le cœur d'Alex. Avait-elle un jour été plus heureuse que maintenant ?

— Ce n'est pas tout, continua Alex en prenant son visage dans ses mains et en essuyant du pouce les larmes qui coulaient sur ses joues.

Que pouvait-il encore ajouter ? Avait-il une autre bonne nouvelle à lui annoncer ou bien devait-elle se préparer à une mauvaise nouvelle ?

— Tes parents sont là, lança-t-il sans préambule.

— Mes pa... Tu as... Quoi ? bégaya Jessica, sous le choc.

Alex pressa les mains de Jessica, vaguement embêté.

— Oui, je les ai appelés. C'est que... j'espère que tu voudras bien rester encore un peu à Seattle – et chez moi –, pour voir si ce qu'il y a entre nous est aussi fort et réel que je le crois. Et pour qu'aucun obstacle ne se dresse entre nous, tes parents doivent être près de toi, et savoir qu'ils ont un petit-fils.

Il vit Jessica réprimer une petite grimace. D'accord, il avait exagéré. Ce n'était pas à lui de renouer avec les parents de Jessica. Mais il avait été dressé à prendre les difficultés de la vie et les responsabilités à bras-le-corps, et à chercher activement des solutions. En appelant les Taylor, avait-il pris une initiative inconsidérée ? Sans doute. Seulement, il aurait été incapable de s'en empêcher !

Surtout, depuis sa rencontre avec Jessica, il avait eu son content de secrets, de cachotteries, de mensonges. Ce qu'il voulait, à présent, c'était repartir du bon pied avec elle et effacer l'ardoise. Surtout maintenant que le verdict du labo était tombé et qu'il avait la preuve de sa paternité.

Lui, *papa* ! Quelle joie... mais aussi quelle honte il éprouvait. La joie d'être le père du plus adorable petit garçon du monde ! La joie de se projeter dans une vie de famille, avec Jessica et leur bébé ! La joie de garder Jessica auprès de lui chaque jour... et dans son lit chaque nuit. Plus jamais il ne la laisserait filer...

Seulement les résultats du test ADN le remplissaient aussi de honte. Il avait douté. De Jessica. De ses paroles. Mis en question son intégrité morale. Fait taire sa propre intuition par fierté et par amertume.

Pourtant, au fond de lui, il avait su depuis le début que Jessica ne lui mentait pas. Pendant que sa rancœur et sa raison lui racontaient des histoires, son cœur lui disait la vérité. Dès l'instant où il avait découvert le couffin dans sa salle de réunion, il avait compris que le petit Henry était sa chair et son sang. Son fils. Son héritier. Aussi sûr qu'il savait dans son cœur qu'il était éperdument amoureux de Jessica. Qu'elle était la femme de sa vie.

— J'ai tout dit à tes parents, reprit-il. Je leur ai tout expliqué. Comment nous nous sommes rencontrés l'an dernier. Le vol des croquis orchestré par ta cousine, ses projets pour venger le mal fait aux Taylor par les Bajoran. Et je les ai bien évidemment mis au courant pour Henry...

Les yeux de Jessica s'écarquillèrent de plus belle et elle devint blême. Alex sentit même que ses mains commençaient à trembler.

— Je suis désolé, vraiment, affirma-t-il en lui caressant la joue. Bien sûr, c'était à toi de leur dire, mais je n'ai pas pu attendre. Cela n'a rien d'un guet-apens, c'était juste pour moi la meilleure chose à faire. Ça et leur envoyer mon jet pour qu'ils te rejoignent au plus vite...

— Mais… qu'ont-ils dit ? murmura Jessica, en larmes. Ils sont en colère ? Ils me détestent ? Et ma mère… Elle s'est effondrée, elle a pleuré ? Oh ! Je ne supporte pas quand ma mère pleure. Ils doivent être si déçus…

Un instant, Alex eut peur que Jessica, elle aussi, ne s'effondre. Le moment était à la joie et aux retrouvailles, il ne devait pas laisser Jessica dans un tel état de panique.

— Oui, ta mère a pleuré, mais je suis sûr qu'il s'agissait de larmes de joie. Te savoir en bonne santé, savoir que tu lui as fait un petit-fils la remplit de joie. Et même si ton père a admis qu'il aurait tiqué si tu lui avais annoncé porter un enfant de moi, aujourd'hui, il est aux anges. Et leur réaction m'a aidé à comprendre pourquoi tu avais choisi de t'éloigner d'eux…

Jessica prit une profonde inspiration et chassa ses larmes.

— Tu es sûr ? demanda-t-elle, les yeux rougis.

— Absolument. Tes parents sont des gens charmants. J'ai hâte de travailler avec eux…

Le visage de Jessica s'illumina d'un sourire. On aurait dit qu'un rayon de soleil venait déchirer les nuages après une matinée d'orage.

— Tu es vraiment un sacré numéro, Alex.

— C'est un compliment, j'espère ?

— Oh ! Je ne voudrais pas faire enfler davantage la haute estime que tu as de toi-même, ironisa Jessica, mais oui, c'est un compliment. Ce que tu as fait, aujourd'hui… Tout… C'est une pure merveille. Et tu n'y étais pas obligé. Un jour ou l'autre, j'aurais appelé mes parents, tu sais…

— Oui, mais je ne pouvais pas attendre. Ce que je veux, c'est que notre relation s'épanouisse sous les meilleurs auspices.

— Notre *re-la-tion* ? répéta Jessica en détachant chaque syllabe.

— Oui, répondit gravement Alex.

Car c'était peut-être là la discussion la plus sérieuse qu'il ait eue de toute sa vie. Je veux que tu vives avec moi, et pas seulement sous mon toit et comme mère de mon fils. Je veux que tu deviennes officiellement ma compagne et que tu nous donnes une chance. A notre couple, et à notre famille.

Pendant de trop longues secondes, Jessica resta silencieuse. Avait-il fait du zèle une fois encore et une fois de trop ? Lui donnait-il l'impression de vouloir régenter sa vie ? De vouloir la mener à la baguette ? Sa gorge se noua.

En général, il ne se souciait pas de l'avis des autres, surtout pas de celui des femmes. C'était ainsi qu'il avait toujours mené sa vie : à lui les décisions, aux autres l'exécution. Mais cette fois, on parlait du bonheur de Jessica, du bonheur de leur fils. Et si l'idée que Jessica se faisait de leur avenir ne correspondait pas à la sienne, il était prêt à l'accepter.

Il s'éclaircit la voix, rompant le silence qui commençait à se faire franchement pesant. Bien sûr, sa proposition était pleine de romantisme et de passion, et il espérait une réponse ardente et tout aussi passionnée... Mais il s'agissait aussi d'une décision importante. Alors, Jessica avait bien le droit de prendre quelques minutes de réflexion...

— Je ne t'oblige à rien, précisa-t-il. Si tu n'es pas prête à vivre avec moi, si tu as des doutes, je comprendrai. Penses-y aussi longtemps que tu le souhaites. D'ailleurs, je n'aurais pas dû aller si vite. Après tout, la nuit que nous venons de passer ne signifie peut-être rien pour...

Jessica le fit taire en posant deux doigts sur sa bouche.

— Si, cette nuit signifie quelque chose pour moi. Et je n'ai pas besoin de temps pour te répondre. Oui, je veux venir vivre avec toi, avec notre fils. Dans ton palace ! ajouta-t-elle avec un petit sourire. Rien ne nous ferait plus plaisir, je m'y sens déjà chez moi. Je suis juste... bouleversée.

A ces mots, elle se leva et se dirigea vers le couloir, puis se retourna.

— Mais, Alex, lança-t-elle avec davantage d'assurance, tu es bien sûr de toi ? Je veux dire... Après tous tes doutes, le test de paternité... Je ne pensais pas que tu avais des sentiments profonds pour moi.

Alex baissa les yeux. Jessica ne cherchait certainement pas à le culpabiliser, mais il n'était pas fier de lui. Comment avait-il pu douter de cette femme ? De sa franchise ? Il avait eu sous les yeux de multiples preuves de sa sincérité. Elle n'avait rien de commun avec ces aventurières qui lorgnaient sa fortune ou celle de sa famille.

Il se leva à son tour et alla effleurer ses lèvres.

— N'ai-je pas été assez convaincant, la nuit dernière ? demanda-t-il à voix basse.

— Si, répondit Jessica dans un souffle. Seulement, il ne faut pas tout confondre. Le sexe et… ce que tu me demandes. C'est un engagement, ta proposition.

Un engagement… Il aurait pu se jeter à ses pieds. Cette femme était tout ce dont il avait toujours rêvé !

— Oui, confirma-t-il, tu as bien compris. Ce n'est pas que du sexe, entre nous. Déjà, il y a un an, j'éprouvais bien plus… Entre nous, il y a… quelque chose de spécial. Je le sais depuis que je t'ai rencontrée. Alors, ce que je veux, aujourd'hui, c'est pouvoir vivre avec toi, avoir un avenir.

Dans un éclat de rire cristallin, Jessica déclara :

— Mais c'est ce que je veux aussi, Alex, plus que tout au monde !

Enfin rassuré, il l'attira dans ses bras et l'embrassa à perdre haleine. Un long et fougueux baiser. Puis il reprit :

— Nous pourrions rentrer à la maison fêter nos projets dignement, mais… tes parents sont dans la pièce à côté et ils sont impatients de te voir. Toi et leur petit-fils qu'ils vont rencontrer pour la première fois de leur vie !

Jessica prit une profonde inspiration et mêla leurs doigts.

— Tu veux bien venir avec moi ? lui demanda-t-elle. Je ne veux pas les affronter seule.

Alex prit son visage en coupe et plongea ses yeux dans les siens.

— Bien sûr, mon amour, plus jamais je ne te laisserai seule.

Epilogue

Un an plus tard

La salle de bal était pleine à craquer. L'occasion était aux smokings faits sur-mesure et aux robes de soirée plus chatoyantes les unes que les autres. Les rumeurs de conversations, les rires et le bruit cristallin des coupes de champagne qu'on entrechoque s'élevaient vers les hauts plafonds.

Alex semblait parfaitement dans son élément. Il échangeait avec un de ses associés sur la beauté de Milan en hiver. Jessica, quant à elle, ne se sentait pas du tout d'humeur futile et mondaine.

A chaque minute qui passait, le malaise la gagnait davantage et ses sourires se crispaient un peu plus. Elle faisait son possible pour jouer son rôle mais elle commençait à craquer. Les doigts serrés autour de son verre à cocktail, elle tremblait presque.

Alex ne put ignorer plus longtemps sa panique. Il salua poliment le couple qui l'entretenait, puis prit Jessica par les épaules pour l'emmener au calme. Une gageure, vu la foule qui se pressait ce soir pour découvrir la toute nouvelle création de Bajoran Designs...

— Que se passe-t-il ? lui demanda-t-il tendrement en frottant ses bras nus pour la réchauffer. On dirait que tu vas t'évanouir ! Respire profondément, doucement. Ce soir, c'est toi, l'invitée d'honneur, tu devrais être aux anges !

Elle obtempéra et se raisonna. Oui, il fallait qu'elle *tente* de se calmer. La chose n'était pas facile tant son pouls semblait décidé à battre des records de vitesse.

— Et s'ils me détestent ? lança-t-elle en plantant ses yeux dans les siens. Et si je te fais perdre de l'argent ? Et s'ils me détestent *et* qu'ils se mettent à détester Bajoran Designs par la même occasion ? Tu sais que la rumeur veut que je t'aie fait un enfant dans le dos pour me venger et que je t'ai ensuite fait chanter pour que ma famille soit réintégrée dans ton entreprise...

— Tss, tss, coupa-t-il, ce ne sont que des racontars de gens très bêtes et très jaloux. Tout le monde – tous ceux qui comptent réellement – sait que tu es une personne merveilleuse et que je suis l'homme le plus verni de la terre. Parce que je t'ai trouvée et que ta famille m'a donné une seconde chance.

Jessica soupira. Alex avait vraiment le chic pour apaiser ses angoisses. Il était encore plus efficace qu'un bain de mousse et deux verres de martini. Même si elle aurait aimé qu'il ne la taquine pas. S'il continuait à se moquer d'elle, même gentiment, elle ne jurait pas de se comporter plus longtemps en lady.

— Tu dis ça pour me rassurer, répondit-elle en grognant.

Alex caressa sa joue et joua avec les quelques mèches roses qui parsemaient aujourd'hui sa chevelure. Chassez le naturel... Décidément, elle adorait la fantaisie, Alex aussi, et tant pis pour les commentaires que sa coiffure pouvait susciter chez les gens conformistes.

— Oui, pour te rassurer, confirma Alex. Et j'ajoute que tu as un immense talent et que ta nouvelle collection, « Amour toujours », va remporter un franc succès !

Jessica se blottit contre Alex. Comme elle aurait voulu filer à l'anglaise, par la porte-fenêtre, pour passer le reste de sa vie dans les bras de son compagnon...

Mais pour l'heure, rien que de penser à la foule d'invités qui les attendaient et aux regards dédaigneux qu'ils risquaient de lancer sur ses créations, elle avait juste envie de pleurer.

— Mais je ne veux pas te mettre mal à l'aise ou que quelqu'un de ton entreprise t'en veuille parce que tu m'as embauchée et laissée seul maître à bord sur cette nouvelle gamme, gémit-elle.

Alex la fit taire en posant son index sur sa bouche.

— Primo, tu ne me mets jamais mal à l'aise. Deuzio, ce n'est pas *mon* entreprise, c'est la *nôtre*. Ce qui fait que tu as autant que moi ton mot à dire. Tertio, tout le personnel de Bajoran Designs connaît ton talent. Personne n'a vu d'objection à te confier la création d'une collection.

Jessica sentit un sourire flotter sur ses lèvres. Son premier vrai sourire de la soirée.

— Ta famille est présente, poursuivit Alex, ma famille aussi. Et Henry ! Tous là pour te montrer combien ils sont fiers de toi et combien ils te soutiennent.

Il tourna la tête vers la salle de bal. Henry était assis dans le giron de sa grand-mère, adorable avec son smoking miniature ! Cela faisait quelques semaines maintenant qu'il réussissait à se tenir debout. Il se hasardait même à se déplacer, sans doute impatient d'échapper à la surveillance des adultes et de les rendre chèvre ! Un petit bonhomme aussi indépendant que ses parents, toujours de bonne humeur et doté d'un solide appétit.

A cette heure-ci, il aurait dû être couché. Demain, il risquait de se montrer ronchon. Mais Alex avait insisté pour qu'il soit de la fête - il voulait que *toute la famille* soit là pour acclamer Amour toujours et sa créatrice. Un geste qui avait à la fois rempli de joie Jessica mais aussi ajouté à sa nervosité.

Elle prit une profonde inspiration et se pelotonna dans les bras d'Alex.

— Tu es plus efficace qu'une heure de massage, tu sais ça ? pouffa-t-elle.

— On reparlera de massage à la maison, quand on sera seuls, tu veux bien ? lui dit-il avec un large sourire et ce petit air de gamin gourmand qu'elle aimait tant.

Tant de passion et de tendresse, dans ses paroles et ses gestes ! Comme elle avait eu raison de baptiser sa première gamme de bijoux Amour toujours ! Et si elle en doutait encore, le baiser qu'Alex déposa sur son front gonfla son cœur d'un amour infini.

— Au risque de te faire encore défaillir, murmura Alex en la prenant par le menton, il me reste quelque chose à te demander. Ensuite, tu pourras te jeter dans la fosse aux lions et révéler au monde entier les bijoux que tu as créés.

Elle éprouva une pointe d'appréhension. Alex venait de plonger la main dans la poche de son smoking. Il en sortit un écrin de velours marqué de la signature Bajoran Designs.

— Nous sommes ensemble depuis un an maintenant, commença-t-il, nous vivons ensemble, nous élevons Henry ensemble, nous nous aimons comme une véritable famille. De mon point de vue, on peut dire que nous sommes… une affaire qui marche.

D'un coup de pouce, il ouvrit l'écrin. Sur un délicat coussinet de satin brillait une splendide bague de fiançailles. Jessica porta la main à sa bouche, éblouie, et son cœur recommença à battre à cent à l'heure. Mais cette fois-ci, ce n'était pas d'angoisse.

Elle sentit les larmes lui monter aux yeux.

— Je t'aime, Jessica. Je t'aime peut-être depuis le moment de notre rencontre, même si j'ai mis du temps à l'admettre. Que tu tombes enceinte de Henry après notre première nuit fut le plus grand miracle de toute ma vie. Parce que, grâce à cela, tu m'es revenue, au moment même où je pensais t'avoir perdue à jamais…

— Oh, Alex, murmura-t-elle en laissant les larmes couler. Moi aussi je t'aime, et je suis tellement heureuse que tu aies vu Henry comme un cadeau et non pas comme un poids.

Il approcha son visage encore un peu plus près des lèvres de Jessica et l'embrassa fougueusement.

— Ni Henry ni toi ne serez jamais des fardeaux pour moi. Allez, ajouta-t-il, laisse-moi glisser cette bague à ton doigt. Je n'en peux plus t'attendre que tu me dises oui, Jessica. Veux-tu m'épouser ? Devenir ma femme, mon amante, ma meilleure amie, mon associée, mon amour pour toujours ? Etre la mère de l'enfant que nous avons déjà et de tous ceux que nous allons avoir ?

Jessica crut que son cœur aller éclater. Ou s'envoler. Qu'il allait être facile de répondre à Alex !

— Oui ! répondit-elle, indifférente aux larmes qui ruinaient le maquillage qu'elle avait mis tant de temps et de soin à appliquer. Oui à tout !

Alex prit alors la bague et la passa à l'annulaire de Jessica. Les pierres brillaient de mille éclats et semblaient refléter la lumière des innombrables pampilles qui ornaient les lustres. Une pierre sublime.

— Elle est magnifique, Alex, merci, murmura Jessica.

— Je l'ai dessinée moi-même. Je n'ai sans doute pas autant de talent que toi, mais j'espérais qu'elle te plairait. Je commence à connaître tes goûts...

Il marqua une pause, puis reprit avec un sourire en coin :

— Evidemment, on peut trouver les pierres de trop belle taille, ou un peu trop brillantes...

Jessica éclata de rire. N'était-ce pas le rêve de toute femme d'avoir à son doigt un diamant époustouflant qui fasse pâlir d'envie toutes ses amies ?

— En fait, précisa Alex, cette bague en dissimule une autre.

Il actionna un petit mécanisme intégré au corps du bijou. Avec un clic, la bague se dédoubla en deux bagues aussi ravissantes l'une que l'autre, plus faciles à porter.

— Ainsi, tu pourras choisir de n'en porter qu'une, à ta convenance. Dès que tu voudras épater la galerie et montrer au monde combien ton mari t'adore, tu n'auras qu'à les rassembler pour aveugler tout ton entourage.

Elle ne put s'empêcher de rire aux éclats, amusée et attendrie par l'attention d'Alex. Il aurait très bien pu choisir n'importe quelle bague du catalogue de Bajoran Designs ; il avait préféré en dessiner une lui-même, et qui soit unique...

— Je suis impressionnée, dit-elle en admirant le bijou qui lançait des feux à son doigt.

Puis elle se pendit au cou d'Alex et l'embrassa passionnément.

— J'adore ton cadeau et je t'adore, toi. Venir à Seattle a été la meilleure décision de ma vie. Même si, au départ, ma route n'était pas semée de pétales de rose.

Il l'étreignit de ses bras puissants et lui butina le visage de petits baisers brûlants.

— Parfois, il faut accepter de gravir une montagne pour accéder aux plus beaux panoramas, pas vrai ?

— Et ma route, à moi, m'a menée à toi.

Elle se dégagea un peu de son étreinte et planta ses yeux dans les siens. Des prunelles bleu saphir. En cet instant, eux seuls comptaient ; ils étaient seuls au monde...

Mais ils n'oubliaient pas le petit ange qui s'endormait sûrement dans les bras de sa grand-mère au même moment. Comment l'auraient-ils pu ? Ils formaient une famille, à présent.